*Bei Droemer Knaur sind bereits
folgende Bücher der Autorin erschienen:*
Der Geiger
Die andere Hälfte der Hoffnung

Über die Autorin:
Mechtild Borrmann wurde 1960 geboren und lebt heute in Bielefeld. Ihre Kindheit und Jugend verbrachte sie am Niederrhein. Bevor sie sich dem Schreiben von Kriminalromanen widmete, war sie u.a. Tanz- und Theaterpädagogin, Groß- und Außenhändlerin und als Gastronomin tätig. Seit 2011 ist Mechtild Borrmann freie Schriftstellerin. 2012 wurde ihr Roman »Wer das Schweigen bricht« mit dem Deutschen Krimi Preis 2012 ausgezeichnet.
Weitere Informationen über die Autorin und ihre Romane unter www.mechtild-borrmann.de.

Mechtild Borrmann

Wer das Schweigen bricht

Roman

Besuchen Sie uns im Internet:
www.droemer.de

Vollständige Taschenbuchausgabe Oktober 2014
Droemer Taschenbuch
Ein Imprint der Verlagsgruppe
Droemer Knaur GmbH & Co. KG, München
© 2011 by Pendragon Verlag Bielefeld
Lizenzausgabe mit Genehmigung des Pendragon Verlags, Bielefeld
Alle Rechte vorbehalten. Das Werk darf – auch teilweise – nur mit
Genehmigung des Verlags wiedergegeben werden.
Covergestaltung: NETWORK! Werbeagentur, München
Coverabbildung: © Getty Images/Erik Rank
Satz: Adobe InDesign im Verlag
Druck und Bindung: CPI books GmbH, Leck
ISBN 978-3-426-30418-1

Für Peter Gogolin

»Zu denken ist die Geschichte leicht, einzusehen aber schwer für all jene, die sie am eigenen Leib erfahren.«
Albert Camus (1913–1960)

Personen

Damals:

Die Jugendfreunde:
Therese Pohl	*geboren 1922*
Leonard Kramer	*geboren 1921*
Hanna Höver	*geboren 1921*
Jacob Kalder	*geboren 1920*
Alwine Kalder	*geboren 1922*
Wilhelm Peters	*geboren 1920*

Siegmund Pohl	*Arzt und Vater der Therese Pohl*
Margarete Pohl	*Mutter der Therese Pohl*
Gustav Höver	*Bauer und Vater der Geschwister Hanna und Paul Höver*
Hollmann	*Hauptsturmführer der SS*

1998:

Robert Lubisch	*Arzt und Sohn des Friedhelm Lubisch*
Rita Albers	*Journalistin*
Karl van den Boom	*Hauptwachtmeister*
Steiner	*Hauptkommissar im K11*
Brand	*Kommissar im K11*
Theo Gerhard	*Polizeiobermeister a. D.*
Thomas Köbler	*Journalist und Freund der Rita Albers*
Tillmann und Therese Mende	*Unternehmer*

Kapitel 1

12. November 1997

Wie still. War es hier immer so still gewesen? Robert Lubisch stand am Fenster und sah hinaus in den Garten. Am Ende des weitläufigen Grundstücks schimmerten die hohen Douglastannen fast blau vor einem milchigen Himmel. Frühnebel lag wie gezupfte Watte auf dem Rasen, waberte um die Rhododendronbüsche und den Sockel der lebensgroßen marmornen Diana, die wehrhaft, mit einem Bogen in der Hand, fror. Immer hatte sie so gefroren, nur manchmal, wenn im Sommer die Mittagssonne senkrecht in den Garten fiel, hatte der Stein golden und warm geschimmert.

Er erinnerte sich noch an den Tag, an dem sie aufgestellt worden war. Ein Teil des Gartenzaunes musste abgerissen werden, damit der Lastwagen in den Garten fahren konnte. Er war elf oder zwölf Jahre alt gewesen. Ihr Gewand ließ die rechte Brust frei, und in den ersten Wochen, immer wenn er sich unbeobachtet glaubte, stieg er auf den Sockel und fuhr mit den Fingern über die perfekt modellierte Brustwarze. Die kleinen Unebenheiten und die glatte kühle Kuppe unter den Fingerspitzen, hatten seine ersten sexuellen Phantasien angeregt.

Er stellte sich Diana in seinem kleinen Garten in Hamburg vor, eingepfercht zwischen Terrasse und der Hecke zum Nachbargrundstück. Er lächelte.

Zu groß. So war es mit allem, was er mit seinem Vater verband. Alles war ihm, Robert, immer zu groß vorgekommen. Die Gesten, das Haus, die Feste, die Reden, die Ansprüche und Erwartungen.

Um Diana sollte sich der Kunst- und Antiquitätenhändler kümmern, der den Verkauf der Bilder, Skulpturen, Bücher und Möbel bereits in die Hand genommen hatte. Vielleicht wollten sie ja auch die Käufer des Hauses übernehmen.

Robert Lubisch trug einen Karton mit Unterlagen, der Schmuckschatulle seiner Mutter und Büchern, von denen er sich nicht trennen wollte, in die Halle. Einige wenige Bilder und Skulpturen standen, eingewickelt in luftgepolsterte Folien, an der Wand. Das waren die Dinge, die er mit nach Hamburg nehmen würde.

Das Haus zu verkaufen war ein nüchterner und logischer Entschluss gewesen, aber jetzt schmerzte es. Der Mutter war er, bis zu deren Tod vor sechs Jahren, nahe gewesen, aber den Ansprüchen des Vaters hatte er nie genügt. Und jetzt, hier in diesem langsam sich leerenden Haus, wurde ihm bewusst, dass er sich nicht mehr mühen musste, dass es vorbei war. Aber eben auch, und das war der Schmerz, dass er jetzt für immer ungenügend bleiben würde.

Sein Blick blieb an der mahagonifarbenen breitgeschwungenen Holztreppe hängen, die von der Eingangshalle hinauf in den ersten Stock führte. Als Kind war er auf dem polierten Handlauf einen perfekten Bogen gerutscht.

Dem Vater war diese Villa am Stadtrand von Essen, zwischen Schellberger Wald und Baldeneysee, wichtig gewesen. Ein Statussymbol, das sich nur wenige leisten konnten. Im Laufe der Jahre waren seine Eltern hier wohl wirklich heimisch geworden, und nach dem Tod der Mutter blieb der Vater wohnen. Acht Zimmer. Über dreihundert Quadratmeter.

Er ging zurück in das Arbeitszimmer.

Hier hatte Frau Winter, die Haushälterin, die schon seit

dreißig Jahren im Haus zuständig war, ihn vor zehn Tagen gefunden. In seinem Sessel sitzend, die Lesebrille auf der Nase und die Tageszeitung auf dem Schoß. »Einen beschäftigten Eindruck hat er gemacht«, hatte sie am Telefon auf seine Frage, ob er friedlich gestorben sei, geantwortet, »ganz beschäftigt, bis zuletzt.«

Die Todesanzeige im Namen der Familie, die er aufgegeben hatte, war untergegangen neben den halb- und ganzseitigen Anzeigen des Stadtrates, des Vertriebenenverbandes und der Lubisch AG.

Über zweihundert Trauergäste erwiesen dem Vater die letzte Ehre. Der Kirchenchor sang »Korn, das in die Erde, in den Tod versinkt«, und am Grab bliesen drei Trompeter den Zapfenstreich. Kränze stapelten sich, sodass man die Aufschriften auf den Schleifen kaum lesen konnte. Der Bürgermeister, das Bauamt, der Stadtrat, diverse Firmen, mit denen er zusammengearbeitet hatte, der Vertriebenenverband, dem er schon zu Lebzeiten einen Teil seines Vermögens überschrieb, und natürlich die Lubisch AG, die der Vater vor fünf Jahren als Lubisch GmbH verkaufte. Der Name war geblieben, darauf hatte der Alte bestanden.

Er strich mit den Fingern über die hochglanzpolierte Schreibtischplatte aus Nussbaum. Nach dem Tod der Mutter war er nicht oft hergekommen. Der Geburtstag und die obligatorischen Besuche an Ostern und Weihnachten. Sein Vater hatte in ihm den Nachfolger im Bauunternehmen gesehen. Als er sich für ein Medizinstudium entschied, war es zum Bruch gekommen, und obwohl sie beide in den Jahren danach das Thema mieden, stand es immer zwischen ihnen, hörte er den Vorwurf in der Stimme des Alten, wenn das Gespräch auf das Unternehmen kam.

Der Vater leitete die Firma noch bis zu seinem 74. Lebensjahr, stur daran festhaltend, dass sein Sohn es sich anders überlegen würde, dass er doch noch »vernünftig« würde.

Robert Lubisch sah auf die Uhr. Der Makler kam um 9.00 Uhr mit den ersten Kaufinteressenten. Wenn sie das Haus besenrein übernehmen wollten, würde er eine dieser Entrümplungsfirmen beauftragen.

Das Wort versetzte ihm einen Stich, er kam sich grob vor. Was würde bleiben von dem großen Friedhelm Lubisch? Ein Firmenname und die Symbole, die hier in der Halle standen, und die er in Hamburg ab und an zur Hand nehmen würde.

Er räumte die Schreibtischschubladen aus. Ganz unten fand er Briefe der Mutter, sorgfältig gebündelt. Er lächelte. So war er auch gewesen, der alte Sturkopf. Wenn er noch lebte, würde er diese kleine Sentimentalität vehement leugnen und wahrscheinlich behaupten, dass er sie der Mutter zuliebe verwahrt habe.

Neben den Briefen fand er ein Zigarrenkästchen aus fein gemasertem, dunklem Holz. Auf der Deckelmitte, in einem eingelassenen Oval aus Perlmutt eingefräst, zog ein Pferd mit breiten Hufen schwer an einem Planwagen. Der eingebrannte Schriftzug »Brasil 100 % Tobacco« war abgegriffen. Im Inneren fand er einen SS-Ausweis, einen Passierschein und einen Entlassungsschein aus der Kriegsgefangenschaft. Ganz unten lag ein sepiafarbenes Porträtfoto mit vergilbten, gezackten Rändern. Es zeigte eine junge Frau. Das Bild im Ausweis war unkenntlich, aber der Namenszug lautete: Wilhelm Peters. Der Passierschein trug keinen Namen. Nur der Entlassungsschein aus der Gefangenschaft trug den Namen des Vaters.

Robert betrachtete die Papiere. Die schwarzen Flecken im Ausweis waren durch Blut entstanden. Der Vater stammte aus Schlesien. Er war einfacher Soldat gewesen und kurz vor

Kriegsende in Gefangenschaft geraten. Aber wieso besaß er die Papiere eines Fremden?

Er hörte den Wagen des Maklers die Einfahrt hinaufkommen, legte die Dokumente zurück, schloss das Kästchen und warf es in den Umzugskarton, zu den Fotoalben und Unterlagen, um die er sich zu Hause kümmern wollte.

Als er nachts in Hamburg ankam, stellte er den Karton in die hintere Ecke seines Arbeitszimmers. Es sollten drei Monate vergehen, ehe er sich wieder damit beschäftigen würde.

Kapitel 2

18. Februar 1998

Maren Lubisch saß abends im Wohnzimmer über eines der Fotoalben gebeugt. Robert setzte sich dazu und betrachtete erstaunt die Bilder, die den Vater mit Mitte vierzig zeigten. Maren lachte. »Wenn ich es nicht wüsste, würde ich sagen, das bist du.« Die gleiche hohe Stirn mit den viel zu früh ergrauten Haaren. Die gerade Nase und der etwas strenge, schmale Mund. Nur die Gestalt hatte er mütterlicherseits geerbt. Während der Vater auf den Bildern eher bullig wirkte, waren seine Glieder lang und dünn.

Ein Foto zeigte sie beide im Arbeitszimmer hinter dem Schreibtisch. Er als Neun- oder Zehnjähriger auf der Armlehne des alten Mahagonisessels, neben dem Vater. Beide mit überraschtem Blick. Als Maren umblättern wollte, hielt er die Hand zwischen die Seiten und zog das Album näher heran.

Auf dem Foto sah man auf der Schreibunterlage ein geöffnetes Zigarrenkistchen.

»Warte mal.«

Er holte das Kästchen und stellte es neben das Album.

»Siehst du das?« Er deutete auf das Bild und spürte diese Unruhe, die sich einstellt, wenn längst Vergessenes schemenhaft Gestalt annimmt. Er wusste etwas über diese Papiere.

Er strich über das Oval aus Perlmutt und öffnete den Deckel. Der vage, süßlich-herbe Restduft eines edlen Tabaks strömte ihm entgegen. Der Geruch, so schien es ihm, brachte die Erinnerung zurück. Er meinte, den Druck der Armlehne auf Pobacke und Oberschenkel zu spüren und sah diese wenigen vertrauten Augenblicke, die er mit dem Vater gehabt hatte, vor sich.

»Ich bin desertiert«, hörte er die Stimme des Alten aus weiter Ferne.

Er hatte am Niederrhein in einer Panzerdivision gekämpft, und als die Großoffensive der Alliierten begann und seine beiden engsten Kameraden innerhalb von Minuten tot neben ihm zusammenbrachen, verlor er die Nerven.

Ja, jetzt wusste er es wieder.

Der Vater hatte gesagt: »Ohne Verstand bin ich gelaufen, nur weg, weg von der Front. Weg von all den Toten.«

Und einer dieser Toten war der SS-Scharführer Wilhelm Peters gewesen. In der Brusttasche steckte der Ausweis, ein gefaltetes DIN-A4-Blatt, auf dem das Foto durch eingetrocknetes Blut unkenntlich geworden war. In der Manteltasche fand er den Passierschein, ein kleines in Leinen eingebundenes Mäppchen. Er zog dem Toten Mantel und Jacke aus, nahm die Papiere an sich und schaffte es als SS-Scharführer Wilhelm Peters durch die deutschen Linien bis ins Ruhrgebiet. Eigentlich wollte er nach Hause, nach Breslau, aber man sagte, dass dort die Russen seien und die Zivilbevölkerung in großen Trecks die Heimat verließ. Im Ruhrgebiet trennte er sich von dem Mantel und der Jacke und geriet unter seinem richtigen Namen Friedhelm Lubisch in Gefangenschaft. Erst 1948 wurde er entlassen.

Er hatte versucht die Eltern und die Schwester ausfindig zu machen und erfuhr zwei Jahre später über das Rote Kreuz, dass sie in Breslau geblieben und dort umgekommen waren.

Robert Lubisch saß lange schweigend da.

Viele Abende war er damals in das Arbeitszimmer seines

Vaters gegangen und hatte sich die Geschichte erzählen lassen. Immer und immer wieder. Wie vertraut sie miteinander gewesen waren.

Maren nahm das Porträtfoto der Frau aus dem Kästchen. »Was ist mit der Frau? Hat er dazu nichts gesagt?«

»Nein«, Robert schüttelte den Kopf. »Das Bild hat er mir nie gezeigt, jedenfalls kann ich mich daran nicht erinnern.«

»Könnte es deine Großmutter sein? Oder deine Tante?«

»Vielleicht.«

Maren drehte das Foto um. Auf der Rückseite stand: »Fotoatelier Heuer, Kranenburg«.

»Sieh mal.« Sie hielt ihm die Rückseite des Fotos hin. »Liegt Kranenburg nicht am Niederrhein? Vielleicht gehörte das Bild auch zu den Papieren von diesem Peters. Vielleicht war das seine Freundin oder Frau?«

Sie saßen bis tief in die Nacht, und während sie redeten und spekulierten, wer die Frau wohl war, und wer der Mann, dieser SS-Scharführer – und Maren sagte SS-Scharführer immer wieder, und das SS zischte zwischen ihren Zähnen, als müsse sie die Buchstaben auspusten – wurden diese Dokumente auf einmal wichtig. Gewichtig. Schwer. Der Mann war tot, die Frau vielleicht auch. Sie griffen immer wieder abwechselnd nach dem Foto, auf dem diese Frau auf eine fast intime Weise lächelte. So lächelte man doch keinen Fremden an. Auch keinen Fotografen. Wer war dabei gewesen? Dieser Wilhelm Peters? Oder Roberts Vater? Schließlich war auch er zum Ende des Krieges dort gewesen.

Maren sagte: »Vielleicht lebt sie noch?«

Sie sprachen nicht weiter und er fasste keinen Entschluss. Aber es arbeitete in ihm. Vielleicht war sie wirklich die Freundin von diesem Peters gewesen, aber vielleicht hatte sie seinem Vater nahegestanden, und zwar so nahe, dass er ihr

Bild all die Jahre aufbewahrte. Aber warum hatte er es nie hergezeigt, die Frau nie erwähnt?

Der über jeden Verdacht erhabene Vater hatte vielleicht doch ein Geheimnis. Der Gedanke gefiel Robert. Vielleicht würde sich eine Schwäche offenbaren, eine kleine Delle in der glatten Unantastbarkeit des Alten, mit der er so viele Jahre gekämpft hatte.

Robert lächelte. Er spürte, dass es für ihn wie eine Befreiung wäre, wenn er den übermächtigen Vater auf eine normale Größe zurechtstutzen könnte. Er wollte es wissen. Nur für sich.

Kapitel 3

20. April 1998

Der Frühling hatte nach einem milden Winter nicht lange auf sich warten lassen, und in den letzten Tagen war das Thermometer auf sommerliche 25 Grad gestiegen. Am Niederrhein zeigten sich die Wiesen in sattem Grün, übersät vom Gelb des Löwenzahns, und dazwischen hielt Wiesenschaumkraut an langen Stielen kleine rosafarbene Blüten hoch. Die Höfe und Dörfer wirkten wie willkürlich und mit großer Hand in die Ebene gestreut, Häusergruppen, die in der flachen Weite kauerten.

Robert Lubisch war zu einem Kongress an der Raboud Universität in Nimwegen eingeladen und nutzte die Gelegenheit, sich in Kranenburg nach dem Fotoatelier Heuer zu erkundigen.

Gegen Mittag erreichte er den Ort. Ein Kreisverkehr und dann eine Straße wie ein breiter Schnitt, an dem sich die Häuser aus dunkelroten Backsteinen zu beiden Seiten wie Schaulustige in die erste Reihe drängten. Kleine Geschäfte und Ladenlokale unter spitzen Dächern. Es waren nur wenige Menschen unterwegs.

Er stellte den Wagen in einer der Parkbuchten am Straßenrand ab und betrat ein Lokal mit blütenweißen Stores vor den Fenstern.

Auf den Tischen standen, auf gestärkten cremefarbenen Tischdecken, kleine Porzellanvasen mit bunten Plastiksträußchen, die man mit einem Staubwedel frisch halten konnte. Eine Schiefertafel neben der Theke pries in geschwungener Schrift Spargelgerichte an. Es war noch früh, das Restaurant menschenleer.

Eine rundliche Frau stand hinter der Theke, öffnete mit einem Steakmesser Briefe und ließ die leeren Umschläge achtlos in den Papierkorb zu ihren Füßen fallen. Ihr gegenüber saß ein älterer Mann vor einem halbvollen Glas Bier und rauchte filterlose Zigaretten. Als Robert Lubisch sich an den Tresen stellte, sahen die beiden ihn erwartungsvoll an. Er grüßte.

»Essen«, sagte die Frau, »gibt es erst in einer Stunde. Um zwölf.«

Er schüttelte den Kopf. »Nein, nein. Essen wollte ich nicht, vielen Dank.«

Er bestellte Espresso und zog das Porträtfoto aus der Tasche seines Leinenjacketts.

»Ich wollte Sie fragen«, begann er umständlich, »ob Sie mir vielleicht weiterhelfen können?«

Er legte das Foto mit der Rückseite nach oben auf den Tresen und wies auf den Stempel. »Ich suche diese Adresse. Fotoatelier Heuer.« Er lächelte verlegen: »Vielleicht gibt es das heute gar nicht mehr, aber ...«

Die Frau, wahrscheinlich die Wirtin, unterbrach ihn. »Heuer, ja Mensch, der ist doch schon mindestens zwanzig Jahre nicht mehr.« Der Mann beugte sich über die Fotorückseite und nickte zustimmend. »Mindestens!«, pflichtete er bei, drehte sich auf seinem Hocker um und wies in eine unbestimmte Richtung. »Der war doch da am Eck, wo jetzt der Linnen sein Versicherungsbüro hat.«

»Richtig.« Die Frau schenkte der Post jetzt keine Beachtung mehr. »Aber vor Linnen war ja noch die Wiebke Steiner mit den Kindermoden da drin.« Sie verschränkte die Arme und musterte Lubisch misstrauisch. »Warum wollen Sie das denn wissen?«

Er zögerte, hatte für einen Augenblick das Gefühl, er dürfe die Frau auf dem Foto nicht einfach herzeigen. Das war albern. Er wusste das.

Er drehte das Foto um. »Wissen Sie, wer diese Frau ist?«

Die Wirtin nahm das Bild und betrachtete es eingehend. »Soll die von Kranenburg sein?«

Lubisch zuckte mit den Schultern. »Ich weiß es nicht. Ich weiß nur, dass dieses Foto im Atelier Heuer gemacht worden ist.«

Sie reichte das Bild an den Alten weiter, der es in seinen nikotingelben Fingern hielt und mit ausgestreckten Armen und zusammengezogenen Augenbrauen begutachtete. Er zuckte mit den Schultern: »Ich bin ja nicht von hier, bin erst 1962 hergezogen, und das Bild ist sicher älter. Aber der alte Heuer, der lebt doch noch … Muss schon an die neunzig sein, der Heuer.«

Die Wirtin war jetzt unverhohlen neugierig. »Was ist denn mit der Frau? Ich mein, wieso suchen Sie die?«

Robert Lubisch log, ohne genau zu wissen warum. Es war eine Art Unbehagen, das sich in ihm breitmachte. »Meine Mutter ist verstorben, und diese Frau war in ihrer Jugend ihre beste Freundin. Ich bin zufällig in der Gegend und dachte, vielleicht kann ich sie ausfindig machen«, sagte er eine Spur zu eilig.

Die Kaffeemaschine ließ ein abschließendes Zischen und Brodeln hören. Die Wirtin stellte ihm den bestellten Espresso hin.

»Wie heißt sie denn?«, fragte sie nach einer längeren Pause, in der sie zu überlegen schien, ob sie dem Fremden glauben sollte.

»Das weiß ich leider nicht.«

Sie verschränkte ihre Arme unter einem fülligen Busen.

»Tja. Da weiß ich jetzt auch nicht ...« Sie musterte Robert Lubisch ungeniert und dann traf sie eine Entscheidung. »Aber der Heuer, der wohnt bei seinem Sohn in Nütterden.« Sie griff nach hinten, öffnete im Rückbuffet eine kleine Schranktür und holte ein Telefonbuch hervor. Die Finger immer wieder anleckend, blätterte sie die Ecken des dünnen Papiers zügig durch.

»Hier. Norbert Heuer. Das ist sein Sohn.« Sie schrieb die Adresse und Telefonnummer auf einen Kellnerblock, riss den Zettel ab und reichte ihn Robert.

Er kippte den Espresso hinunter, bedankte sich und ließ ein großzügiges Trinkgeld zurück.

Als er hinaustrat, hatte die Sonne weiter an Kraft gewonnen. Er zog das Jackett aus, legte es auf die Rückbank seines Wagens und krempelte die Hemdsärmel bis zu den Ellbogen auf. Angespornt durch diesen Erfolg im ersten Versuch entschied er sich, auf gut Glück nach Nütterden zu fahren.

Das Einfamilienhaus mit gepflegtem Vorgarten lag in einem Wohngebiet, das wohl in den Sechzigerjahren entstanden war.

Als er vor der Nummer 23 ausstieg, überfiel es ihn wieder, dieses Unbehagen. Dieses Gefühl, sich in Dinge einzumischen, die ihn nichts angingen. Er schüttelte den Kopf. Wie nannte Maren ihn immer: Mein Bedenkenträger!

Auf sein Klingeln öffnete eine Frau um die sechzig die weiße Kunststofftür mit dem goldenen Klopfer in der Mitte, der nur Zierrat war. Er erklärte sein Anliegen und plötzlich war ihm das alles unangenehm. Was fiel ihm denn ein, die Leute wegen eines mindestens fünfzig Jahre alten Fotos zu belästigen.

Für einen Augenblick hoffte er, sie würde ihn einfach wegschicken. Dann würde er sich in seinen Wagen setzen und auf direktem Weg nach Nimwegen fahren.

Sie sagte: »Ach, na wenn Sie da mal Glück haben. Wenn das schon so lange zurück ist ... Aber kommen Sie, fragen Sie ihn selber.«

Im Wohnzimmer hockte ein schmächtiger Mann mit einer Lupe über der Tageszeitung. Die Polstermöbel waren braun und zu schwer für das kleine Zimmer, und der Alte wirkte in dem großen Sessel wie ein Kind.

Er stand mühsam auf und sie gaben einander die Hand. Robert überragte ihn um fast einen halben Meter und setzte sich eilig.

Die Schwiegertochter bot Kaffee an und ging hinaus.

Heuer schaute mit großen wässriggrauen Augen und wartete. Robert dachte an Heuers Beruf, an den Blick durch die Linse, an das Warten auf den richtigen Moment. Diesen Bruchteil einer Sekunde, den einzufangen sich lohnte.

Er beugte sich vor und schob das Foto über den Tisch.

»Vielleicht haben Sie dieses Bild aufgenommen?«, fragte er leise. »Jedenfalls stammt es aus Ihrem Atelier«, und er wusste nicht, warum er fast flüsterte.

Heuer nahm die Lupe, betrachtete das Porträt und die Rückseite eingehend. Robert Lubisch sah die wässrigen Augen für einen Moment durch die Lupe vergrößert und dachte an einen See, auf dem sich Nebel sammeln, um sich nie wieder aufzulösen.

»Ja, das ist von mir«, sagte der Alte und legte Bild und Lupe zurück. Robert hatte Stolz auf diese Arbeit erwartet, aber dieses »Ja, das ist von mir« klang resigniert.

Frau Heuer kam mit einem Tablett, verteilte rosageblümtes Kaffeegeschirr und goss Kaffee aus einer bauchigen, dazu passenden Kanne ein. Sie schwiegen. Dann zog sie sich wieder zurück und die leise Nachdrücklichkeit, mit der sie die Tür hinter sich schloss, gab diesem Treffen etwas Heimliches.

Der Alte rührte in seinem Kaffee und schien dem hellen gleichmäßigen Klang, wenn der Löffel gegen die dünnwandige Tasse stieß, nachzulauschen.

Robert wartete.

»Das ist Therese«, sagte Heuer, und auch er sprach leise. Seine Stimme mischte sich mit dem Porzellanklang und Robert meinte, der Alte habe den Namen gesungen.

Heuer legte den Löffel beiseite und sah auf. »Therese Pohl. Später Therese Peters.«

Robert rutschte in seinem Sessel ein Stück vor. »Die Frau von Wilhelm Peters?«

»Ja«, sagte er. »Wilhelm Peters.«

Robert spürte Enttäuschung.

»Der Wilhelm ist vermisst«, sagte Heuer und nahm einen Schluck Kaffee. »Seit damals ist der vermisst.«

Lubisch runzelte die Stirn.

»Wilhelm Peters ist nicht gefunden worden?«, fragte er skeptisch.

Der Alte schüttelte langsam den Kopf. »Nein. Nie.«

»Wissen Sie vielleicht, ob Frau Peters noch lebt und wo ich sie finden kann? Oder hatten sie vielleicht Kinder?«

Er wusste nicht, warum er das fragte. Eigentlich war seine Suche hier zu Ende. Er hatte keine heimliche Geliebte des Vaters gefunden. Aber jetzt hatte die Frau einen Namen und es war, als sei sie dadurch ein Stück näher herangerückt, herausgetreten aus dieser sepiafarbenen Ferne.

Heuer nahm das Bild auf und es schien, als spräche er zu dem Foto.

»Die ist dann auch weg. Nicht lange danach ... Hat man

nie mehr was von gehört. Und ... nein, Kinder hatten die keine.«

»Wo haben die Peters damals gewohnt?«, versuchte Robert die aufkommende Enttäuschung zu bremsen.

»Zuletzt haben die draußen gewohnt.« Er machte eine schwache Armbewegung. »Auf dem Höverkotten.«

Dann sah er Robert direkt an.

»Aber sagen Sie, woher haben Sie das Bild?«

Robert Lubisch zögerte kurz, dann entschied er sich für eine Teilwahrheit. »Es war in den Unterlagen meines Vaters.«

Auf dem Gesicht des Alten zeigte sich zum ersten Mal ein Lächeln. »Ja, ja. Die Therese. Das war ein hübsches Mädchen. Die ist sicher nicht lange allein geblieben. Vielleicht hat sie ja doch noch ihr Glück gemacht.«

Als Robert sich verabschiedete, blieb er noch einmal stehen. Er musste das einfach fragen. »Herr Heuer, können Sie sich an diesen Fototermin erinnern? Wissen Sie noch, ob Therese alleine kam oder in Begleitung?«

Die schwimmenden Augen wichen aus und er starrte sekundenlang vor sich hin. Dann schüttelte er den Kopf. »Nein. Ich meine, sie kam alleine, aber das ist lange her, ich kann mich nicht mehr genau erinnern.«

Robert stand mit Heuers Schwiegertochter schon am Gartenzaun, als er nach dem Weg zum Höverkotten fragte. Sie erklärte ihm den Weg. »Aber der ist erst seit einigen Jahren wieder bewohnt«, sagte sie nachdenklich, »der hat ja bald vierzig Jahre leer gestanden. Also ich würde meinen, wenn es um so alte Geschichten geht, da fahren sie besser direkt zum Höverhof. Paul und Hanna Höver. Die sind hier aufgewachsen. Die wissen da sicher besser Bescheid.«

Robert Lubisch bedankte sich.

Der Höverhof lag hinter Kranenburg und machte einen gepflegten Eindruck. Ein schmaler Asphaltweg führte von der Landstraße weg, an einer hohen Hecke vorbei zum Wohnhaus. Dahinter lagen weiß getünchte Stallungen. In der offenen Scheune standen ein alter Trecker und zwei Anhänger.

Am Wohnhaus führten vier breite Stufen zu einer schweren Eichentür hinauf. Zu beiden Seiten des Eingangs standen Terrakottatöpfe, in denen üppige Geranien blühten. Noch bevor er den Klingelknopf drücken konnte, begann ein Hund im Innern des Hauses zu bellen.

Er schellte zwei Mal und das Tier schien mit jedem Klingelzeichen aufgeregter, kläffte jetzt unmittelbar hinter der Tür. Robert wich einen Schritt zurück.

Sonst war nichts zu hören. Er sah sich um. In der Scheune neben dem Trecker war reichlich Platz und auf dem Betonboden waren Ölflecke zu erkennen. Vermutlich parkte dort normalerweise ein Pkw.

Er sah auf die Uhr. Viel Zeit hatte er nicht mehr. Auf der Wiese, direkt am Haus, weideten Pferde, daneben lag ein Voltigierplatz und im Westen, hinter den Feldern, duckte sich ein kleines, alleine stehendes Haus vor einem Waldstück.

Das musste der Höverkotten sein. Das könnte er noch probieren.

Kapitel 4

20. April 1998

Rita Albers pflanzte auf der Terrasse den Oleander und die beiden Orangenbäumchen, die den Winter im Haus verbracht hatten, in größere Töpfe.

Vor neun Jahren, unmittelbar nach ihrer Scheidung, hatte sie Köln den Rücken gekehrt und war hierher gezogen. Sie hatte diesen Kotten – am Ende der Welt, wie ihre Freunde behaupteten – auf Lebzeit gepachtet. Die Freunde hatten auch geunkt, dass sie hier vereinsamen würde, und dass sie bald zurückkäme. Aber stattdessen hatte sie ihre Festanstellung bei dem Frauenmagazin gekündigt und arbeitete seither als freie Journalistin. Es gefiel ihr, nach ausgedehnten Recherchereisen hierher zurückzukommen und in Ruhe an den Artikeln zu arbeiten. Ihren Entschluss hatte sie nie bereut.

Sie war gerade dabei, die Teakgartenmöbel mit Laugenwasser abzuschrubben, als es klingelte.

Sie rechnete mit dem Postboten und rief: »Auf der Terrasse.«

Als sie aufblickte, sah sie einen Fremden auf dem Plattenweg in den Garten kommen.

Sie stellte den Eimer mit dem Laugenwasser auf den Gartentisch.

»Ja, bitte«, sagte sie in leicht genervtem Ton und stützte sich mit ihren behandschuhten Händen auf die halbhohe, gemauerte Terrassenbalustrade. Sie hatte in der Einfahrt ein unübersehbares Schild mit der Aufschrift »Privatgrundstück« angebracht. Es passierte immer wieder, dass Radfahrer und Wanderer sich hierher verirrten, ihren Wildgarten mit der großen Obstwiese dahinter für eine Touristenattraktion hielten und ungeniert hineinspazierten. Als sie eines Tages nach Hause kam und eine Gruppe Radfahrer auf der Wiese ein Picknick veranstaltete, war ihr der Kragen geplatzt und sie hatte das Schild aufgestellt.

Der Mann, der jetzt auf die Terrasse zukam, passte nicht so ganz ins Bild. Er trug weder Wanderschuhe noch diese mit Werbung übersäten Körperkondome, in denen Radfahrer daherkamen.

»Entschuldigen Sie die Störung. Mein Name ist Robert Lubisch.« Etwas verlegen stand er vor dem Terrassenaufgang.

Er räusperte sich. »Ist das hier der Höverkotten?«

»Ja«, antwortete sie jetzt weniger schroff, zog ihre Gummihandschuhe aus und fuhr sich durch die kurzen, dunklen Haare.

»Ich war schon auf dem Höverhof, aber da ist niemand zu Hause.« Er räusperte sich erneut. »Ich weiß auch gar nicht, ob Sie mir da weiterhelfen können.«

Er hielt ein kleines Foto hoch. »Es geht um diese Frau. Sie hat hier mal gewohnt.«

In Rita Albers erwachte berufsbedingte Neugier.

»Kommen Sie rauf«, sagte sie spontan. »Es ist sowieso Zeit für eine Pause.«

Sie zog die Gartenschuhe aus, reichte ihm die Hand und stellte sich vor. Dann ging sie voraus in eine großzügige, helle Küche. Ihre schlanke Gestalt bewegte sie sicher um den schweren Holztisch, der in der Mitte stand und von acht beigen Schalensitzen umgeben war. Sie bat ihn Platz zu nehmen, stellte Gläser, einen Krug mit Orangensaft und eine Flasche Mineralwasser auf den Tisch. Als sie sich gesetzt hatte, sah sie ihn erwartungsvoll an.

Er legte das Foto auf den Tisch.

»Das ist Therese Peters«, erklärte er, »und sie hat mit ihrem Mann wahrscheinlich bis Kriegsende hier gewohnt.«

Rita Albers zog die Augenbrauen kritisch zusammen und betrachtete das Bild. Dann blickte sie den Mann an.

»Das kann schon sein, aber ich habe das Haus erst vor neun Jahren gepachtet. Ich mein, ich verstehe nicht ganz, was sie wollen. Ist das eine Verwandte von Ihnen, oder was?«

Robert Lubisch schüttelte den Kopf. »Sie ist keine Verwandte. Ich weiß nicht mal, ob sie überhaupt noch lebt.« Für einen Moment dachte er: Was mach ich hier? Therese Peters war nicht die Geliebte meines Vaters. Es ist vorbei.

Er schüttelte den Kopf und erhob sich. »Es tut mir leid, bitte entschuldigen Sie mein Eindringen.«

Rita Albers musterte ihn und stand ebenfalls auf.

»Jetzt warten Sie doch mal. So geht das nicht. Erst machen Sie mich neugierig und dann gehen Sie einfach wieder?«

Jetzt lächelte sie breit. »Ich meine ... ich bin Journalistin, vielleicht kann ich Ihnen helfen.«

Robert blieb unschlüssig an der Küchentür stehen und ließ sich ihr Argument durch den Kopf gehen. Eine Journalistin wusste wahrscheinlich wie man vorgehen musste, und käme schneller an Informationen. Außerdem lebte sie hier, kannte die Leute. Und wenn nicht, auch gut. Eigentlich war die Sache für ihn erledigt, aber jetzt, wo die Frau auf dem Foto einen Namen hatte, interessierte ihn doch, was aus dieser Therese Peters geworden war.

Er setzte sich wieder und berichtete, was er bisher herausgefunden hatte. Die Albers fragte geschickt weiter und bald erzählte er von Heuer, von den Papieren des Wilhelm Peters und welche Rolle sie auf der Flucht seines Vaters gespielt hatten.

Rita Albers bot an, sich ein bisschen umzuhören, witterte eine Geschichte, die sich vielleicht verkaufen ließ.

»Haben Sie die Papiere dabei?«

»Im Auto.«

Für einen Moment saßen sie schweigend da. Im Garten zwitscherten Meisen in die Stille.

»Hören Sie«, nahm Rita den Faden wieder auf. »Das interessiert mich jetzt auch. Schließlich haben die hier«, und dabei klopfte sie mit der Handfläche sacht auf den Tisch, »gelebt. Zumindest muss sich ja herausfinden lassen, was aus dieser Frau geworden ist.«

Sie schwieg.

Als er immer noch zu zögern schien, sagte sie: »Wissen Sie, dieses Haus hat seit 1951 oder 1952, so genau wussten die Hövers das nicht mehr, leer gestanden. Eine richtige Ruine war das. Eingeschlagene Fenster, Löcher im Dach, zertrümmerte Möbel und überall Unrat.« Sie klopfte mit der flachen Hand wieder leicht auf den Tisch. »Nur dieses Schätzchen hab ich noch retten können.«

Robert Lubisch betrachtete den soliden, groben Tisch. Vielleicht hatten die Peters an diesem Tisch gesessen, so wie er jetzt mit dieser Frau hier saß. Das Foto war spätestens Anfang der Vierzigerjahre aufgenommen worden und das bedeutete, Therese Peters musste heute um die achtzig Jahre alt sein. Vielleicht würde es ihr etwas bedeuten, dieses Bild noch einmal in den Händen zu halten.

Dann stand er auf, ging zum Auto und holte die Papiere.

Er folgte Rita Albers durch einen breiten Bogen in ein großes Zimmer mit Schiebetüren, die auf die Terrasse führten. Zwei Glasplatten auf Metallböcken standen im rechten Winkel zueinander und bildeten eine Art modernes Büro. An den Wänden zogen sich Bücherregale bis zur Decke. Der helle Holzfußboden, nackt und unverstellt, schimmerte im einfallenden Sonnenlicht fast golden.

Rita Albers scannte das Foto, den Ausweis und den Passierschein ein. Das Gerät brauchte mehrere Minuten. Sie druckte das Foto aus und gab ihm die Originale zurück. Ein verschwommenes Schwarz-Weiß-Bild schob sich langsam aus dem Drucker.

Robert sah auf die Uhr. Er hatte sich über eine Stunde aufgehalten. Eilig tauschten sie Visitenkarten aus und er fuhr in Richtung Nimwegen.

Rita vergaß den Eimer mit dem Laugenwasser und die Gartenmöbel. Sie fuhr ihren Laptop hoch und machte sich im Internet auf die Suche nach Therese Peters. Das Telefonbuch Deutschland enthielt 21 Einträge.

Es war Zeit für die Tagesschau, als sie den Telefonhörer ein letztes Mal auflegte. Sie hatte, bis auf zwei, alle Therese Peters telefonisch erreicht. Keine hatte im Höverkotten oder auch nur in Kranenburg gewohnt, und auch was die beiden noch nicht erreichten anging, machte sie sich wenig Hoffnung. Die Frau war nicht mal dreißig gewesen, als sie fortging. Bestimmt hatte sie wieder geheiratet.

Als Rita Albers zu Bett ging, beschloss sie, es zuerst bei den Hövergeschwistern, Hanna und Paul, zu versuchen. Sie waren während des Krieges wahrscheinlich noch Kinder gewesen, aber die Peters mussten sie gekannt haben.

Die Hövers waren keine gesprächigen Zeitgenossen, und sie pflegte keinen regelmäßigen Kontakt zu den beiden, aber sie hatte einen guten Vorwand. Wegen der hohen Wasserkosten plante sie einen Brunnen. Über solche Dinge redete Paul Höver gerne. Er mochte auch ihren Garten und freute sich, wenn sie ihn um Rat fragte.

28

Kapitel 5

21. April 1998

Sie ging zu Fuß den schmalen Feldweg entlang, der die direkte Verbindung zwischen Höverkotten und Höverhof war. Es war noch früh und die Luft kühl. Auf den Wiesen und Feldern lag ein feiner Dunst, den die Sonne in der nächsten Stunde Stück für Stück aufsaugen würde.

Sie sah Paul und Hanna von Weitem auf der Pferdekoppel, wo er mit Zaumzeug hantierte und sie einen Schimmel zum Voltigierplatz führte. Die Hövers betrieben eine Pferdepension. Die Leute kamen von weit her, um ihre wertvollen Tiere hier unterzubringen. Die Tierärzte in der Umgebung empfahlen, wenn ein Pferd nach einer Verletzung langsam wieder aufgebaut werden musste, den Höverhof.

Pauls Frau Sophia war an Krebs gestorben. Während ihrer Krankheit gab er die Landwirtschaft, von der sie nur schlecht hatten leben können, ganz auf und kümmerte sich ausschließlich um die Pflege seiner Frau. Der Hof war damals ziemlich heruntergekommen, und Rita war sicher, dass Paul Höver den Pachtvertrag mit ihr nur unterschrieb, weil er in finanziellen Schwierigkeiten gesteckt hatte. Nach Sophias Tod war seine Schwester Hanna, die vorher als Krankenschwester in Kleve gearbeitet hatte, hergezogen. Sie renovierten die Stallungen und bauten sie um, legten den Voltigierplatz an und setzten Scheune und Wohnhaus instand. Man munkelte, dass das Geld dafür aus der Lebensversicherung von Sophia geflossen war.

Hanna war nie verheiratet gewesen, und dass sie und Paul

Geschwister waren, sah man auf den ersten Blick. Zwei große, kräftige Gestalten, und Hanna, die wie ihr Bruder derbe Arbeitslatzhosen und karierte Hemden trug, war rundlich, ohne dick zu wirken.

Rita stellte sich an den Zaun und winkte ihnen zu. Die beiden erwiderten den Gruß mit einem kurzen Nicken und widmeten sich wieder ihrer Arbeit.

So war es immer. Niemals würden sie ihre Arbeit unterbrechen, um sie zu begrüßen. Sie nicht, und auch die Kunden nicht, die mit ihren Geländewagen vorfuhren, um ihre Pferde zu bringen oder abzuholen. Bei Hövers wartete man, egal wer man war, bis einer der beiden Zeit hatte.

Zu Anfang hatte Rita das arrogant gefunden, aber sie merkte bald, dass das nicht stimmte. Die beiden hatten einfach ein sehr eigenes Wertesystem. Es schien, als lebten sie nach einer anderen Uhr. Sie unterbrachen keine Arbeit, nur um zu plaudern. Von Plaudern konnte sowieso keine Rede sein. Die beiden waren freundlich, aber wortkarg. Sie lebten, obwohl sie sicher inzwischen ein gutes Auskommen hatten, sparsam, und diese Sparsamkeit erstreckte sich auch auf ihre Art zu sprechen.

Es dauerte gut zehn Minuten bis Hanna das Tier vom Platz auf die Koppel führte, sich neben Rita stellte und »Morgen« sagte. Dann wartete sie. Auch das war wie immer. Wenn jemand auf den Hof kam, dann wollte er etwas, und das sollte er vorbringen und wieder gehen.

Rita tastete nach der Kopie des Fotos in ihrer Jeansjacke. »Hanna, ich hab ein paar Fragen zu den Leuten, die bis Kriegsende im Kotten gewohnt haben. Die hießen doch Peters, oder?« Hanna nickte kurz.

»Es geht um Therese Peters.« Rita zog die Kopie des Fotos aus der Tasche und reichte sie ihr. »Also, was ich weiß, ist, dass ihr Mann im Krieg gefallen ist, nie gefunden wurde und sie dann auch weggegangen ist.«

Hanna sah sie ungerührt und direkt an und schwieg. Auf das Papier warf sie nur einen flüchtigen Blick. Rita schluckte. »Das Bild hat der Fotograf Heuer gemacht. Erinnern Sie sich an das Fotoatelier Heuer?« Sie räusperte sich. »Jedenfalls, er hat gesagt, dass Therese Peters damals weggegangen ist.« Rita geriet ins Stottern und ärgerte sich, dass Hanna Höver sie mit ihrer provozierend stoischen Art wieder mal aus dem Konzept brachte. Sie konnte einfach nicht einschätzen, ob Dummheit in diesem Blick lag oder weise Ruhe.

Sie entschied sich, nichts von Robert Lubisch zu sagen, und auch nichts über die damalige Rolle seines Vaters.

»Und?«, fragte Hanna endlich.

Paul kam über den Hof, grüßte mit dem gleichen kurzen »Morgen« wie seine Schwester es getan hatte.

Hanna gab das Papier wortlos an ihren Bruder weiter, und Rita meinte im Gesicht des Mannes ein kurzes Zucken zu sehen. Erstaunt? Erschrocken?

»Ich dachte, vielleicht wissen Sie, was aus ihr geworden ist? Ich meine ... Sie müssen sie doch gekannt haben.«

In der Pause, die entstand, sammelten sich die Rufe von Saatkrähen, die Motorengeräusche eines näher kommenden und sich wieder entfernenden Autos. Auf der Koppel schnaubte ein Pferd. Paul faltete das DIN-A4-Blatt in immer kleinere Rechtecke und zog die Kanten mit Daumen und Zeigefinger nach, als wolle er es zerschneiden.

»Die ist damals weg«, sagte Hanna endlich, »und wohin weiß niemand.«

Rita, erleichtert darüber, dass Hanna überhaupt etwas dazu sagte, fragte sofort weiter.

»Wissen Sie noch, wann das war?«

»Nein.« Die Antwort kam nicht unfreundlich, aber so direkt und hart, als hätte Hanna mit diesem Nein auf ihre Frage geschossen.

»Sie war doch eine geborene Pohl. Hatte sie vielleicht Geschwister, die mir weiterhelfen könnten?«

»Nein!« Wieder kam die Antwort unmittelbar und endgültig.

Paul sagte: »Wissen Sie, das ist ja schon lange her. Eines Tages war sie einfach weg.« Er strich sich durch sein struppiges, braungraues Haar. »Woher haben Sie denn das Foto?«

Rita überging die Frage.

»Die Pohls, waren die denn hier aus Kranenburg?«

Hanna schob ihre Hände in die Taschen ihrer Cordweste. »Ich hab zu tun«, sagte sie kurz und ging hinüber zu den Stallungen.

Ahnend, dass auch Paul Höver sie gleich stehen lassen würde, fragte Rita eilig: »Und dieser Wilhelm Peters, war der auch von hier?«

Er nickte.

Rita atmete tief durch und zwang sich zur Geduld.

»Und ... hatte der vielleicht Geschwister?«

»Eine Schwester.«

»Und die? Lebt die noch hier?«

»Die ist im Krieg geblieben.«

Rita verschlug die Wortwahl für einen Augenblick die Sprache. Im Krieg geblieben. Warum sagte man das so? Hieß das, dass für die Toten immer noch Krieg war?

»Aber vielleicht können ...«

Jetzt unterbrach Paul Höver sie: »Ich habe Sie gefragt, woher Sie das Foto haben.« Die Bestimmtheit im Ton des sonst eher sanften Mannes ließ sie zusammenzucken.

Sie brauchte nur den Bruchteil einer Sekunde.

»Der alte Tisch«, sagte sie schnell. »Sie wissen doch, ich habe den alten Tisch restauriert. Das Foto war in der Schublade.«

Höver nickte. »Lassen Sie die Toten ruhen«, sagte er fast versöhnlich, drehte sich um und ging zurück auf die Koppel.

Rita Albers machte sich auf den Heimweg. Erst kurz vor ihrer Haustür bemerkte sie, dass Paul Höver ihr die Kopie des Fotos nicht zurückgegeben hatte.

Kapitel 6

21. April 1998, Abend

Als Therese Mende das Telefongespräch beendete hatte, blieb sie noch lange auf der weitläufigen Terrasse ihres Hauses stehen. Ohne Blick wanderten ihre Augen über die Bucht hinaus aufs Mittelmeer. Die See war ruhig. Tief unter ihr zerschlugen Wellen sich an den Felsen, andere schoben sich weiter in die Bucht hinein und züngelten auf einen schmalen Sandstrand, an dem seit einigen Tagen die Urlauber wieder zahlreicher wurden. Die Touristensaison kam mit eiligen Schritten und erst im Oktober würde langsam wieder Ruhe einkehren. Rufe wehten zu ihr hinauf, flüchtige Wortfetzen, die verflogen, noch ehe sie einen Sinn ergaben.

Der Kalender sagte Ende April, aber in diesem Jahr schien alles in Eile. Die Lichtspiele des Sommers tanzten bereits auf dem Wasser und bald würden die Schatten der Felsen wie die Zeiger einer Uhr über die Bucht wandern und mittags zu diesem schattenlosen Augenblick zusammenlaufen.

Diese Dringlichkeit! Von Jahr zu Jahr schienen die Tage länger und die Jahre kürzer. War es nicht erst gestern gewesen, dass die winterliche Mandelblüte wie rosa schimmernder Schnee auf den Zweigen gelegen hatte?

Kopfschüttelnd wandte sie sich ab. Auf vier aus Natursteinen gemauerten Säulen zog sich, über die gesamte Breite des Hauses, ein Dach aus roten Ziegeln und tauchte die Terrasse bis zur Mitte in Schatten. Sie ging zum Sideboard, nahm die Sherryflasche und ein Glas und setzte sich in einen der breiten Korbstühle.

Es war das Alter. Im Alter kippte die Zeit. Da hielt man ängstlich die Augenblicke fest und hoffte, auch den nächsten Tag noch zu sehen. Eine gewisse Maßlosigkeit. Eine Lebensgier, die nicht nach mehr Leben verlangte. Eine Lebensgier, die den Tod fürchtete.

Sie goss sich großzügig ein und fuhr mit der linken Hand durch das graue Haar, das zu einem Pagenkopf geschnitten war.

»Die Pächterin«, hatte Hanna am Telefon gesagt, »die Pächterin hat ein Foto und schnüffelt rum.«

So schlicht klang es also, wenn die Vergangenheit einen nach fast fünfzig Jahren einholte.

Der Sherry war dunkel und weich, brannte nur an der Zungenspitze ein wenig nach.

Im ersten Moment hatte sie überhaupt nicht verstanden, wovon Hanna sprach.

Ganz absichtslos war im Laufe der Jahre das Leben der Therese Peters zurückgewichen. Immer wenn sie ein Formular ausgefüllt hatte und Therese Mende, geborene Pohl eintrug, war es, als habe sie diese Zeile über das Leben der Therese Peters geschrieben. Buchstaben, die sich immer dichter über die Bilder legten, und in Rom und London, wo sie die ersten Jahre mit ihrem Mann Tillmann Mende gelebt hatte, war sie manchmal mitten auf der Straße stehen geblieben und hatte sich gefragt, ob es diese sieben Jahre der Therese Peters wirklich gegeben hatte.

Und jetzt waren sie zurück, diese fadenscheinigen, fundamentlosen Jahre, und sie spürte nicht mal Erstaunen.

Die Frau behauptete, sie habe das Foto im Kotten, in der Küchenschublade gefunden, aber das konnte nicht stimmen. Warum behauptete sie das? Woher hatte sie das Bild wirklich?

»Eine Journalistin«, hatte Hanna gesagt. So eine würde weitergraben. Sie würde einen ganzen Koffer voll nachprüfbarer Fakten zusammentragen, sie willkürlich interpretieren und auf diese anmaßende Art von Wahrheit sprechen. Und nichts davon würde wahr sein.

Therese trank den Rest ihres Sherrys in einem Zug und schenkte nach.

All die Jahre hatte sie hart gearbeitet und zusammen mit ihrem Mann Tillmann das Modelabel »Mende Fashion« aufgebaut. Das war nicht immer leicht gewesen. Tillmann war ein kreativer Kopf, aber von einem Leichtsinn, der sie mehrmals kurz an den Rand des Ruins brachte. Erst als er ihr die alleinige Geschäftsführung übergab, ging es bergauf. Heute war »Mende Fashion« in ganz Europa vertreten.

Tillmanns plötzlicher Tod vor drei Jahren hatte sie in eine tiefe Depression gestürzt. Alles war mit einem Schlag ohne Sinn gewesen. Ohne seinen Leichtsinn. Aber das hatte sie erst Monate später verstanden. Sie gab die Geschäftsführung in die Hände ihrer Tochter Isabel und zog sich hierher zurück.

Nur ihr Mann hatte etwas von ihrem Leben als Therese Peters gewusst. Isabel war ahnungslos.

Sie saß lange unbeweglich, die Gedanken ziellos treibend, da. Die Sonne wanderte ins Landesinnere. Am Horizont verschwamm die Linie zwischen Himmel und Wasser. Bald würde sie sich auflösen und nur an den flachen Gischtstreifen brechender Wellen war noch zu erkennen, dass es ein Unten und Oben gab.

Luisa, ihre Haushälterin, stand im Durchgang zum Wohnzimmer und räusperte sich auf diese vorsichtige Art. Therese erschrak.

»Entschuldigen Sie, aber das Abendessen ist fertig«, sagte

Luisa und verschwand genauso lautlos, wie sie gekommen war.

Therese hatte keinen Hunger, aber sie ging hinein und zum Esszimmer hinüber. Ihr weit geschnittener Hausanzug aus türkisfarbener Rohseide raschelte bei jedem Schritt. Sie aß nur einige wenige Bissen. Als Luisa den Tisch abräumte, sah sie sie besorgt an. »Schmeckt es Ihnen nicht? Soll ich etwas anderes bringen?« Therese lächelte und tätschelte ihr die Hand. »Das Essen ist ausgezeichnet, Luisa, aber ich bin heute nicht hungrig.« Das Gesicht der Haushälterin entspannte sich. Mit flinken Händen stellte sie Schüsseln und Teller auf ein Tablett und verschwand damit in der Küche. Kurze Zeit später kam sie noch einmal zurück und sagte ihr allabendliches: »Ich gehe dann, Frau Mende. Brauchen Sie noch etwas?«, und Therese antwortete wie jeden Abend: »Nein Danke, Luisa. Ich wünsche Ihnen einen schönen Abend.«

Dann war sie alleine. Mit einem Glas Rotwein und einem Wolltuch um die Schultern, setzte sie sich wieder auf die Terrasse. Der Strand hatte sich geleert, nur das gleichmäßige beständige Raunen des Meeres war zu hören.

Unkontrolliert fielen Erinnerungsfetzen sie an, wirbelten wie Trümmer einer eingestürzten Zeit durch ihren Kopf.

Die Mutter auf Knien in der Kirchenbank, in den muffig-herben Geruch von altem Weihrauch gehüllt.

Leonard, der auf dem Stoppelfeld steht und das Versprechen ewiger Freundschaft einfordert, und später dann, mit schreckgeweiteten Augen und flüchtig wie ein Geist.

Juri, der an einen Gott glauben will und sich gegen die Bretterwand der Scheune presst, um nicht ins Wanken zu geraten.

Der Vater mit der Brille, in der ein Glas geborsten ist. Der ihr schweigend mit dem Handrücken über die Wange streicht und ein Lächeln versucht.

Und Wilhelm. Wilhelm, der unruhig in ihrem Zimmer auf und ab geht und schließlich sagt: Heirate mich!

Die Fremdheit der Bilder verlor sich schnell. Die Jahre dazwischen schrumpften im Minutentakt.

Kapitel 7

21. April 1998

Gegen zehn Uhr fuhr Rita Albers mit dem Rad nach Kranenburg. Die rote Backsteinfassade des Rathauses war fast zur Gänze mit wildem Wein überwuchert. Die frischen Blätter lagen wie gewachst auf dem Mauerwerk und leuchteten im satten Grün des Frühlings. Die junge Frau in der Einwohnermeldestelle grüßte freundlich. Auf ihrem Schreibtisch stand ein Schild mit dem Hinweis: »Hier bedient Sie Frau Yvonne Jäckel«, und Frau Jäckel runzelte irritiert die Stirn, als Rita sich als Journalistin vorstellte und ihr erzählte, dass sie in einem alten Vermisstenfall recherchiere.

»Ja, das weiß ich jetzt auch nicht. So alte Daten. Im Computer haben wir alles ab 1950, aber vorher ...« Sie sah die Albers hilflos an. »Wie waren noch mal die Namen?«

Rita lächelte gewinnend. »Therese Peters, geborene Pohl, und Wilhelm Peters. Wenn ich das richtig sehe, ist Wilhelm Peters zum Ende des Krieges gefallen und Therese hat kurz danach die Stadt verlassen.«

Die junge Frau schüttelte den Kopf. Dann gab sie die Namen wie automatisch in ihren PC ein und Rita verdrehte die Augen.

»Hören Sie, der Krieg war 1945 zu Ende. Haben Sie vielleicht ein Archiv? Ich meine, könnte ich da mal nachsehen?«

Frau Jäckel war ganz mit ihrem Bildschirm beschäftigt

und fragte, ohne aufzusehen: »Haben Sie die Geburtsdaten?«

»Ja, von Wilhelm Peters.« Rita zog die Kopie des SS-Ausweises hervor. »Geboren am 22.06.1920.«

Die junge Frau betrachtete abwechselnd das Dokument und den Bildschirm.

»Das verstehe ich jetzt nicht«, sagte sie nachdenklich. »Ich habe diesen Wilhelm Peters hier, aber der ist nicht im Krieg gefallen. Der ist hier 1951 mit dem Hinweis ›vermisst‹ abgemeldet.«

Rita saß für einen Augenblick ganz unbeweglich. Dann fragte sie: »Steht dabei, ab wann er vermisst wurde?«

Die junge Frau drehte den Bildschirm zu Rita. »Sehen Sie hier. Wilhelm Peters, geboren am 22.06.1920, abgemeldet am 18.03.1951. Und hier unten der Hinweis: Vermisst gemeldet am 15.08.1950.« Sie scrollte ein Stück weiter hinunter. »Und dann hier. Therese Peters, geborene Pohl, Heiratsurkunde vom 25.08.1944. Ebenfalls abgemeldet am 18.03.1951 und hier mit dem Hinweis: ›unbekannt verzogen‹.«

Ritas Gedanken überschlugen sich. Was war das denn? Die Journalistin in ihr nahm Witterung auf. Die Geschichte, die Robert Lubisch ihr erzählt hatte, konnte so nicht stimmen. Hatte er sie belogen? Warum sollte er das tun? Nein, das war unwahrscheinlich.

»Was bedeutet das? Ich meine, wieso sind beide am 18.03.1951 abgemeldet worden?«

Yvonne Jäckel lehnte sich in ihrem Schreibtischstuhl zurück, sichtlich zufrieden mit sich und ihrer Datenbank. »Das ist ein behördlicher Vorgang. Man wartet noch einige Monate ab, versucht herauszufinden, wohin die Frau verzogen ist oder ob sie sich vielleicht doch noch ordnungsgemäß abmeldet, um sich woanders anmelden zu können. Mit Vermissten habe ich da selber keine Erfahrung, aber ich denke, dass da die Vorgehensweise ähnlich ist.«

»Können Sie mal nachsehen, was mit den Eltern oder Geschwistern ist?«

Die junge Frau tippte auf ihrer Tastatur. Als eine weitere Kundin das Büro betrat, drehte sie den Bildschirm eilig in die korrekte Position und schenkte Rita Albers ein kurzes entschuldigendes Lächeln.

»Ich schau später noch mal weiter, wenn ich Zeit hab«, sagte sie fast verschwörerisch, »aber ich glaube nicht, dass ich hier was finde. Die Datensätze von direkten Verwandten sind eigentlich verlinkt, aber hier habe ich keine weiteren Einträge. Wenn die Personen vorher verstorben oder abgemeldet worden sind ...« Sie hob hilflos die Schultern. »Da müssten Sie sich dann mit dem Gemeindearchiv in Verbindung setzen oder bei der Kirche nachfragen. Das Problem ist, dass Kranenburg nach dem Krieg fast völlig zerstört war.«

Rita zeigte auf den Drucker, der auf einem Aktenschrank hinter Yvonne Jäckel stand.

»Könnten Sie mir die Daten von Wilhelm und Therese Peters ausdrucken?«

Versehen mit zwei weiteren Dokumenten über das Leben der Peters trat sie hinaus auf den Platz. Sie schob ihr Fahrrad durch die Hauptstraße und machte spontan an der Eisdiele halt, vor der heute zum ersten Mal in diesem Jahr wieder vier kleine Tische auf dem Pflaster standen. Die Sonne war angenehm warm, besaß noch diese Leichtigkeit des Frühlings. Sie bestellte Cappuccino und versuchte die neuen Informationen zu ordnen.

Wilhelm Peters war nicht im Krieg gefallen. Warum hatte

Lubisch seinem Sohn diese Geschichte aufgetischt, und vor allem, woher hatte er die Papiere wirklich? Und wenn Wilhelm Peters erst fünf Jahre nach dem Krieg vermisst worden war, dann musste es ...

Eilig trank sie ihren Cappuccino aus, zahlte und fuhr in die Waldstraße.

Zwei Polizisten saßen hinter einem Tresen an ihren Schreibtischen. Ein korpulenter Mann, Ende vierzig und mit schon stark gelichtetem Haar, kam auf sie zu.

Rita stellte sich vor, zog die Ausdrucke aus dem Einwohnermeldeamt hervor und legte sie auf den Tisch. Dann kam sie direkt auf ihr Anliegen zu sprechen.

»Sehen Sie, ich bin Journalistin und recherchiere in einem alten Vermisstenfall aus dem Jahr 1950. Es geht um Wilhelm Peters. Er lebte mit seiner Frau in dem Höverkotten und wurde hier in Kranenburg vermisst gemeldet. Seine Frau verschwand einige Monate später.«

»1950«, sagte der Mann, nachdem er sich schweigend und ausgiebig mit den Ausdrucken des Meldeamtes beschäftigt hatte, mit sonorer Stimme. Dann sah er auf und fügte lakonisch hinzu. »Da bin ich geboren.« Er rührte sich nicht von der Stelle.

Rita atmete tief durch. »Hören Sie, ich gehe auch nicht davon aus, dass Sie den Fall damals bearbeitet haben, ich wüsste nur gerne, wo ich Akteneinsicht nehmen kann.«

Der jüngere Polizist am Schreibtisch schien dem Gespräch amüsiert zu folgen.

»Im Archiv«, sagte der Dicke endlich auf seine etwas schleppende Art. »Aber da müsste man erst suchen und das dauert.«

»Oh, ich warte.« Rita lächelte breit. »Ich habe Zeit.«

Der junge Polizist beugte sich tief über seinen Schreibtisch, um sein Grinsen zu verbergen. Der Ältere musterte sie mit kleinen braunen Augen, als sei sie ein seltenes Tier.

»So viel Zeit haben Sie nicht«, sagte er schließlich, »oder haben Sie Proviant dabei?«

Jetzt prustete der Mann am Schreibtisch los. Den Dicken störte das nicht, er sah Rita unverwandt an, während der andere den Raum verließ.

»Hören Sie, so groß wird Ihr Archiv ja nicht sein, und wenn es nach Jahrgängen geordnet ist ... ich meine, ich könnte Ihnen helfen.«

»So. Helfen wollen Sie«, sagte er wieder auf diese lang gezogene Art und Rita wurde immer ärgerlicher. Wollte er sie verarschen oder war der wirklich so? Und wenn der suchte, wie er sprach, dann war das mit dem Proviant wohl kein Scherz.

Er blickte nach links über den Tresen und zeigte auf die Uhr, die dort hing.

»Gleich Mittag.«

Rita wollte gerade lospoltern, als der junge Mann wieder hereinkam und zu seinem Kollegen sagte: »Liegt vor.«

Der Dicke nickte zufrieden. »Sehen Sie. Ordnung ist das halbe Leben. Wir haben das mal recherchiert«, und dabei zog er das Wort recherchiert lang und betonte jede Silbe. »Das Archiv ist in Kleve und die Unterlagen liegen vor.«

Eine halbe Stunde später tauschte sie das Fahrrad gegen ihren Kleinwagen und fuhr nach Kleve. Hier wusste man bereits Bescheid. Sie musste sich ausweisen und konnte in einem kleinen Zimmer die Akte mit der Aufschrift »Vermissung Wilhelm Peters« einsehen.

Rita las und machte sich Notizen.

Wilhelm Peters war am Dienstag, dem 15.08.1950, von seiner Frau als vermisst gemeldet worden. Sie waren am

Samstag, dem 12.08., zusammen auf dem Schützenfest in Kranenburg gewesen. Therese Peters hatte das Festzelt schon früh verlassen, ihr Mann war geblieben. Da er solche Veranstaltungen bis zum Schluss auskostete, hatte sie sich nichts dabei gedacht, als er am Sonntag nicht nach Hause kam. Sie ging davon aus, dass er durchfeierte. Erst Montagvormittag ging sie wieder zum Festzelt, vermutete ihren Mann beim Frühschoppen. Sie traf ihn nicht an, wartete den Tag noch ab. Wilhelm Peters war im Bauamt beschäftigt, hatte sich für den Montag freigenommen und hätte am Dienstag wieder arbeiten müssen. Wenn es um seine Arbeit ging, war er zuverlässig. Am 15.08.1950 ging Therese Peters morgens zunächst ins Rathaus und fragte im Bauamt nach ihrem Mann. Erst als sie erfuhr, dass er nicht zur Arbeit erschienen war, meldete sie ihn als vermisst.

Die Polizei fand in den Tagen danach heraus, dass Wilhelm Peters nach dem Samstagabend nicht mehr gesehen worden war und dass einige Besucher einen heftigen Streit zwischen ihm und seiner Frau vor dem Festzelt beobachtet hatten. Es gab weitere Aussagen, dass Wilhelm Peters sich ziemlich betrunken nach Mitternacht verabschiedet hatte. Schon bald war die Rede davon, dass er wahrscheinlich nicht mehr lebte, und Therese Peters geriet unter Verdacht.

Rita Albers blickte auf, als ein Polizist ihr eine Tasse Kaffee brachte.

»Oh, Danke«, sie lächelte ihn an.

»Sagen Sie«, Rita räusperte sich, »ihr Kollege in Kranenburg ... ist der immer so?«

Der Mann grinste breit und nickte. »Sie meinen Karl van den Boom? Der ist in Ordnung. Der verliert nie die Nerven und bringt im dicksten Stress wieder Ruhe rein. Der sagt immer: Wenn die Leute alles halb so schnell machen würden, würde auch nur halb so viel passieren. Bei Familienstreitigkeiten schicken wir am liebsten Karl. Bei uns heißt Deeskalation kurz ›Karl‹. Außerdem hat er einen sehr eigenen Humor.«

»Allerdings«, knurrte Rita.

Sie blätterte in den dünnen Aktenseiten, die unter ihren Fingern knisterten, und fand die Verhörprotokolle. Einige der Buchstaben schienen sich im Laufe der Jahre in die fast transparenten Papierbögen eingegraben zu haben, waren blass und kaum leserlich, an den kleinen »n« und »r« hatte das Durchschlagpapier Höfe hinterlassen, und sie lagen verstreut, wie kleine Planeten, auf den Seiten.

Sie zeigte auf die Unterschrift. »Die Protokolle sind alle von einem Polizeiobermeister Theo Gerhard unterschrieben. Gibt es den noch?«

Der Mann zuckte mit den Schultern. »Im Polizeidienst sicher nicht, aber vielleicht lebt der ja noch. Da fragen Sie am besten Karl.« Rita gab ein leises Stöhnen von sich.

Eine Stunde später hatte sie die Akte durchgelesen und klappte sie zu.

Therese Peters war bis zuletzt die Hauptverdächtige geblieben. Mehrmals war sie verhört worden, aber sie war bei ihrer Version geblieben. Es hatte weder eine Leiche noch hinreichende Indizien gegeben.

Im hinteren Teil der Akte gab es zwei handschriftliche Notizen.

28.12.1950
Frau Therese Peters ist der Vorladung vom 21.12. dieses Jahres nicht gefolgt. Ihr Haus wurde heute verlassen vorgefunden. Kleidung und persönliche Gegenstände waren nicht

mehr vorhanden. Ihr augenblicklicher Aufenthaltsort ist unbekannt.

Polizeiobermeister T. Gerhard

15.02.1951
Die Bemühungen, den Verbleib der Therese Peters zu klären, sind ohne Erfolg geblieben. Da sich die Verdachtsmomente im Vermisstenfall Wilhelm Peters gegen sie nicht erhärtet haben, stellen wir von Seiten der Polizeibehörde die Suche ein.

Polizeiobermeister T. Gerhard

Kapitel 8

21. April 1998

Therese Mende starrte in die mondlose Nacht und die Bilder stiegen von ganz allein aus der Schwärze des Wassers herauf.

Zunächst wehrte sie sich, schloss immer wieder die Augen und versuchte sich zu entziehen. Aber auch unter ihren Lidern tanzten Erinnerungen zusammenhanglos und unkontrolliert weiter. Ein feiner Stich ging durch ihren Körper, seidendünn und schneidend. Sie wusste es, und sie hatte es mit klopfendem Herzen nach dem Telefongespräch mit Hanna gespürt.

Die Zeit, die sie vergessen hatte, brach mit Macht über sie herein, bedrängte sie mit alten Bildern. Auf dem ruhigen Wasser schob sich in der Ferne das orangefarbene Licht eines Containerschiffs langsam voran, das einzige Zeichen, dass die Zeit auch jetzt nicht stillstand. Diese Ruhe. Diese Gleichgültigkeit.

Juli 1939

Jahrelang waren sie zu sechst mit den Fahrrädern die zwölf Kilometer nach Kleve zur Schule gefahren. Die Jungen zum Freiherr vom Stein Gymnasium, die Mädchen zur höheren Mädchenschule.

Alwine, vom Gutshof Kalder, mit ihren roten Locken und dem respektlosen lauten Lachen, das sie wie eine Fanfare über den Schulhof schickte und für das sie regelmäßige Einträge ins Klassenbuch erhielt.

Ihr älterer Bruder Jacob, der hochgewachsen und nachdenklich einen unausgesprochenen Stolz in sich trug und auf seine sachlich-kritische Art selbst unter den Lehrern Respekt genoss.

Wilhelm, der Sohn des Apothekers Peters, der stämmig und zupackend bei praktischen Problemen zur Stelle war. Der es in der HJ zum Gefolgschaftsführer gebracht hatte und die Gratwanderung versuchte, die kritischen Bemerkungen der Freunde zu überhören.

Hanna, die Tochter vom Höverhof, deren große, wasserblaue Augen ernst über rosafarbene Wangen blickten. Hanna, der das Lernen aus Büchern schwerfiel und die schon mit vierzehn, nach dem Tod ihrer Mutter, die Verantwortung für Haushalt und Geschwister trug.

Leonard, der Sohn des Rechtsanwaltes Kramer, der feingliederig und blass neben Jacob radelte und dem Jacob bei Gegenwind die Hand auf den Rücken legte und ihn schob. Leonard, der Literat, der ganze Textpassagen aus Goethes Werther auswendig rezitieren konnte.

Und Therese, die Tochter des Arztes Pohl, die immer in Bewegung schien, von unruhiger Lebendigkeit war. Selbst im Klassenzimmer, wenn sie still über ihre Bücher gebeugt saß, war es, als würde sie mit den Händen nach den Worten und Zahlen greifen.

In jenem Sommer 1939 sollte diese gemeinsame Zeit zu Ende gehen. Die Jungen hatten ihr Abitur gemacht und das Wort Krieg hatte an allen Tischen in der Gemeinde Platz genommen. In manchen Häusern wurde es bang geflüstert, in anderen laut und zuversichtlich ausgesprochen.

Jacob und Leonard sollten in den nächsten Wochen ihre

Pflichtzeit beim Reichsarbeitsdienst ableisten. Danach wollten sie sich auf die Offizierslaufbahn bewerben. Für Jacob war diese Wahl Familientradition. Sein Vater war als Oberst der Reserve bereits eingezogen. Leonard hatte sich gegen den Willen der Eltern beworben, die sich um seine Gesundheit sorgten und für ihn ein Jurastudium vorgesehen hatten. Wilhelm würde in Kranenburg bleiben und eine Ausbildung in der Verwaltung beginnen. Hauptsturmführer der SS August Hollmann hatte gesagt: »Peters, dich können wir hier brauchen. Du wirst es schnell zu was bringen.«

Alwine musste wegen ihrer schlechten Noten in ein Internat. »Alwine nimmt alles viel zu leicht«, hatte die Lehrerin den Eltern gesagt, »die muss endlich erwachsen werden.« Hanna verließ in jenem Jahr die Schule ohne Abschluss, weil ihre beiden älteren Brüder eingezogen wurden und die Arbeit auf dem Hof sonst nicht zu schaffen war.

Es war ein Freitag im August 1939. Wilhelm war für die Einteilung der Ernteeinsätze innerhalb der HJ zuständig und hatte dafür gesorgt, dass sie alle sechs auf Gut Kalder zur Heuernte kamen. Den ganzen Tag waren sie damit beschäftigt, auf mehreren Wiesen das Heu zu wenden. Sie lachten und scherzten und zum Mittag hin wurde die Stimmung immer ausgelassener. Neckische Bemerkungen wurden gerufen, dann flog das erste Heu. Wettkämpfe entstanden. Wer war zuerst mit seiner Reihe fertig? Die Mädchen verloren. Alwine schmollte und beschwerte sich lautstark. Wechselnde Paare wurden gebildet. Der Tag sauste dahin. Als sie fertig waren, mochten sie noch nicht zurück auf den Hof gehen. Keiner sagte es, und doch herrschte schweigendes Einvernehmen. Alle wussten, dass sie in dieser Runde das letzte Mal so unbeschwert zusammen sein würden. Sie setzten sich auf die Wiese, redeten und lachten übermütig.

Blicke wurden getauscht, Augen verlegen gesenkt, Gesten interpretiert. Hanna war in Jacob verliebt, das war ein offenes Geheimnis. Alwine mochte Wilhelm, und Wilhelm fühlte sich zu Therese hingezogen. Ein werbendes Necken lag in ihren Gesprächen, und wenn die Worte verebbten, schwebte verschämtes Lächeln über das Stoppelfeld und die untergehende Sonne malte den Abend und ihre Wangen rot.

Wilhelm und Leonard schwärmten von der großen Zukunft Deutschlands. Therese sagte: »Vater meint, Hitler stürzt die Deutschen ins Unglück.«

Vom Wald her hörte man Vogelgezwitscher, auf einem Hof in der Ferne bellte ein Hund. Jacob warf ihr einen kurzen Blick zu und sie meinte ein unmerkliches Kopfnicken zu sehen. Wilhelm lachte. »Mensch Therese, dein Vater war in der Zentrumspartei, der muss das ja so sagen. Aber er ist verblendet. Bei aller Freundschaft, aber schließlich war er schon mehrmals vorgeladen wegen seiner Äußerungen. Ich denke, er sollte da ein bisschen vorsichtiger werden.«

»Aber«, beharrte sie, sich in der Sicherheit der Freunde wissend: »Vater sagt, Hitler ist ein Kriegstreiber.« Alwine sah sie mit ihren großen Augen flehend an. »Ach Therese, müssen wir uns den schönen Tag jetzt mit so was verderben?«

Leonard sprang auf. »Lassen wir doch die Politik. Vielleicht sind wir heute zum letzten Mal zusammen, und ich wollte vorschlagen, dass wir uns hier und heute versprechen, dass wir uns nicht aus den Augen verlieren und einer für den anderen da ist, so wie es in den letzten Jahren auch war.«

Es war kein feierlicher Augenblick. Sie lachten erleichtert und ausgelassen, und laut besiegelten sie dieses Versprechen.

Die Fröhlichkeit des Tages war wie ein fein gesponnener

Faden gewesen. Die Diskussionen zur blauen Stunde hatten ihn beinahe zerrissen. Aber noch schafften sie die Gratwanderung. Noch verstanden sie es, ihre Freundschaft in den Mittelpunkt zu stellen und daran festzuhalten.

Therese Mende versuchte, sich den Himmel in Erinnerung zu rufen, den damaligen Himmel. War er wirklich so grenzenlos hoch gewesen, wie sie jetzt meinte? So hoch, dass die naive Zuversicht von sechs jungen Menschen darunter Platz gefunden hatte? Und wenige Wochen später, das wusste sie genau, war der Himmel ein anderer gewesen. Als sie Jacob und Leonard in aller Frühe am Bahnhof verabschiedeten und das Wort »Krieg« sich von den Tischen erhob und zu marschieren begann, lag der Himmel tief und war wie die Innenseite einer Austernschale. Durch Silber und Stahlgrau schimmerte Altrosa und Violett.

Kapitel 9

21. April 1998

Rita Albers hatte nachmittags versucht, Robert Lubisch auf dem Handy zu erreichen und ihm nach dem fünften vergeblichen Versuch eine Nachricht auf dem Anrufbeantworter hinterlassen. Um sich abzulenken, ging sie hinaus in den Gemüsegarten und wässerte die Saat- und Setzlingsreihen. Immer wieder trug sie die grüne Kanne neben den Kellereingang am Haus und füllte sie, und jeder Gang bestärkte ihren Entschluss. Als alle Reihen gewässert waren, rief sie die Gartenbaufirma Schoofs an und gab einen Kostenvoranschlag für einen Brunnen in Auftrag.

Nach einer Tasse Kaffee in der Küche, ihre Notizen und die diversen Kopien vor sich ausgebreitet, überlegte sie sich ihre nächsten Schritte. Sie musste sich auf jeden Fall mit dem Gemeindearchiv beschäftigen. Und sie würde noch einmal mit diesem Karl van den Boom sprechen und sich nach Polizeiobermeister a.D. Gerhard erkundigen. Heuer sollte sie auch besuchen und vielleicht ... Pohl? Die Frau hatte sich doch irgendwie ausweisen müssen, um Arbeit oder Wohnung zu finden. Vielleicht hatte sie ihren Mädchennamen benutzt. Sie wählte die Telefonnummer des befreundeten Journalisten Köbler, der bei der Suche nach Personen sehr erfolgreich war. Man munkelte, er habe gute Kontakte zum LKA und BKA. Sie plauderte über alte Zeiten und schilderte ihm dann die nötigsten Fakten. Er versprach, es zu versuchen. »Erwarte nicht zu viel, Rita«, sagte Köbler abschließend. »Viele Daten aus der Zeit sind noch nicht digitalisiert.

Wenn du Pech hast, liegen die Hinweise, die du suchst, in irgendeinem Archiv. Du hast nicht mal einen Ort und außerdem, was ist, wenn sie ins Ausland gegangen ist?«

Rita teilte seine Bedenken. »Aber du versuchst es, ja?«, bat sie nachdrücklich.

Erst am späten Abend, sie saß am PC und formulierte ihre bisherigen Rechercheergebnisse, meldete sich Robert Lubisch.

Rita berichtete und hörte, wie sein »Ja« und »Hmhm« am anderen Ende immer leiser wurde und schließlich ganz verstummte.

»Sind Sie noch da?«, fragte sie, als sie geendet hatte und nicht mal mehr ein Atmen zu hören war.

»Ja«, sagte er und in seiner Stimme lag Verwunderung, so als glaube er nicht an dieses »Ja«.

Dann hörte sie ihn leise fragen: »Sie meinen, der Mann hat noch gelebt, als mein Vater die Papiere an sich nahm?«

Rita dachte nach. Daran hatte sie noch nicht gedacht, aber auch das war natürlich eine Möglichkeit.

»Ja, das könnte sein. Es könnte aber auch sein, dass ihr Vater was mit dem Verschwinden von Wilhelm Peters zu tun hat.«

»Sie sind ja verrückt«, rief Robert Lubisch heftig und Rita meinte, sein Erschrecken durch das Telefon zu spüren.

Dann fing er sich wieder und sprach mit ruhigerer Stimme weiter. »Frau Albers, das ist ein völlig absurder Verdacht. Ich halte es für denkbar, dass mein Vater damals nicht erkannt hat, dass der Mann noch gelebt hat, aber …«

Sie hörte ihn tief Luft holen. »Hören Sie, ich möchte nicht, dass Sie da weiter tätig werden. Es war eine alberne Idee, und jetzt ist ja auch geklärt, dass Frau Peters offensichtlich ein neues Leben angefangen hat. Ich würde Sie bitten, die

Sache nicht weiter zu verfolgen.« Rita Albers lächelte vor sich hin. »Herr Lubisch«, antwortete sie gelassen, »ich bin an dieser Geschichte interessiert und ich arbeite nicht in Ihrem Auftrag. Ich werde weiter nach Therese Peters suchen. Ich bin ein neugieriger Mensch, und vor allem, ich bin Journalistin. Immerhin könnte dabei eine Story herauskommen, die sich gut verkaufen lässt.«

Eine Pause entstand. Dann hörte sie ein gepresstes »Das ist nicht fair, Frau Albers«. Er atmete mehrmals angestrengt, bevor er weitersprach. »Bitte lassen Sie uns darüber reden. Ich bin noch bis morgen Abend hier in Nimwegen. Ich könnte anschließend bei Ihnen vorbeikommen.«

Sie überging die Bemerkung. »Sagen Sie, ich habe gestern Abend ein wenig im Internet gestöbert. Bei Ihrem verstorbenen Vater, handelt es sich da um den Bauunternehmer Friedhelm Lubisch aus Essen?«

Am anderen Ende wurde abrupt aufgelegt.

Rita sah das Telefon erstaunt an. Dann las sie noch einmal die Zusammenfassung ihrer bisherigen Recherche. Noch war das alles recht dürftig. Sie schrieb Friedhelm Lubisch mit einem Ausrufungszeichen versehen dazu.

Nicht fair, hatte Robert Lubisch gesagt, aber was hatte er sich denn gedacht? Glaubte er wirklich, dass sie loszog, um für ihn zum Gotteslohn Informationen zu sammeln? Außerdem hatte sie ihm doch gestern Nachmittag in der Küche gesagt, dass sie der Fall als Journalistin interessiere. Sie schob ihre Notizen zu den anderen Unterlagen in den Hefter. Er würde sich schon wieder beruhigen.

Kapitel 10

21. April 1998

Robert Lubisch saß in der Hotelhalle mit einigen Kollegen zusammen, die die Vorträge des Tages auf Englisch diskutierten. Normalerweise hatte er kein Problem, solchen Gesprächen zu folgen, aber jetzt verlor er ständig den Faden und musste sogar zweimal um die Wiederholung einer Frage bitten, die an ihn gerichtet war.

Das Telefongespräch mit Rita Albers beunruhigte ihn mehr, als er sich eingestehen wollte, und gleichzeitig schimpfte er sich einen Idioten. Was hatte er sich nur dabei gedacht, ihr die Kopien zu überlassen?

Er konnte dem Gespräch nun endgültig nicht mehr folgen, entschuldigte sich, ging hinüber an die Bar und bestellte Espresso und Cognac.

Es war einfach eine Dummheit gewesen. Seine ganze Neugierde auf diese Therese Peters war eine sentimentale Albernheit, die er sich jetzt nicht mehr erklären konnte. Unkritisch hatte er es für einen glücklichen Zufall gehalten, auf eine Journalistin zu treffen, und jetzt konnte man sie nicht mehr aufhalten. Er fühlte sich wie ein Verräter. Was würde diese Frau noch alles zutage fördern? Er nahm einen Schluck von dem Cognac.

Die Vermutung, sein Vater könnte etwas mit dem Verschwinden dieses Wilhelm Peters zu tun haben, war absurd. Er war bis 1948 in Kriegsgefangenschaft gewesen und hatte sich danach im Ruhrgebiet als Handlanger durchs Leben geschlagen. Und außerdem, wieso sollte Peters fünf Jahre nach dem Krieg mit einem SS-Ausweis und einem Passierschein ausgerüstet durch die Gegend gelaufen sein?

Nein, was man seinem Vater vielleicht vorwerfen konnte, war, dass er nicht erkannt hatte, dass Peters noch lebte, als er ihm die Papiere abnahm. Vielleicht hatte er es auch bemerkt, und sie trotzdem genommen.

Der Gedanke ließ ihn schwindeln. Er setzte sich auf einen der Barhocker und trank den Espresso. Wie selbstverständlich er das dachte. Wie selbstverständlich er ihm das zutraute.

Er spürte die Hitze der Scham in sich aufsteigen. Was wusste er denn wirklich über den Vater?

Er konnte die Fakten aufzählen, die Dinge, die man in einem Lebenslauf schrieb. Aber der Mensch Friedhelm Lubisch war ihm nie vertraut gewesen.

Als er im Kindergartenalter war, war der Vater der hart arbeitende Mann gewesen, der ihm, nach Schweiß und Zementstaub riechend, mit schwieliger Hand die Wange tätschelte. Der ihn sonntags, nach der Kirche, mit zum Frühschoppen nahm, wo er mit anderen Männern in schlecht sitzenden Anzügen Bier trank, diskutierte und seinem Sohn eine Limonade spendierte.

Als er in die Schule kam, war der Vater damit beschäftigt, sein eigenes Unternehmen aufzubauen. In der engen Küche saßen sie jeden Morgen am Frühstückstisch beisammen, und während der Vater Kaffee trank und rauchte, fragte er nach den Schulnoten, ermahnte ihn, fleißig zu sein, und sah die Mutter sorgenvoll an, wenn er wieder einmal meinte, dass sein Sohn nicht genug aß. Sonntags gingen sie gemeinsam zur Kirche und bei gutem Wetter nachmittags spazieren. Da trug die Mutter schon einen Kamelhaarmantel und der Vater einen Hut mit breiter Krempe, den er kurz anhob, wenn andere Spaziergänger entgegenkamen.

Kurz bevor er zum Gymnasium wechselte, waren sie aus der kleinen Wohnung mitten in Essen in die Villa am Stadtrand gezogen, und in dem großen Haus, so schien es ihm heute, hatten sie sich verloren. Allein der große Esszimmertisch, an dem jeder sein eigenes Frühstückstablett bekam, weil man die Butter nicht ohne aufzustehen hätte anreichen können, schien ihm hier, an der Hotelbar, auf einmal wie ein Symbol.

»Jetzt hast du einen großen Garten ganz für dich alleine«, hörte er die Mutter schwärmen, und das Wort »alleine« hallte in ihm nach. Er seufzte. Alles zu groß, dachte er und war froh darüber, dass das Haus jetzt verkauft war.

Aber genau in jener Zeit, in der sie sich mit Lichtgeschwindigkeit voneinander entfernten, hatte es auch diese vertrauten Momente im Arbeitszimmer gegeben, in denen der Vater von sich erzählt hatte, von seiner Flucht, von seiner Angst. Manchmal klopfte die Mutter an, und auf eine fast eifersüchtige Weise mahnte sie Sohn und Ehemann, die Schlafenszeit zu beachten.

Und diese wenigen Augenblicke der Vertrautheit hatte er jetzt einer Journalistin preisgegeben. Eine heiße Welle schob sich durch seinen Körper, und er wusste nicht, ob es der Cognac war oder der Gedanke an seinen Verrat.

Eine Hand legte sich auf seine Schulter und sein holländischer Kollege und Freund Piet Noyen lobte seinen Vortrag vom Nachmittag. Sie sprachen über die zukünftigen Möglichkeiten der Gentechnik bei Morbus Pringel und die Hoffnung, die sie darin setzten. Das lenkte ihn ab, gab ihm die Selbstsicherheit zurück, die ihm in der letzten Stunde abhanden gekommen war.

Es war schon nach Mitternacht, als er dem Mann hinter der Theke seinen Schlüssel vorlegte und die Getränke auf sein Zimmer buchen ließ. Auf dem Weg zum Fahrstuhl stand sein Entschluss fest. Er würde am nächsten Tag noch einmal in Kranenburg vorbeifahren und mit Rita Albers sprechen. Sie sollte ihm die Kopien der Unterlagen zurückgeben. Sie hatte sie unter Vorspiegelung falscher Tatsachen ergaunert. Sie wollte mit der Geschichte Geld verdienen. Nun gut. Er würde sie zurückkaufen.

Kapitel 11

22. April 1998

Therese Mende hatte eine unruhige Nacht hinter sich gebracht. Während sie sich im Bett hin und her gewälzt hatte, schien ihr eine unsichtbare Hand immer mehr Mosaikteile entgegen zu werfen, wahllose Bildausschnitte, und als sie endlich eingeschlafen war, waren auch ihre Träume mit dem vergessen geglaubten Leben beschäftigt gewesen.

Es war noch früh, Luisa würde erst in zwei Stunden ihren Dienst antreten. Sie ging hinüber in die Küche und kochte sich Tee. Auf einem Tablett balancierte sie Teekanne, Tasse und Milchkännchen an das Ende der Terrasse und stellte es auf den kleinen runden Tisch vor der Balustrade ab. Dahinter fielen die Felsen fast senkrecht in die Tiefe und man konnte dem Eindruck erliegen, man befände sich, wie auf einem breiten Sprungbrett, direkt über dem Wasser. Noch war es kühl und sie zog den dicken weißen Frotteebademantel enger. Es würde ein klarer, warmer Tag werden. Am Horizont schob sich die gebogene Linie der Sonne langsam empor und rollte einen immer breiter werdenden, rötlich glitzernden Teppich auf dem Meer aus.

Was war von Bedeutung? Was war bis heute von Bedeutung? Die kleinen Dinge, denen man kaum Beachtung schenkte? Vielleicht gerade weil man sie nicht beachtete, sammelten sie sich wie Tropfen in einer Schale, schwappten Jahre später über den Rand und forderten die nicht gewährte Aufmerksamkeit ein.

September 1939

Alwine war bereits im Internat und der Krieg hatte begonnen, unwirklich und fern. Die Einberufung zum Arbeitsdienst erhielten Leonard und Jacob nur wenige Tage bevor sie antreten mussten. Leonard lief zum Pohlhaus, und kaum dass Therese die Tür öffnete, nahm er sie in die Arme und wirbelte sie herum. »Wir gehen zusammen«, rief er überglücklich. »Jacob und ich gehen zusammen nach Münster!«

Der Morgen der Abreise war nebelig, der Himmel hing tief. Als Therese den Bahnhof nach zehn Minuten Fußmarsch erreichte, war sie spät dran und durchnässt von der klebrigen Feuchtigkeit, die sich in der Wolle ihrer Strickjacke und in ihrem dicken geflochtenen Zopf festgesetzt hatte.

Frau Kalder, Jacobs Mutter, war da. Herr Kramer, der seinen Sohn Leonard verabschiedete, und Wilhelm. Der Zug stand abfahrbereit. Sie sah die beiden hinter schmutzigen Scheiben in einem der Abteile und lief darauf zu. Jacob hievte gerade Leonards Koffer in das Gepäcknetz. Sie lachten. Jacob zog das Fenster herunter. Er beschwerte sich scherzend über das Gewicht von Leonards Koffer und versprach zu schreiben. Leonard warf ihr eine Kusshand zu. Sie reichte ihnen einen Beutel mit sorgfältig verpacktem Apfelkuchen, den sie am Abend zuvor gebacken hatte, hinauf. Der Zug setzte sich in Bewegung und die beiden jungen Männer lehnten sich aus dem Fenster. Leonard rief: »Weihnachten sehen wir uns wieder!«

Ihre Köpfe und winkenden Arme verloren sich im Nebel, wie eine Bleistiftzeichnung, die ein unzufriedener Maler Strich für Strich ausradiert.

Als sie aus dem Bahnhof trat, war Frau Kalder bereits

fort. Herr Kramer stand zusammen mit Wilhelm an seinem Auto. Sie ging zu ihnen hinüber und hörte, wie Kramer sich bei Wilhelm bedankte. Als er sie sah, stieg er eilig ins Auto und fuhr davon. Wilhelm kam auf sie zu und lächelte. Er sagte: »Da waren es nur noch drei!«

»Ja, aber wo ist Hanna?«, fragte sie erstaunt.

»Sie hat sich gestern Abend verabschiedet. Morgens muss sie beim Melken helfen, sagt sie, aber ich glaube, sie ist ein bisschen eifersüchtig auf Leonard. Schließlich hat der Jacob jetzt jeden Tag an seiner Seite.« Er lachte.

Er war mit dem Fahrrad gekommen und nahm sie auf der Querstange mit zurück. Sie saß zwischen seinen Armen, spürte seinen Tabakatem im Nacken.

»Wofür hat Herr Kramer sich denn bei dir bedankt?«, fragte sie, während die Nebelfeuchtigkeit sich in ihren Haaren zu feinen Wasserperlen sammelte. Wilhelms Kopf war unmittelbar hinter ihrem.

»Ich hab ihm einen Gefallen getan.«

»Welchen Gefallen denn?«

Wilhelm schwieg einen Augenblick. Dann sagte er: »Da darfst du aber nicht drüber reden, versprochen?«

Sie nickte.

»Leonard sollte eigentlich zum Reichsarbeitsdienst nach Hannover. Der alte Kramer hat mich gebeten, ob ich nicht dafür sorgen könnte, dass Leo mit Jacob zusammen und nicht so weit weg ... und, na ja, ich hab da über Hollmann was machen können.«

Verlegenheit und Stolz lagen in seiner Stimme. Therese legte ihre Hand auf seinen Arm und rief fröhlich: »Du bist ein Schatz, Wilhelm. Auf dich kann man sich verlassen.«

Er fragte sie, ob sie am Abend mit ihm in den Jägerkrug käme, und sie nahm die Einladung an.

An diesem Tag dachte sie zum ersten Mal darüber nach, über wie vieles sie inzwischen Stillschweigen bewahren sollte.

Wenige Tage zuvor hatte ihre Mutter sie gebeten, dem Schuster Tönning und seiner Mutter Thea gegenüber vorsichtig zu sein. Nicht zu erwähnen, dass der Vater nachts oft fort war. Mit den Tönnings waren ihre Eltern seit sie denken konnte befreundet. Der Vater hatte den Beinstumpf des Schusters über Monate kostenlos behandelt und Thea Tönning war, als Thereses Mutter mit Diphtherie gelegen hatte, täglich ein- und ausgegangen.

Und sie hatte gedacht: Was, wenn Vater mit seiner strikten Ablehnung der NSDAP unrecht hatte? Sie hörte es im Radio, sah es in der Wochenschau und las es in der Zeitung. Jeden Tag war zu sehen und zu spüren, wie es aufwärts ging. Alle machten mit und sie stand abseits, obwohl sie eigentlich dazugehören wollte.

An diesem Nachmittag ging sie hinüber in den Stoff- und Kurzwarenladen, um für die Mutter zehn Wäscheknöpfe zu kaufen. Die Inhaberin, Gerda Hoffmann, war aktiv in der NS-Frauenschaft, hatte Litzen, Schulterklappen und Kordeln der HJ und eine Schaufensterpuppe in BDM-Tracht im Schaufenster ausgestellt. An der Tür hing ein Schild: »Nähe Fahnen in allen Größen«.

Als Therese den Laden betrat, beendeten Frau Hoffmann und Frau Reichert, die Frau des Bäckers, ihr Gespräch augenblicklich. Frau Hoffmann sagte freundlich: »Therese, wie man hört, bist du immer noch nicht Mitglied im BDM.« Sie schüttelte verständnislos den Kopf. »Ich würde mir das überlegen. Das macht keinen guten Eindruck!« Sie presste die Lippen fest aufeinander und fixierte Therese, als habe sie einem unartigen Kind gerade den Marsch geblasen. Frau Kruse tat, als wäre sie in den Anblick einer Borte vertieft.

Therese wusste im ersten Moment keine Antwort, sie spürte nur, dass die Wahrheit, dass nämlich ihr Vater strikt dagegen war, hier nicht klug wäre.

»Ich habe wenig Zeit«, sagte sie eilig. »Die Schule. Und die Mutter kann nicht mehr so gut, da braucht der Vater mich in der Praxis!« Aber Frau Hoffmann ließ nicht locker.

»Das ist ja alles schön und gut, aber deswegen könntest du trotzdem zu den Veranstaltungen kommen. Es würde eurer ganzen Familie guttun.« Sie lächelte. Ihre Stimme schwankte zwischen Werben und Drohen.

»Ich gehe nach dem Abitur studieren. Ich dachte, es wäre am besten, wenn ich dann in den Studentenbund eintrete«, sagte sie und war stolz auf diesen Geistesblitz.

Frau Hoffmann musterte sie misstrauisch. »Oh, zur Universität möchte das Fräulein. Ich glaube kaum, dass die dich nehmen. Da gibt es sicher genug, die ihre Treue zum Vaterland schon vorher bewiesen haben.«

Therese schluckte. Um dem Gespräch ein Ende zu setzen, sagte sie: »Gut, dann komm ich Montagabend und werde Mitglied.«

Als Wilhelm sie in den Jägerkrug abholte, war sie froh, dass der Vater noch nicht zu Hause war und sie ihre Zusage an Frau Hoffman noch nicht hatte beichten müssen.

Im Krug trugen viele Gäste Uniform. Wilhelm reichte ihr den Arm und führte sie direkt an den Tisch des SS-Hauptsturmführers Hollmann. Der stand auf und begrüßte sie galant. Als Wilhelm sie vorstellen wollte, sagte Hollmann: »Nicht nötig! Fräulein Pohl ist mir durchaus bekannt.« Dann forderte er lautstark: »Einen Stuhl für Fräulein Pohl.« Therese war verunsichert. Wieso kannte Hollmann sie? Sie hatte noch nie mit ihm zu tun gehabt.

Der Stuhl wurde gebracht und sie war gezwungen, sich neben ihn zu setzen.

»Was trinken Sie, mein Fräulein? Ich würde Sie gerne einladen.« Therese blickte unsicher zu Wilhelm hinüber. Sie wusste sich nicht zu verhalten, konnte immer nur denken: Aufpassen! Aufpassen! Nichts Falsches sagen!

Wilhelm nickte ihr zu, wie man einem Kind zunickt, um es zu ermutigen, etwas Neues auszuprobieren.

Sie bat um ein Glas Weißwein. Als die Getränke serviert waren, nahm Hollmann sein Glas und brachte einen Tost aus. Er sagte: »Ich bin beeindruckt und weiß Ihre Haltung zu würdigen!«

Therese dachte, Frau Hoffmann habe geredet und Hollmann meine ihre Zusage, dem BDM beizutreten. Sie war erstaunt, mit welchen Kleinigkeiten er sich offensichtlich beschäftigte. Für einen Augenblick fühlte sie sich wohl. Ab Montag würde sie dazugehören. Ab Montag würde alles einfacher.

Hollmann redete weiter. Sie hörte die Zufriedenheit in seiner Stimme. Dann stießen sie an. Hollmanns Worte vermischten sich mit dem hellen, aufsteigenden Klang, den die sich berührenden Gläser hinterließen.

Bis heute war es in Therese Mendes Erinnerung so, dass nicht der Satz, und auch nicht Hollmanns Stimme ihr plötzlich Angst gemacht hatten. Es war der leichte, singend aufsteigende Ton der Gläser. Es war die Disharmonie zwischen der Stimme und dem schwebenden Klang. Ohne Anhaltspunkt wusste sie plötzlich, dass Hollmann von etwas anderem sprach.

Sie schwieg. Wartete. Schaute suchend zu Wilhelm hinüber und drehte unruhig am Stiel des Weinglases. Hollmann legte seine Hand auf ihren Oberarm. Dann sagte er: »Sie tun das Richtige! Gerade weil er Ihr Vater ist. Vielleicht bringt die Haft ihn zur Vernunft.«

Sie erinnerte sich an eine Abfolge von Bildern. Bilder ohne Ton.

Der Wein, der sich auf die Holzbohlen ergoss und behäbig in die Ritzen zwischen den Fußbodenbrettern tropfte. Und eine kleine Feder. Eine Flaumfeder, aus dem Unterkleid eines Huhnes oder einer Ente. Sie lag auf dem Boden. Vom Luftzug des fallenden Glases flog sie auf. Nur kurz. Dann fiel sie zurück in den ausgelaufenen Wein und ertrank tanzend.

Sie hörte Luisa über die Terrasse kommen. »Guten Morgen, Frau Mende«, sagte sie auf ihre zurückhaltende Art, mit der sie immer unausgesprochen zu fragen schien, ob sie störe.

»Möchten Sie hier draußen frühstücken?«

»Guten Morgen, Luisa.« Therese sah irritiert auf ihre Armbanduhr. Tatsächlich, es war bereits acht Uhr. Etwas verlegen erhob sie sich. Noch nie hatte sie die Haushälterin im Bademantel empfangen. Was sollte sie von ihr denken? »Bitte entschuldigen Sie, Luisa, aber ich habe die Zeit vergessen. Ich mache mich erst fertig und frühstücke später.«

Kapitel 12

22. April 1998

Rita Albers telefonierte gleich morgens mit dem Gemeindearchiv und bekam für elf Uhr einen Termin mit Herrn Scholten. Der noch recht junge Mann begrüßte sie mit einer kurzen und steifen Verbeugung und führte sie in einen Raum, der von einem großen Konferenztisch dominiert wurde. »Anhand ihrer telefonischen Angaben habe ich einige Unterlagen zusammengesucht.« Er sprach gestelzt, artikulierte die Worte sauber und deutete auf Papiere, die ordentlich aufgereiht auf dem Tisch lagen.

Rita entdeckte die Geburtsurkunde und den Taufschein von Therese Pohl. Margarete Pohl, Thereses Mutter, war bereits im Jahr 1944 verstorben, der Vater Siegmund Pohl kurz nach Kriegsende 1946. Die Familie hatte zunächst direkt im Ort gewohnt. Dort hatte Siegmund Pohl auch seine Praxis gehabt. Im Jahr 1940 waren sie dann auf den Höverkotten gezogen. Aus den Unterlagen ging nicht hervor, ob er weiter als Arzt gearbeitet hatte.

»Und Wilhelm Peters? Gibt es was über Wilhelm Peters?«, fragte Rita, nachdem sie sich alles notiert hatte.

Der Mann wies dezent auf eine weitere Mappe. »Wenn Sie dort bitte mal schauen wollen.« Er beäugte jeden Handgriff Ritas, so als habe er Sorge, sie könne die Dokumente nicht sachgerecht behandeln.

Wilhelm Peters, 1920 geboren, Sohn des Apothekers Gustav Peters und seiner Ehefrau Erna. Die Eltern 1946 umgemeldet mit neuer Adresse in Schwerte.

Auch hier schrieb Rita die Daten ab.

»Wilhelm Peters war in der SS. Haben Sie da nichts drüber?«

Der Mann beugte sich vor und sortierte die Papiere, die durcheinandergeraten waren, mit vorwurfsvoll gerunzelter Stirn. »Wir haben das Problem, dass wir aus der NS-Zeit kaum Unterlagen haben. Vieles ist bei der Zerstörung Kranenburgs den Flammen zum Opfer gefallen, aber das meiste, davon ist wohl auszugehen, wurde absichtlich vernichtet, damit es den Besatzern nicht in die Hände fällt.« Er presste die Lippen aufeinander, schüttelte den Kopf und schien die Tat als Affront gegen sich persönlich zu werten.

»Was wir wissen, ist, dass Peters im Zuge der Entnazifizierung überprüft und als Mitläufer eingestuft wurde. Über Dr. Siegmund Pohl wissen wir, dass er für die Zentrumspartei bis 1933 im Gemeinderat saß und ein erklärter Gegner der NSDAP war. In einem Briefwechsel des damaligen Pastors mit seinem Bischof wird erwähnt, dass Pohl verhaftet wurde und gezwungen war, seine Arztpraxis aufzugeben. Er und seine Frau waren der katholischen Kirche wohl sehr verbunden. Man warf ihm immer wieder staatsfeindliche Äußerungen und Handlungen vor.«

»Ach!« Rita kratzte sich mit dem Ende des Kugelschreibers am Kopf. »Na, das ist ja interessant. Und das Fräulein Tochter heiratet einen SS-Scharführer. Da war der alte Pohl sicher begeistert.«

Der Archivar hob eine Augenbraue und schwieg tadelnd. Dann stand er auf und sortierte die Papiere zurück in Kladden und Aktenordner.

Als er die Geburtsurkunde der Therese einheftete, hielt er inne. Er nahm sie noch einmal heraus.

»Haben Sie das hier gesehen?«, fragte er Rita Albers und wies auf eine mit Bleistift geschriebene Notiz auf der Rückseite.

Beglaubigte Kopie am 18.09.1952 erstellt

Rita starrte das Papier an. »Gibt es eine Adresse? Ich meine, ist die verschickt worden? ... Dann muss es doch eine Adresse geben.« Ihre Stimme überschlug sich fast vor Aufregung.

Herr Scholten blätterte den Ordner noch einmal gewissenhaft durch. »Nein«, sagte er schließlich, »kein Schriftverkehr. Da muss man wohl davon ausgehen, dass die Kopie hier abgeholt wurde.«

»Scheiße!«, platzte sie heraus. »Das wäre jetzt auch zu schön gewesen.«

Scholten zuckte zusammen und räusperte sich. Er stapelte die Akten auf eine Art Teewagen und schob Rita zwei andere Ordner zu. »Was Ihre Anfrage wegen der Vermissung des Wilhelm Peters angeht, kann ich Ihnen einige Artikel aus unserem Zeitungsarchiv zeigen. Über das Verschwinden der Therese Peters habe ich allerdings nichts gefunden.« Als sie zu blättern begann, tippte er mit ausgestrecktem Zeigefinger auf farbige Büroklammern, mit denen er die betreffenden Seiten am Rand markiert hatte. »Wenn Sie dort bitte nachschlagen wollen.«

Es waren drei Artikel. Der erste, eine Woche nach Peters' Verschwinden abgefasst, war lediglich eine Art Aufruf, man möge sich bei der örtlichen Polizei melden, wenn man etwas über den Verbleib des Wilhelm Peters wisse.

Der zweite, vier Wochen später, machte bereits eindeutige Anspielungen, dass man davon ausgehen müsse, dass Wilhelm Peters nicht mehr lebe. Keine direkten Beschuldigungen gegen Therese, aber doch der Satz: *Die Polizei zieht die Aussage der Ehefrau in Zweifel.*

Der dritte und letzte Artikel war im Dezember erschienen und trug den Titel: *Immer noch keine Spur von Wilhelm Peters.*

Auch dieser Artikel ergab nichts Neues für Rita Albers.

Scholten räumte die Ordner erst gewissenhaft auf den Teewagen zurück, ehe er Rita zur Tür begleitete.

Sie bedankte sich und reichte ihm zum Abschied die Hand. Wider Erwarten war seine Hand fest und trocken.

Auf dem Heimweg dachte sie darüber nach, wieso die Polizei den Fall schon zwei Monate später zu den Akten gelegt hatte.

Zuhause griff sie sofort zum Telefon und rief noch einmal ihren Kollegen Köbler in Köln an. »Ich bin da noch nicht weiter«, sagte er, kaum dass sie sich meldete. »Darum ruf ich nicht an. Ich habe noch eine Zusatzinformation.« Sie berichtete von der Kopie der Geburtsurkunde. »Sie muss sie gebraucht haben, um sich Papiere zu besorgen. Vielleicht kannst du dich auf den Zeitraum Ende 1952 konzentrieren.«

Anschließend machte sie Polizeiobermeister a. D. Gerhard ausfindig. Er lebte in Kleve und schwieg lange ins Telefon, nachdem sie ihr Anliegen vorgetragen hatte. »Kommen Sie vorbei«, sagte er schließlich mit kratzig-schwerer Stimme, und sie verabredeten sich für den nächsten Tag.

Sie stand in der Küche und machte sich einen Kaffee, als der Kollege Köbler zurückrief.

»Sag mal, worum geht es denn genau bei dieser Therese Pohl?«, fragte er ohne Einleitung.

»Hast du was?«, rief sie aufgeregt.

»Könnte sein«, antwortete er bedächtig.

Rita wusste sofort, dass er etwas hatte und dass es keine Kleinigkeit war, wenn er versuchte, zuerst ihr Informationen zu entlocken. Sie würde sich ein bisschen entgegenkommend zeigen müssen.

»Ich habe hier in meinem Haus ein altes Foto gefunden. Die Pohl hat nach dem Krieg hier gelebt und ich wollte wissen, was aus ihr geworden ist.«

Köbler lachte auf. »Komm Rita, ich bin doch nicht blöd. Da steckt doch eine Story dahinter.«

Rita dachte kurz nach. »Das weiß ich nicht«, sagte sie schließlich, »aber es könnte sein. Ich hab einfach noch zu wenig.« Es entstand eine kurze Pause. Dann sagte Köbler: »Okay, also eine Therese Peters, geborene Pohl, gibt es nicht. Es gibt nur eine Therese Pohl aus Kranenburg, die ab 1952 in Frankfurt gemeldet war und als Schneiderin gearbeitet hat.«

»Aber ... Wieso hat die Polizei das damals nicht festgestellt?«

Ein kurzes Lachen am anderen Ende. »Die waren damals nicht so vernetzt wie heute. Außerdem gehe ich davon aus, dass die nach Therese Peters gesucht haben.«

Rita dachte daran, dass die Polizei die Suche nach nur zwei Monaten beendet hatte.

Das Schweigen am anderen Ende der Leitung zeigte ihr, dass Köbler noch nicht fertig war. Sie riss sich zusammen, gönnte dem Freund diesen triumphalen Moment, den sie selber auch gut kannte. Dieser Moment, in dem man wusste, dass man etwas Entscheidendes entdeckt hatte.

»Hör mal, bin ich beteiligt, wenn du die Geschichte gut verkaufen kannst?«

Sie zögerte. »Ja gut, meinetwegen.«

»Sagen wir 20 Prozent?«

Rita schluckte hörbar. Sie wusste, dass die Information etwas wert war, wenn er solche Forderungen stellte.

»Zehn«, bot sie an.

Sein Schweigen machte sie nervös.

Endlich sprach er weiter. »Okay, zehn. Also, diese Therese Pohl hat 1956 wieder geheiratet. Damit haben wir es hier mit Bigamie zu tun, wenn deine Informationen richtig sind, oder?«

Augenblicklich war sie enttäuscht. »Ach du meine Güte«, sagte sie lahm. »Da kräht doch heute kein Hahn mehr nach, zumal Wilhelm Peters als vermisst galt und sich die Ehe sicher leicht hätte annullieren lassen.«

Und dann sagte er: »Ja, ja, das ist richtig, aber Therese Pohl heiratete nicht irgendwen. Sie heiratete ... Tillmann Mende.«

Rita brauchte mehrere Sekunden, bis sie den Namen einordnen konnte. »Mende? Du meinst Mende Fashion.«

»Genau. Therese Pohl oder Peters, oder wie auch immer, ist die heutige Therese Mende und damit eine der erfolgreichsten Unternehmerinnen hierzulande.«

Ritas Gedanken überschlugen sich. Sie hatte den richtigen Riecher gehabt. DAS war eine Story.

»Weißt du zufällig ...?«

Er unterbrach sie. »Sie hat sich vor drei Jahren aus dem Geschäft zurückgezogen und lebt heute auf Mallorca.«

»Wo auf Mallorca?«, fragte sie atemlos, während sie »Mende« und »Malle« auf einen Notizblock kritzelte.

»Es bleibt bei den verabredeten 10 Prozent? Es war nämlich nicht leicht, die Adresse herauszufinden.«

»Klar. Versprochen«, bestätigte sie ungeduldig.

Er gab ihr die Adresse.

»Halt mich auf dem Laufenden«, sagte er noch.

Nachdem sie aufgelegt hatte, saß sie minutenlang ganz still.

Dann sprang sie auf, zog das Telefonkabel aus der Buchse, stöpselte den Internetanschluss ein und gab »Mende Fashion« ein.

Kapitel 13

22. April 1998

Luisa räumte den Frühstückstisch ab und Therese, die einen blauen Taftkaftan mit passender schmaler Hose trug, machte sich auf den Weg zu ihrem täglichen Spaziergang um die Bucht. Die Straße führte steil bergab, an mehreren kleinen Hotels, Cafés mit Aussicht, einem Maklerbüro und einem Souvenirladen vorbei. Sie wechselte ein paar spanische Worte mit der Inhaberin des Ladens, die gerade Ständer mit Strandspielzeug und Postkarten an die Straße schob und sich über den schleppenden Saisonbeginn beschwerte.

Der Sandstrand war nur fünfhundert Meter lang, aber links und rechts davon waren schmale Wege in die Felswände geschlagen, sodass man zu beiden Seiten hinausspazieren konnte und über mehrere Buchten unmittelbar am Wasser entlangging.

Ein leichter Wind war aufgekommen, und an der Schwimminsel der Surfschule mühten sich Anfänger in Neoprenanzügen mit Brettern und Segeln ab. Sie hörte das Rufen und Lachen und das gleichmäßige Schlagen der Wellen. Diese Leichtigkeit.

Herbst und Winter 1939

Am nächsten Tag war sie ins Rathaus gegangen und hatte darum gebeten, den Vater zu sehen.

Herr Grünwald, der Polizist, den sie von Kindesbeinen an

kannte, schüttelte den Kopf, kaum dass er sie sah. Er ging mit ihr vor die Tür und sagte: »Ach, das tut mir so leid, Therese, aber ich kann da nichts machen. Dein Vater ist in Kleve.« Er wollte ihr die Wange tätscheln, wie er es früher getan hatte, ließ den Arm dann aber sinken. »Das wird sich alles aufklären«, flüsterte er. »Der Pastor war auch schon da, und ich habe gehört, Oberst Kalder hat angerufen. Die müssen ihn sicher bald gehen lassen.«

Am dritten Tag wartete sie abends vor dem Rathaus auf Wilhelm.

Sie sah sein Erschrecken, spürte, wie Scham ihr in den Kopf stieg und ihr Gesicht sich rötete. Er verabschiedete sich auf der Treppe von zwei Männern in SS-Uniform, ging über den Platz und gab ihr mit einer Kopfbewegung ein Zeichen, ihm zu folgen.

Sie wartete noch einen Augenblick ab, ehe sie die Gasse betrat, in der er verschwunden war. Plötzlich zog eine Hand sie in einen Torbogen, der zwischen zwei Häusern in einen Hinterhof führte.

»Es tut mir leid, Therese. Das musst du mir glauben. Ich habe nichts von der Verhaftung gewusst. Ich hätte dich nie mit in den Krug genommen, wenn ich das gewusst hätte.« Seine Stimme flehte und Therese war verwundert. Der Gedanke, Wilhelm könne an jenem Abend schon von der Verhaftung ihres Vaters gewusst haben, war ihr gar nicht in den Sinn gekommen.

»Wilhelm, das denke ich doch nicht. Sag mir, wie geht es ihm? Wo ist er? Was wirft man ihm denn vor?«

Wilhelm redete weiter, als habe er ihre Fragen nicht gehört. »Therese, wir können uns jetzt so öffentlich nicht mehr treffen. Das musst du verstehen. Dein Vater hat uns da in die allergrößten Schwierigkeiten gebracht, und an dem

Abend ...« Er schaute sie nicht an. Seine Augen wanderten suchend über die grauen Fassaden im Hinterhof, verharrten an den kleinen, verdunkelten Fenstern, als versuchte er, Gestalten auszumachen.

»Du hättest nicht einfach davonlaufen dürfen, verstehst du. Du hast dich verdächtig gemacht. Dich und mich. Regelrecht verhört haben die mich.«

»Das tut mir leid, Wilhelm. Ich wollte dir bestimmt keine Scherereien machen.«

Er wartete einen Augenblick nachdenklich. Dann sagte er: »Dein Vater ist ein Kollaborateur, verstehst du. Sie vermuten, dass er, zusammen mit anderen, Kommunisten und Juden über die Grenze nach Holland geschafft hat.«

Therese schluckte. Sie spürte die Angst in ihrem Magen zuerst. Eine harte Kälte, wie Stahl, die sich ausbreitete und ihr Denken verlangsamte. Das nächtelange Ausbleiben des Vaters, das die Mutter mit Hausbesuchen erklärt hatte und das sie niemandem gegenüber hatte erwähnen sollen. »Bitte, Wilhelm, hast du ihn gesehen? Wie geht es ihm?« Tränen liefen ihr übers Gesicht, sie spürte das Zittern ihrer Stimme in der Kehle.

Er fasste sie an den Armen. »Ich hab ihn nicht gesehen, aber ich habe gehört, dass er nichts sagt. Sie verhören ihn. Er hat einflussreiche Fürsprecher, sie werden ihn sicher bald gehen lassen.« Er nahm ihr Gesicht in beide Hände und sah sie eindringlich an. »Therese, du musst dich von deinem Vater distanzieren. Tritt in den BDM ein, beteilige dich. Hollmann meint, wenn du nicht zeigst, dass du ... auf welcher Seite du stehst ... Tu es mir zuliebe, bitte!« Dann küsste er sie auf den Mund. Als er spürte, dass sie seinen Kuss nicht erwiderte, wich er einen Schritt zurück und sah sie eindringlich an. »Therese, ich liebe dich. Tu es für uns!«

Ihr Körper fühlte sich steif und unbeweglich an und ihre Gedanken waren zäh und konnten nicht zu Ende gedacht werden.

Wilhelm liebt mich, dachte sie und suchte nach einer Empfindung in ihrem hölzernen Körper, nach einem Gefühl, dass das der Freundschaft überstieg. Einen Moment der Freude vielleicht, einen Moment inniger Zuneigung, der nach größerer Nähe verlangte. Aber stattdessen fragte sie sich, warum er ihr dieses Geständnis jetzt machte. In der Heimlichkeit eines Hinterhofs, schnell und geflüstert.

Und sie dachte an Alwine, die in Wilhelm verliebt und ihre beste Freundin war.

Sie senkte den Kopf. »Wilhelm, ich muss nachdenken.« Eilig trat sie aus dem Torbogen hinaus in die Gasse. »Mutter wird sich schon Sorgen machen«, flüsterte sie und lief mit schnellen Schritten davon.

Die folgenden Tage waren quälend vor Sorge und Einsamkeit. Zum Rathaus ging sie nicht mehr.

Später hatte sie oft darüber nachgedacht, welche Weite sich zwischen zwei Menschen legte, wenn von Liebe die Rede war. Von einseitiger Liebe.

An den folgenden Abenden stand sie am Stubenfenster und sah Wilhelm vom Rathaus kommend nach Hause gehen. Sein Weg führte an ihrem Haus vorbei und immer sah er herüber. Sie wartete vergeblich auf den Impuls, hinaus zu rennen, ihm in die Arme zu laufen und zu sagen: Du hast recht. Ich bin verwirrt und mache die Dinge unnötig kompliziert.

Dann wandte sie sich ab, blickte zur Mutter, die das Haus nicht mehr verließ und mit zittrigen Händen Wäsche ausbesserte.

Margarete Pohl saß in den Nächten jetzt ruhig am Küchentisch, sah aus dem Fenster in die Dunkelheit. Die täglichen Arbeiten verrichtete sie mechanisch, oft hielt sie abrupt inne und starrte vor sich hin. Dann, als würde sie erwachen, sah sie sich verwundert im Zimmer um, so als wäre ihr der Ort fremd. Ihre Nervosität war gewichen und manchmal erschien es Therese, ihre Mutter sei froh, jetzt wenigstens zu wissen, wo ihr Mann sich aufhielt. Ja, sie hatte den Eindruck, die Mutter glaubte den Vater im Gefängnis in Sicherheit.

Es war ein Montag, ein früher Montagmorgen. Die Sonne hatte an Kraft verloren, aber die Tage waren von klarer Helligkeit. Die Bäume und Hecken zeigten sich in herbstlichem Rot und Gelb und das süßliche Aroma der späten Apfel- und Birnensorten vermischte sich mit dem Erdgeruch frisch gepflügter, winterbereiter Felder.

Therese half ihrer Mutter bei der Wäsche. Sie kam mit einem Weidenkorb voller Kochwäsche aus dem Keller und stellte ihn in den Hof. Mit einem Lappen fuhr sie über die zwischen fünf Pfählen gespannten Leinen. Den Beutel mit den hölzernen Wäscheklammern hatte sie wie eine Schürze vor den Bauch gebunden. Die Kälte biss in ihre feuchten Hände, als sie ein nasses Laken über die Leine legte. In dem Augenblick sah sie ihn in der Hintertür zum Hof stehen und schrie auf.

Er hatte eine Platzwunde über der rechten Augenbraue, das linke Auge war zugeschwollen, die Lippen aufgeplatzt. Margarete Pohl kam die Kellertreppe heraufgelaufen und starrte ihren Mann an. Dann klammerte sie sich an ihn und wimmerte: »Das ist nicht wahr, das ist doch nicht wahr!«

Immer wieder tastete sie über das zerschundene Gesicht. Immer wieder wiederholte sie diesen einen Satz. Der Vater weinte. Noch nie hatte Therese ihren Vater weinen sehen.

Die Mutter schob ihn in die Küche auf einen Stuhl, nahm warmes Wasser aus dem Kessel, wusch verkrustetes Blut aus seinem Gesicht.

Therese setzte sich neben ihn. Er griff nach ihrer Hand. Als die Mutter die Wunden versorgt hatte, zog sie ihm Jacke und Hemd aus. Sie taumelte zurück und ließ sich schwer auf die Küchenbank fallen. Der Oberkörper war übersät mit Blutergüssen.

Therese Mende erinnerte sich an die Stille. Diese Stille, in der man atemlos nach Worten sucht, die man nicht kennt. Die man erfinden muss.

»Das heilt wieder«, sagte der Vater, so, als gäbe es Anderes, Unheilbares.

Die Mutter brachte ihn zu Bett. Als sie wieder herunterkam, fasste sie die Dinge kräftiger an, fegte die Küche mit kurzen, zornigen Besenstrichen. Sie, die sanft und fast lethargisch durchs Leben ging, schien jetzt alle ihre Reserven zu mobilisieren. Immer wieder ging sie hinauf ins Schlafzimmer, so als wollte sie sich vergewissern, dass er wirklich da lag. Als wollte sie sich vergewissern, dass sie es wirklich gewagt hatten, ihn zu schlagen, und als könne sie nicht begreifen, dass dieser Tag draußen verging, wie alle anderen.

In der Nacht wurde Therese von einem Geräusch in ihrem Zimmer wach. Als sie die Augen öffnete, saß der Vater auf ihrer Bettkante. Er legte einen Finger an seine aufgeplatzten Lippen.

»Therese, ich weiß, dass ich viel verlange, aber du musst etwas für mich tun.«

Sie setzte sich auf. Er öffnete ein Band, das um eine Art Lederbrieftasche gewickelt war. Sie erkannte Ausweispapiere.

»Diese Sachen müssen dringend zum Hochstand hinter dem Kaldergut. Kannst du dich erinnern? Wir sind früher manchmal dort gewesen. Die Lichtung, nicht weit von der holländischen Grenze.«

Sie nickte. Wilhelms Stimme tanzte durch ihren Kopf. *Kollaborateur ... Man wirft ihm Landesverrat vor.*

Vor einigen Monaten war sie mit den Freunden an dem Hochstand vorbeigekommen. »Ja. Aber der ist verfallen, da ...« Der Vater legte wieder den Finger an seine Lippen.

»Die linke Wand besteht aus doppelt gelegten Brettern. Das mittlere ist lose. Du musst es herausnehmen und die Mappe in den Zwischenraum schieben. Achte darauf, dass sie ganz fest sitzt und nicht verrutschen kann.«

Wieder nickte Therese automatisch.

»Geh erst zu den Kalders, hörst du. Geh auf keinen Fall direkt zu dem Hochstand.«

Siegmund Pohl öffnete die Schublade des Nachttisches und schob die Ledermappe hinein.

Noch einmal wagte sie sich flüsternd vor. »Für wen sind diese Papiere?«

Er beugte sich vor. »Für Menschen, die dieses Land dringend verlassen müssen.«

Er küsste ihre Stirn und erhob sich mühsam. Sie hielt ihn an der Hand zurück.

»Sie sagen, du bist ein Kollaborateur.«

Siegmund Pohl sah sie ernst an. »Ich bin Christ, Therese. Christ und Demokrat.«

Als der Vater gegangen war, nahm sie die Ledermappe und öffnete sie. Van de Kerk. Henk van de Kerk, Sophie van de Kerk und die Kinder Hendrika und Jan. Und eine junge Frau, nicht viel älter als sie. Leni Platjes.

Therese schluckte. Die Frau kannte sie. Das war nicht Leni Platjes. Das war Karla Goldbach, die zwei Jahre zuvor an ihrer Schule das Abitur gemacht hatte.

Therese Mende hatte Jahre später zu ihrem Mann gesagt, an jenem Abend habe sie einen Entschluss gefasst. Jetzt kam ihr das selbstgefällig vor. Sie hatte keinen Entschluss gefasst. Sie hatte dem geschundenen Vater diesen Gefallen tun wollen. Nicht mehr.

Am nächsten Tag nahm sie gleich nach dem Frühstück ihr Rad und fuhr zum Kaldergut. Bei den Kalders fragte sie nach, ob Alwine übers Wochenende kommen würde und ob Jacob sich gemeldet habe. In der Küche bekam sie einen großen, heißen Kaffee und die Magd Martha erzählte den neuesten Klatsch und Tratsch. Niemand sprach sie auf ihren Vater an, obwohl sie sich sicher war, dass alle von der Verhaftung wussten. Die alte Bertha strich ihr über den Kopf, als sie sich auf den Weg machte. Das Laub der Brombeerhecken am Wegrand leuchtete fuchsien- und ziegelrot, und als sie den Waldweg erreichte, fiel das Licht wie Honig durch das herbstliche Blattwerk. Die Lichtung lag, ganz unerwartet, nach wenigen Minuten vor ihr. Sie lehnte ihr Fahrrad an einen Baum und schlug sich durch hohes Gras und Farn. Ihr Herz hämmerte wild und als sie die Stufen hinaufstieg, spürte sie ein Zittern in Armen und Beinen. Die Bodenklappe war schwer. Sie fand das lose Brett in der Wand, schob das verschnürte Päckchen hinein und steckte das Brett wieder davor. Auf dem Rückweg bis zum Kaldergut sah sie sich immer wieder um, als erwarte sie, verfolgt zu werden. Erst als sie den Gutshof passierte, beruhigte sich ihr Herzschlag.

Der Vater erholte sich, aber als er seine Praxis wieder öffnete, kamen nur noch wenige Patienten. Die Menschen wollten nicht bei ihm gesehen werden und manchmal steckte ein Zettel im Briefkasten: Ob er vielleicht abends vorbeikommen könne, das Neugeborene habe schweren Husten, der Sohn sei gestürzt oder die alte Mutter könne nichts bei sich behalten. So kam es, dass das, was Margarete Pohl in den Monaten davor behauptet hatte, jetzt wahr wurde. Ihr Mann war die halbe Nacht unterwegs. Er machte Krankenbesuche.

Kapitel 14

22. April 1998

Als Rita Albers die spanische Telefonnummer wählte, meldete sich zunächst eine Luisa Alfonsi und es dauerte einen Moment, ehe eine selbstbewusste Stimme sich mit »Mende« meldete.

Rita stellte sich vor und holte aus, um ihr Anliegen vorzubringen, als die Frau sie mit fester Stimme unterbrach.

»Ich weiß, wer Sie sind. Kommen Sie zur Sache!«

Rita war aus dem Konzept gebracht und versuchte sich ihre Verunsicherung nicht anmerken zu lassen. Wieso wusste die Mende, wer sie war?

»Es geht um Ihre Ehe mit Wilhelm Peters«, sagte sie schnell.

Die Frau am anderen Ende reagierte sofort. »Und?«

»Nun, ich würde Sie dazu gerne interviewen.«

»Ich gebe keine Interviews.«

Rita schluckte. Sie hatte darauf gesetzt, den Überraschungsmoment auf ihrer Seite zu haben.

»Aber Sie leugnen nicht, mit Wilhelm Peters verheiratet gewesen zu sein und nach dessen Verschwinden unter Mordverdacht gestanden zu haben?«

»Wenn Sie glauben, Sie hätten da eine große Geschichte ausgegraben, dann haben Sie sich geirrt. Lassen Sie die Finger davon«, antwortete die Mende ohne Umschweife.

Rita schnappte empört nach Luft. Was bildete diese Frau sich ein.

»Ich bin Journalistin und arbeite an einer Geschichte, und

wenn Sie sich nicht dazu äußern wollen, veröffentliche ich die Ergebnisse meiner Recherchen auch ohne Ihre Stellungnahme.«

Wieder kam die Antwort prompt und mit einer Selbstsicherheit, die Rita nervös machte.

»Sie sind eine kleine naive Göre, wissen Sie das? Ich würde Ihnen sehr empfehlen, Ihre angeblichen Fakten genau zu prüfen. Es haben schon andere Journalisten mit Verleumdungen ihre Karrieren ruiniert. Sie können sicher sein, ich werde Sie verklagen und gewinnen. Das gebe ich Ihnen gerne schriftlich.«

Und damit war die Leitung tot.

Rita knallte den Hörer auf die Station, lief in den Garten und stapfte schnaubend über die Obstwiese.

Die Frau bluffte. Es gab keine andere Erklärung. Sie war eine erfolgreiche Geschäftsfrau und hatte sicherlich Übung darin, und sie, Rita, würde sich nicht ins Boxhorn jagen lassen. Auf der anderen Seite: Sie hatte schon oft mit ausgebufften Leuten zu tun gehabt, die ihr gedroht und sie beleidigt hatten, aber das war anders gewesen. Die Mende hatte keine Sekunde gezögert, nicht der kleinste Hinweis auf eine Unsicherheit. Und wieso hatte die gewusst, wer sie war?

Als sie sich abreagiert hatte und auf die Terrasse zusteuerte, hörte sie im Haus das Telefon klingeln.

Robert Lubisch meldete sich. »Frau Albers, die Tagung ist zu Ende und ich fahre gleich los. Ich muss Sie sprechen.«

Rita verdrehte die Augen und dachte einen Augenblick nach. »Na gut«, lenkte sie ein. »Kommen Sie vorbei. Ich habe neue Informationen, die Sie interessieren könnten.«

Robert Lubisch war an diesem Tag unkonzentriert gewesen und hatte den Vorträgen kaum folgen können. Immer wieder war er mit Rita Albers und der Frage beschäftigt, was sie wohl noch zu Tage fördern würde oder was noch passieren könnte, und dieses Wort »passieren« bedrohte ihn, und je öfter er es dachte, desto länger zog sich das »ie« und schrillte in seinem Kopf auf und ab, wie eine Sirene.

Schon in der Nacht hatte er unruhig geschlafen und schlecht geträumt. Im Traum war er in seinem Elternhaus von Zimmer zu Zimmer gegangen. Er suchte etwas, wusste aber nicht was. Trotzdem gab es diese innere Gewissheit, auf dem richtigen Weg zu sein, es zu erkennen. Seine Mutter saß in der Küche, das Gesicht hinter den knochigen Händen, auf denen die Adern bläulich unter pergamentener Haut lagen. Sie trug ein schwarzes, gestricktes Umhängetuch, und als sie die Hände sinken ließ, war ihr Gesicht erstaunlich jung. Sie sagte: »Das ist sein Lebenswerk.« Sie schien ihn nicht zu sehen, stand auf, drehte ihm den Rücken zu und ging auf die Küchentür zu. Ihr Umhängetuch ribbelte sich mit jedem Schritt, den sie tat, von der Tuchspitze her auf. Sie ging immer weiter, ohne die Tür zu erreichen. Stück für Stück zeigte sich der nackte Rücken der Mutter, und er wusste, dass das seine Schuld war, dass er auf dem Faden stand, unfähig den Fuß zu heben.

Da war er das erste Mal aufgeschreckt und hatte ein Glas Wasser getrunken. Als er erneut eingeschlafen war, lief er wieder im Haus umher. Wieder suchte er, aber diesmal ohne Vertrauen, sondern angstvoll und von einer unerklärlichen Eile getrieben. Er rannte die breite, geschwungene Treppe hinauf, immer zwei Stufen auf einmal nehmend, und war wieder der Junge von damals. Er öffnete alle Türen und wusste dann, dass er nach seinem Vater suchte. Er fand ihn im Arbeitszimmer, in seinem Sessel sitzend. Das Sitzmöbel war überdimensional und der Vater saß klein und mit baumelnden Beinen darauf. Er hielt das Zigarrenkästchen auf seinem Schoß und sagte mit kaum hörbarer Stimme: »Komm, ich zeig es dir.«

Schweißgebadet hatte er anschließend im Bett gesessen. Um vier Uhr war er aufgestanden, weitere Träume fürchtend.

Später, während er im Saal dem Vortrag eines Kollegen lauschte, fiel ihm eine Begebenheit aus seiner Studienzeit ein. Er war in den Semesterferien zu Hause gewesen und besuchte gemeinsam mit seinen Eltern ein Konzert. Der Vater, der nur selten trank, hatte schon zum Abendessen Rotwein getrunken. In der Konzertpause trank er Sekt, begrüßte etliche Leute und stellte den Sohn vor. »Das ist mein Sohn«, sagte er, »der zukünftige Chef der Lubisch GmbH.« Robert ließ das über sich ergehen, wollte sich nicht in der Öffentlichkeit mit seinem Vater streiten. Als sie zurück auf ihre Plätze gingen, nahm die Mutter ihn beiseite und flüsterte: »Lass ihm das doch. Er ist so stolz auf sein Lebenswerk. Auf dich und sein Lebenswerk.«

Aber er hatte nur gehört, dass der Vater seine Entscheidung, Arzt zu werden, nicht respektierte. Als sie zu Hause waren, kam es zu einer dieser Auseinandersetzungen, die sich im Laufe der Jahre häuften und in denen sie sich noch weiter voneinander entfernten.

Der Alte hatte mit einer unglaublichen Kraft an seinen Vorstellungen festgehalten und alles, was nicht in sein Weltbild passte, konsequent ignoriert, sogar geleugnet. Was war, wenn er das auch mit seiner eigenen Geschichte getan hatte?

Robert spürte Hitze aufsteigen, hörte im Innenohr, im Takt seines Herzschlages, das Blut rauschen.

Was würde diese Journalistin noch alles herausfinden?

Der Vortrag des Kollegen war zu Ende, Unruhe machte sich breit, Stühle wurden verrückt. Er blieb sitzen.

Sein Vater war tot. Die Frau auf dem Foto war nicht die Geliebte seines Vaters gewesen, und mehr hatte er nicht wissen wollen. Er würde es nicht zulassen, dass diese Journalistin das Leben seines Vaters in die Öffentlichkeit zerrte.

Kapitel 15

22. April 1998

Das kurze Telefongespräch mit Rita Albers hatte Therese Mende zuerst zornig gemacht und dann in eine Art Reglosigkeit versetzt. Ein Vakuum, in dem sich ihre Gedanken nur zäh und langsam bewegten. Sie nahm den silbernen Rahmen mit dem Bild ihrer Tochter vom Sideboard. Daneben stand das Foto ihres Mannes Tillmann, immer noch mit Trauerflor. Er hätte gewusst, wie man mit Isabel reden könnte, hätte die passenden Worte gefunden. Aber sie? Wie sollte sie ihrer erwachsenen Tochter sagen, was sie all die Jahre verschwiegen hatte. Isabel war stark, daran gab es keinen Zweifel. Sie würde damit umzugehen wissen. Aber wie würde sie sich ihr gegenüber zukünftig verhalten? Würde sie es ertragen, wenn ihre Tochter sich abwenden, wenn sie ihr die Lüge um ihre Vergangenheit nicht verzieh?

Rita Albers war mit blindem Journalisteneifer dabei, ihr Leben zu zerstören.

Sie stellte den Rahmen zurück. Diese Frau würde versuchen ihre Geschichte meistbietend zu verkaufen. Es ging um Geld. Natürlich, es ging doch immer nur um Geld.

Der Gedanke war wie eine Befreiung und brachte sie in Bewegung. Sie telefonierte über eine Stunde mit ihrem Anwalt. Dann setzte sie sich unter das Terrassenvordach und spürte, wie die Anspannung von ihr abfiel. Es würde eine Frage des Preises sein.

Nur für sie selber gab es kein Entrinnen. Die verheimlichte Zeit forderte jetzt unablässig ihren Platz, kaum dass die ersten Bilder sich gezeigt hatten. Immer, wenn sie zur Ruhe kam, war es wie ein Sog, dem sie sich nicht entziehen konnte.

Weihnachten 1939

In der ersten Dezemberhälfte war Kranenburg wie eine Skizze, mit weichem Kohlestift hingeworfen. Schnee stapelte sich auf den Dächern. Die Wiesen und Felder lagen wie riesige Laken am Waschtag zur Bleiche. Pappelalleen standen wie verwischte Linien in farbloser Stille. Vom Kolk her warfen hungrige Krähen ihr Krächzen von nackten Bäumen.

Eine feuchte, schwere Kälte ließ die Menschen geduckt durch die Straßen eilen.

Therese trat in den Bund Deutscher Mädel ein und die Mutter ging zur NS-Frauenschaft. Ein Familienbeschluss, mit dem sie hofften, der allgemeinen Aufmerksamkeit zu entgehen. Und tatsächlich kehrte Ruhe im Hause Pohl ein. Eine empfindliche, konzentrierte Ruhe. Eine Art achtsames Stillhalten.

In den vergangenen Wochen war sie drei Mal zum Hochstand geradelt und hatte Papiere deponiert oder abgeholt.

Ab und an traf sie sich mit Wilhelm, der sich jetzt, wo sie »dazugehörte«, auch öffentlich mit ihr zeigte. Sie gingen spazieren oder in das kleine Café neben der Kirche. Seine hellblauen Augen leuchteten in aufrichtiger Freude, wenn er sie ansah. Manchmal schmiedete er Pläne. Im Café flüsterte er über den Tisch, dass er sich eine große Familie wünsche, auf einem Spaziergang träumte er davon, Kranenburg zu verlassen, in eine Großstadt zu gehen und wirklich große Aufgaben zu übernehmen. Dann wartete er, und Therese war es, als erhoffe er sich ein Zeichen. Ein Signal, das ihn ermutigte, noch einmal von seiner Zuneigung zu sprechen.

Kurz vor Weihnachten war es vorbei mit der weißen Pracht und der Winter wurde ungewöhnlich mild. Als Alwine mit Beginn der Weihnachtsferien nach Hause kam, regnete es. An den Straßenrändern erinnerte nur ein schmaler Streifen Schneematsch daran, dass es Winter war.

Alwine berichtete begeistert vom Internat und dem Leben in Düsseldorf. Sie führte Nagellack und Lippenstift vor, ging auf eleganten Schuhen mit Absätzen, zeigte ein schmales, blaues Kostüm, wie es die Frauen in den Modemagazinen trugen. Sie erzählte vom Schulalltag mit Fahnenappell und Gleichschritt und welche Strafe sie erwartete, wenn man sie mit Lippenstift oder Pumps erwischen würde. Dann lachte sie ihr ansteckendes Lachen und Therese spürte, wie sehr sie Alwine vermisst hatte. Sie konnte ihr stundenlang zuhören. Die roten Zöpfe waren verschwunden, die Locken trug sie jetzt schulterlang. Über der Stirn lag eine perfekte Tolle, die sie mit kleinen Kämmchen feststeckte. Sie erzählte, wie sie sich mit ihren Mitschülerinnen an den Wochenenden heimlich in Lokale stahl, in denen Musiker auftraten, führte vor, wie man Swing und Foxtrott tanzte. Und immer wieder fragte sie nach Wilhelm. Wie es ihm gehe, ob Therese ihn getroffen habe und ob er von ihr, Alwine, gesprochen habe?

Als Therese an diesem Abend die schmalen Wege zwischen Wiesen und Feldern zurückradelte, war sie niedergeschlagen. Sie hatte nicht den Mut gehabt, Alwine von Wilhelms Geständnis zu erzählen. Auch die Verhaftung des Vaters hatte sie nicht erwähnt.

Jahre später wird Therese Mende ihrem zweiten Mann von diesem Abend erzählen und sagen, dass sie sich schuldig gefühlt habe. Nicht weil Wilhelm sie und nicht Alwine liebte, sondern weil sie Wilhelm *nicht* liebte. Weil sie Alwine etwas fortnahm, nur um es zurückzuweisen.

Und dann, einen Tag vor Heiligabend, kam Jacob ohne Leonard auf Urlaub nach Hause.

Sie wartete zusammen mit Hanna, Alwine und Wilhelm auf dem Bahnsteig, als Leonards Vater aus der kleinen Bahnhofshalle trat und über den Bahnsteig auf sie zukam. Rechtsanwalt Kramer war ein kleiner, rundlicher Mann mit ernsten Gesichtszügen und einer Steifheit, die Therese als Kind eingeschüchtert hatte.

An diesem Tag wirkte er gelöst. Er lächelte sogar.

Als der Zug einfuhr und nur Jacob ausstieg, sah sie ihn blass werden. Für einen Augenblick war es, als stünde auf diesem Bahnsteig nur der korrekte schwarze Wollmantel, der graue Hut, die glänzenden Lederschuhe. Auf Bügel drapiert, ausgestellt und unbeweglich.

Jacob hatte sich verändert. Die Reste seiner Jungenhaftigkeit waren verschwunden. Er wirkte noch größer in seiner Uniform und man sah ihm die körperliche Arbeit an der frischen Luft an.

»Leonard hat keinen Urlaub bekommen«, sagte er und seine Augen wanderten ausweichend über die Gleise.

Zwischen dem grauen Hut und dem schwarzen Mantelkragen hörte Therese Kramers Stimme.

»Warum?«

Jacob schüttelte den Kopf und sagte mit einer Bitterkeit, die Therese bei ihm noch nie wahrgenommen hatte: »Weil es dem Feldmeister so gefallen hat!«

Hut und Mantel drehten sich, die Lederschuhe gingen auf die Bahnhofshalle zu.

Jacob lief ihm hinterher, griff nach dem Ärmel. Dann stieg er zu Kramer ins Auto und sie fuhren davon.

Der Bahnsteig leerte sich. Menschen schlenderten untergehakt, lachend und gestikulierend, andere eilig, die Hüte tief ins Gesicht gezogen. Der Zug löste zischend seine Bremsen. Die Räder stampften einen zähen, dann immer schneller werdenden Rhythmus, der sich unter dem Blechdach des Bahnsteigs sammelte. Therese war es, als würde sie erdrückt. Jacobs Koffer stand einige Schritte entfernt. Zurückgelassen!

Therese wartete. Langsam schritt sie an die Bahnsteigkante, spähte in die Richtung, aus der der Zug gekommen war, wollte, dass er noch einmal einfuhr.

Hanna starrte dem Krameraut0 hinterher, in dem Jacob saß. Jacob, der sie kaum begrüßt hatte.

Wilhelm fing sich als Erster. Er nahm Jacobs Koffer. Schweigend verließen sie den Bahnhof.

Windböen trieben Regen über den Vorplatz. Trotz des Wetters hatte sie, bis zu Jacobs Ankunft, weihnachtliche Vorfreude empfunden, hatte gedacht, sie würde nach langer Zeit wieder alle Freunde um sich haben.

Abends, gegen sieben, saß sie mit ihren Eltern bei verdunkelten Fenstern und Kerzenlicht beim Essen, als jemand gegen die Tür hämmerte. Das kam häufig vor, aber seit der Verhaftung ihres Vaters gab es im Hause Pohl immer ein ängstliches Innehalten, bevor einer von ihnen vorsichtig die Decke vor dem Fenster einen Spalt öffnete und hinausspähte.

Es war Jacob. Er war immer noch nicht zu Hause gewesen, hatte die letzten Stunden bei Kramers verbracht.

Margret Pohl drückte ihn auf die Küchenbank und stellte einen weiteren Teller auf den Tisch. Jacob sah Siegmund Pohl an und sagte: »Es tut mir leid.« Er lehnte sich zurück und fuhr mit den Händen durchs Gesicht. »Das mit Ihrer

Verhaftung, meine ich. Ich habe es vorhin von Kramer erfahren.«

Therese war erstaunt. Bis auf Wilhelm hatte bisher niemand im Ort davon gesprochen.

Und dann erzählte Jacob von Leonard.

Fünfundzwanzig Mann waren sie, als sie im Lager ankamen. Schon im Zug lernten sie einige der Kameraden kennen. Viele hatten sich, wie Jacob und Leonard, auf die Offizierslaufbahn beworben.

Leonard geriet gleich am ersten Tag ins Visier von Feldmeister Köbe. In der Kleiderausgabe stand Köbe breitbeinig neben den Männern, die die Arbeitskleidung und Uniformen ausgaben. Jeder Neuankömmling musste seinen Koffer auf dem Ausgabetresen vor ihm auspacken. Leonard hatte, wie viele andere auch, Bücher dabei. Darunter Gedichtbände von Mörike, Goethe und Rilke. Köbe grinste ihn an: »Sieh mal einer an, da kriegen wir ja einen richtigen Schöngeist in unsere bescheidenen Hütten. Gedichte!« Dann beugte er sich vor und sagte: »Du wirst schon noch begreifen, dass das hier kein Ferienlager ist. Wir werden hier einen Mann aus dir machen!« Er nahm die Gedichtbände und legte sie in ein Regal. »Wenn deine Zeit hier um ist, kannst du sie wiederhaben. Wenn du sie dann noch willst.«

In den ersten Tagen mussten sie ständig exerzieren. Der Spaten ersetzte das Gewehr. Am liebsten ließ Feldmeister Köbe sie in den frühen Morgenstunden über den betonierten, mit zugefrorenen Pfützen übersäten Betonplatz robben. Nachts pfiff er sie aus den Betten, in voller Montur mussten sie auf dem Hof antreten. Wenn die Uniform nicht hundertprozentig saß, ließ er sie Ewigkeiten strammstehen, auf dem Übungsgelände unter Stacheldrahtzäune robben oder immer wieder über die Eskaladierwand klettern. Fast täglich war es

Leonard, den Feldmeister Köbe oder Truppführer Grosse sich noch einmal extra vornahmen. Zivilistenarsch und mickriger Schöngeist, nannten sie ihn. In den ersten Tagen mischten Jacob und auch einige der anderen Kameraden sich ein. Dann mussten sie mit Leonard zusammen die »Sonderausbildung« absolvieren. Als sie nicht nachließen und immer wieder Einspruch erhoben, drehte Köbe den Spieß um. Für jede Bemerkung von den anderen bekam Leonard weitere »Übungen zur körperlichen Ertüchtigung«.

Tagsüber rodeten sie eine Schneise durch ein Waldgebiet, gruben Baumstümpfe und Wurzelwerk aus. Wenn sie erschöpft im Lager ankamen, ging der Drill los. Köbe nannte das mit vor Sarkasmus triefender Stimme »die angehenden Herrn Offiziere auf ihre zukünftigen Aufgaben vorbereiten«. Leonard war bereits zweimal zusammengebrochen und auf der Krankenstation gewesen.

Jacob starrte hohl auf den Tisch, schien die Bilder aus der abgenutzten Holzfläche zu ziehen. Manchmal sah er verstört in die Runde, so als könne er selber nicht glauben, was er da berichtete. So als würde ihm die Ungeheuerlichkeit erst jetzt bewusst.

Dann weinte er wie ein Kind. »Ich verstehe das nicht. Wir sind doch gute Nationalsozialisten, stehen treu hinter dem Führer.«

Therese Mende würde sich Ende der Siebzigerjahre noch einmal an diesen Abend erinnern. Sie lebte zu der Zeit in London und sie hatten einen befreundeten Archäologen zu Gast. Er erzählte, dass er nach einem Ausgrabungsunfall über zwei Tage verschüttet gewesen sei, und sagte: »Des Menschen Vermögen übertrifft unsere Vorstellungen. Wir halten Unglaubliches aus, wenn wir nicht entkommen können. Erst wenn wir davon erzählen, wenn wir später versuchen es in Worte zu fassen, weinen wir. Weil es erst dann wahr wird.«

Da hatte sie Jacob noch einmal auf der Küchenbank vor sich gesehen. Wie er nach Worten gesucht und mit jedem Satz, den er fand, ungläubig aufgeschaut hatte, als höre er die Geschichte eines anderen.

Am zweiten Weihnachtstag ging Therese zu den Kalders. Die Stimmung war gedrückt. Alwine war die Einzige, die versuchte Fröhlichkeit zu verbreiten. Sie hatte eine Pelzstola bekommen und zog Therese mit in ihr Zimmer. Dort drehte sie sich aufgeregt, die Stola mal hoch um den Hals gezogen, mal leger um die Schultern gelegt, vor dem Spiegel.

Therese beglückwünschte sie geistesabwesend zu dem Geschenk. Zum ersten Mal empfand sie Alwines Lebensfreude als egozentrisch und oberflächlich.

»Wie kannst du dich mit diesem blöden Stück Pelz beschäftigen. Interessiert dich Leonard denn gar nicht?«, herrschte sie sie an.

Alwine brach in Tränen aus. Achtlos fiel die Stola zu Boden und sie schlug die Hände vors Gesicht. Kaum verständlich brachte sie hervor: »Ich kann doch nichts tun, Therese. Verstehst du denn nicht? Ich kann nichts tun!«

Beschämt setzte sie sich neben Alwine aufs Bett.

Jahre später erzählte Therese ihrem zweiten Mann, dass sie an diesem Nachmittag zum ersten Mal erkannte, dass Alwines Sorglosigkeit eine Art Flucht war.

»Alwine«, sagte sie, »war ein fliehender Mensch. Nur an der Oberfläche treibend konnte sie überleben.«

Als sie sich verabschiedete, sprach sie vor der Tür noch kurz mit Jacob. »Mein Vater«, sagte er tonlos, »wird versuchen

Leo da rauszuholen.« Er zuckte hilflos mit den Schultern. Dann wagte er ein kurzes, freudloses Lächeln. »Er wird das schon schaffen.«

Nach Hanna fragte Therese ihn nicht. Hanna war für sie alle in den Hintergrund getreten, hinter Leonards Schicksal zurückgeblieben. Erst Tage später, als Jacob schon wieder abgereist war, erfuhr Therese, dass er Hanna nur einmal besucht und sie sich gestritten hatten. »Leonard, Leonard, Leonard«, hatte Hanna ihm wutentbrannt entgegengehalten. »Dann geh doch zu deinem Leonard!«

Kapitel 16

23. April 1998

Zwei Mitarbeiter der Gartenbaufirma Schoofs klingelten bei Rita Albers. Ihr Auto stand unter dem Carport und als sich im Haus nichts rührte, versuchten sie es ein zweites Mal. Dann gingen sie in den Garten. Sie hatten Anweisung, einen neuen Brunnen zwischen Terrasse und Gemüsegarten auszumessen und die Bodenbeschaffenheit zu prüfen. Während sie das Gelände betrachteten, blickte einer der beiden zur Terrassentür, die aufgeschoben war. Sie gingen die Stufen hinauf und riefen: »Hallo! Hallo Frau Albers, sind Sie da?« Sie sahen es, noch bevor sie die Tür erreichten. Auf dem Fußboden lagen in wildem Durcheinander Papiere und Ordner. Dazwischen glitzerte eine Wasserlache und die großen gebogenen Scherben einer Glasvase im Sonnenlicht. Rote und gelbe Tulpen, die Blütenblätter schon nachgiebig und sterbend, streuten Farbtupfer in das absurde Stillleben.

»Ach du Scheiße.« Der Jüngere grub seine Hände tief in die Taschen seiner Latzhose, während der Ältere noch einmal nachdrücklich »Frau Albers« rief, und es klang, als wolle er sie warnen. Sie zögerten einen Augenblick, dann durchschritten sie zügig das Zimmer. Sie fanden Rita Albers in der Küche. Sie saß in einem der beigen Schalensessel, den Kopf auf dem Tisch abgelegt wie eine, die todmüde oder betrunken vornübergekippt war. Ihr Haar war klebrig-rot und auf dem Sessel trockneten rote, an den Enden tropfenförmige Linien, wie verlaufende Ölfarben.

Sie standen mehrere Sekunden ganz still, ehe der Ältere in

das verwüstete Zimmer zurücklief und das Telefon unter einem der Schreibtische fand.

Karl van den Boom von der Wache Kranenburg war als Erster vor Ort und informierte die Kollegen vom K11 in Kalkar. »Nicht schön«, sagte er ins Funkgerät des Streifenwagens, »gar nicht schön. Besser, ihr seht euch das an.« Dann hörte er geduldig zu und nach einer Weile sagte er ruhig: »Kollege, natürlich ist die tot. Glaubst du, ich ruf dich an, weil die nackig im Garten tanzt?«

Über die Terrasse ging er ins Haus zurück und betrachtete von der Tür aus den Schaden.

Er nahm die beiden Gärtner mit vors Haus. An den Streifenwagen gelehnt nahm er ihre Aussagen auf. Was sie alles angefasst hatten, wollte er wissen. »Nur das Telefon«, sagte der ältere, »ach, und das eine oder andere Papier, als ich danach gesucht habe.«

»Und ich das Spülbecken«, sagte der andere, »da hab ich mich drauf gestützt, weil … o Mann, ich dachte, ich seh nicht richtig.« Van den Boom nickte verständnisvolle »Hmhms« dazwischen und machte sich Notizen, während er auf die Kollegen von der Abteilung Kapitalverbrechen wartete. Er hatte gehofft, dass Manfred Steiner dabei sein würde, aber als sie eintrafen, stieg nur der junge, zwei Meter lange Brand aus dem Wagen, mit dem er telefoniert hatte. Karl van den Boom sah zu, wie sie den Tatort weiträumig absperrten, Latexhandschuhe überstreiften, ihre weißen Overalls anzogen, und als im Haus Blitzlichter aufflammten, dachte er, dass Rita Albers jetzt selber zu einer großen Story wurde und dass sie gerade ihren letzten Fototermin wahrnahm. Dass sie es am Tag zuvor so eilig gehabt hatte, fiel ihm wieder ein, und dass man, wenn man sich beeilte, eben auch schneller das Ende erreichte.

Zwei Stunde später, als Rita Albers in einem Kunststoffsarg abtransportiert wurde, setzte er sich in seinen Wagen und fuhr nach Kleve. Die Akte Peters lag auf dem Beifahrersitz, und sie sollte an Ort und Stelle im Polizeiarchiv stehen, wenn er morgen früh die Kollegen informieren würde, dass Rita Albers sich für diesen alten Fall interessiert hatte.

Kapitel 17

23. April 1998

Therese Mende erledigte im Arbeitszimmer ihre Post, als das Telefon klingelte und Hanna sich meldete. »Die Albers ist tot.« Dann schwieg sie. Das Arbeitszimmer lag im ersten Stock und Therese sah auf das Nachbargrundstück hinunter, auf den Pool, an dessen Ecken vier kitschige Putten aus Amphoren Kaskaden von Wasser in das Becken gossen.

»Wie?«, fragte sie nach mehreren Sekunden und stützte sich schwer auf die Fensterbank.

»Die Leute sagen, sie wurde erschlagen.« Sie hörte Hanna tief durchatmen. »Paul hätte den Kotten nicht verpachten dürfen. Der Vater dreht sich im Grab um.«

Thereses Gedanken überschlugen sich. Sie hörte die letzten Sätze nicht. »Hanna, weißt du, ob die Frau alleine an dieser Geschichte gearbeitet hat?« Hanna zögerte nur kurz. »Ich glaub, ja. Ja, da bin ich mir sicher. Die war so.«

Therese spürte, wie die Anspannung der letzten Tage sich auflöste. »Haltet mich bitte auf dem Laufenden«, sagte sie abschließend. Ein leichter Wind streifte die zartlila Bougainvilleablüten, die über die Grundstücksmauer rankten. Sie meinte, ein feines Rauschen zu hören.

Ein Wind war auch damals gegangen, aber der war eisig gewesen.

Februar 1940

Im Rathaus, im braunen Haus und sogar im Pfarramt quartierten sich SS-Offiziere ein. Immer mehr Soldaten trafen ein und wurden auch in Privathäusern untergebracht. Der Vater war sich sicher, dass sie den Einmarsch in Holland vorbereiteten.

An dem Nachmittag, an dem sie Leonard wiedersah, trieben Windböen dichte Wolken über den Himmel. Der Geruch von kalter Nässe lag in der Luft, Feuchtigkeit, die sich in den Straßen, Häusern und Kleidern festkrallte.

Zuerst erkannte sie ihn nicht. Er kam ihr entgegen, den Kragen der dunkelblauen Wolljacke hochgestellt und einen Schal schützend um Mund und Nase geschlungen. Sie waren schon fast aneinander vorbei, als er stehen blieb.

»Therese?« Seine Stimme erkannte sie sofort. Er zog den Schal vom Gesicht. Die hohen Wangenknochen hatten ihm immer schon etwas Hageres gegeben, aber jetzt beherrschten sie, zusammen mit der hohen Stirn, sein Gesicht. Die Augen, der Mund, das Kinn, alles schien hinter den vorstehenden Knochen zurückzutreten.

Sie ließ ihre Tasche fallen, gab ihrem ersten Impuls nach und nahm ihn auf offener Straße in die Arme.

Später, wenn sie sich an diesen Augenblick erinnerte, konnte sie seinen ausgemergelten Körper immer noch in ihren Händen spüren. Obwohl Leonard größer als sie gewesen war, hatte sie den Eindruck gehabt, einen zerbrechlichen Vogel in den Händen zu halten.

»Sie haben mich ausgemustert«, sagte er mit tonloser Stimme. »Ich werde die Offiziersausbildung nicht antreten. Ich bin untauglich!« Er betonte »untauglich« mit einer

Feindseligkeit, die sich gegen ihn selber richtete, die ihn einen Versager nannte.

Einige Tage zuvor hatte sie Post von Jacob bekommen. Über die Ereignisse im Lager schrieb er:

... Als ich nach dem Weihnachtsurlaub hier ankam, hatten einige Kameraden schon dafür gesorgt, dass Leonard auf die Krankenstation verlegt wurde. Sie waren mittags eingetroffen und hatten ihn mit hohem Fieber auf seiner Pritsche vorgefunden.

Er hat eine schwere Lungenentzündung. Als ich seine Sachen zusammenpackte, fand ich Teile seiner Kleidung völlig durchnässt. Holger Becker, der ebenfalls keinen Weihnachtsurlaub bekommen hatte, erzählte, Kobe habe, kaum dass wir alle fort waren, Leonard exerzieren lassen. Als er der Meinung war, dass Leo nicht sein Bestes gäbe, hat er ihn in der klirrenden Kälte mit einem Eimer Wasser überschüttet, und dann musste er mit der nassen Kleidung weiter exerzieren. Silvester war somit hier kein allzu fröhliches Fest, aber schon am 5. Januar gab es eine unangemeldete Gesundheitsinspektion für alle Offiziersanwärter. Leonard wurde sofort ausgemustert und als Zivilist in ein Krankenhaus nach Münster verlegt. Mit uns anderen hat sich der Arzt gar nicht groß beschäftigt. Wir hatten den Eindruck, er war mit fertigen Verlegungspapieren für Leonard hier angekommen. Vater hat also Wort gehalten.

Sie traf sich mit Leonard ab und an zu ausgedehnten Spaziergängen. Er sprach nie über seine Zeit beim Reichsarbeitsdienst, und doch lagen diese Erlebnisse wie ein Subtext unter allem, was er sagte, was er tat. Die Traurigkeit, die ihn umgab seit er zurück war, löste sich nicht mehr auf. Nicht, dass sie nicht miteinander lachen und scherzen konnten, aber sein zuversichtlicher Glaube an sich selbst, mit dem er zusammen mit Jacob damals in den Zug gestiegen war, kam nicht wieder.

Köbe, das hatte sie erst Jahre später verstanden, hatte Leonards Menschenbild zerstört. Für jeden anderen hätte das bedeutet, sich der Welt von nun an auf eine misstrauische Art zu nähern. Aber das schaffte Leonard nicht. Leonard wandte sich ab. Und so war es manchmal von unerträglicher Einsamkeit, neben ihm zu gehen.

Therese war schon seit Monaten nicht mehr zum Hochstand gefahren. Das Haus der Pohls wurde immer wieder überwacht und im Mai bestätigten sich die Vorhersagen des Vaters. Holland kapitulierte nach nur fünf Tagen. Deutschland war im Siegesrausch. Ein ansteckender Taumel, dem sie sich kaum entziehen konnte. Die Wochenschau zeigte deutsche Soldaten in den besetzten Gebieten. Dänemark, Norwegen, Holland und Belgien hatten kapituliert und deutsche Truppen standen in Paris. Die Leinwand zeigte strahlende Soldaten in Siegerpose, die in allen Ländern von jubelnden Menschen empfangen wurden.

Leonard blieb den Sommer über zu Hause, um sich zu erholen. Anschließend sollte er, dem Wunsch seiner Eltern entsprechend, in Köln Jura studieren. Therese besuchte ihn häufig, traf ihn, sobald das Wetter es erlaubte, lesend im Garten der Kramers an. Oft machte er sich schon in aller Frühe alleine auf und wanderte stundenlang im Reichswald. In ein Buch vertieft oder erschöpft von seinen Wanderungen, meinte sie manchmal den früheren Leonard zu erkennen. Die stille Freude, die er wohl empfand, wenn er in die Welt seiner Bücher eintauchte, wenn ein Gedicht ihn berührte oder wenn er den Tag, fernab der Menschen, in der Natur zugebracht hatte.

An einem Sonntag im Juni spazierte sie zusammen mit Wilhelm und Leonard hinüber zu den Kalders. Alwine und sie hatten ihr Abitur bestanden. Den Nachmittag wollten sie in alter Runde verleben und Alwine hatte zu Kaffee und Kuchen eingeladen.

Sie saßen im Hof auf den Bänken, zwischen ihnen der rechteckige Tisch aus grobem Holz, den eine Tischdecke verbarg. Therese goss Kaffee ein und Alwine brachte einen Kuchen heraus, als auch Hanna dazukam. Sie wurde freudig begrüßt.

Sie plauderten über dieses und jenes und Leonard berichtete, was Jacob, der inzwischen seine Offiziersausbildung begonnen hatte, in seinem letzten Brief schrieb. Hanna fragte fast beiläufig: »Wie oft schreibt ihr euch?«, und er antwortete spontan: »Jede Woche.« Hanna zuckte zusammen, wie unter einem Peitschenhieb.

Drei hauchdünne Sekunden blieb es still. Eine Zeitmembrane, die nicht standhielt.

Dann sprang Wilhelm auf und brüllte Leonard an, ob er nicht merke, was er seit Wochen treibe. »Du stellst dich zwischen Jacob und Hanna und zwischen mich und Therese.« Und dabei kippte seine Stimme und bekam einen fast weinerlichen Klang.

Die Restbilder dieses Nachmittags sind ohne Farbe, die Gesichter der Freunde wächsern und selbst die roten Blüten der Kletterrose, die die Hauswand hinaufrankte, waren blass und durchscheinend.

Leonard, der Wilhelm ungläubig anstarrte. Hanna, die aufsprang und davonlief. Und Alwine. Alwine, deren Augen ungläubig zwischen Wilhelm und Therese hin- und herwanderten, die sich wie in Zeitlupe abwandte und im Haus verschwand.

Später würde Therese oft darüber nachdenken, ob mit diesem Nachmittag alles begonnen hatte oder ob es eine Art Unentrinnbarkeit gab und sie schon vor Jahren, vielleicht, als sie als Kinder zum ersten Mal gemeinsam ihren Schulweg antraten, darauf zugesteuert waren.

An jenem Sonntag im Juni ging sie zusammen mit Wilhelm nach Kranenburg zurück und sagte ihm, dass sie ihn nicht liebe. Er ging schweigend neben ihr, die Hände in den Hosentaschen, und sie war erleichtert, wie gelassen er es hinnahm.

Drei Wochen später kam Jacob zu Besuch und an einem der Abende sagte er – sicher gekonnter, einfühlsamer formuliert, als sie es Wilhelm gegenüber getan hatte – Hanna das Gleiche. In jenem Sommer formierte sich die verheerende Kraft zurückgewiesener Liebe.

Kapitel 18

23. April 1998

Als Robert Lubisch seinen Dienst im Krankenhaus um acht Uhr antrat, kam ihm der Aufenthalt in Kranenburg, seine Gespräche mit Rita Albers und seine ängstliche Sorge wie ein Spuk vor.

Sie hatte ihn am Mittwochabend unwirsch empfangen und schon an der Tür gesagt, dass sie die Geschichte auf jeden Fall mache und sie niemand daran hindern werde.

Dann war sie in die Küche gegangen, und weil sie die Tür offen ließ, nahm er es als Einladung. Er fragte, was sie für so eine Story bekommen könnte, und sie lachte auf. »Gestern«, sagte sie, »wäre es noch eine Provinznotiz gewesen, aber heute sieht das schon ganz anders aus. Im Laufe des Tages ist der Preis rasant in die Höhe geschossen.«

Er zuckte zusammen, ließ sich aber nicht beirren. Er war entschlossen, nicht ohne ein zufriedenstellendes Ergebnis zu gehen.

Sie bot ihm Tee an und sie saßen wieder an diesem Küchentisch. Ihre Bewegungen waren fahrig und sie schimpfte vor sich hin, dass sie nicht käuflich sei, und wieso das auf einmal alle Welt glaube. Er dachte darüber nach, dass er sie zwei Tage zuvor attraktiv gefunden hatte und dass es an ihrer Art sich zu bewegen lag, dass es an diesem Abend nicht so war. Als sie sich endlich setzte, sagte sie: »Die Geschichte Ihres Vaters interessiert mich nicht, und wenn es Ihnen wichtig ist, kann ich versprechen, dass er in meinem Artikel nicht vorkommen wird. Ihr Vater hat die Papiere dem lebenden Peters abgenommen, ob wissentlich oder unwissentlich wird sich nicht klären lassen, und es spielt auch keine Rolle mehr. Mich interessieren Wilhelm und Therese Peters.« Sie sagte noch, dass sie Therese Peters ausfindig gemacht habe. Dass sie unter ihrem Mädchennamen 1956 in Frankfurt geheiratet habe und dass das Verschwinden von Wilhelm nie geklärt worden sei. Aber Robert Lubisch hörte nur mit halbem Ohr zu, er war mit seiner Erleichterung beschäftigt, wollte mit all dem nichts mehr zu tun haben.

Auf der Fahrt nach Hamburg hörte er sich eine Komposition von Ravel für Oboe, Fagott und Klavier an und ließ seine Gedanken schweifen, wie er es gerne tat, wenn die Autobahn nicht voll war. Nicht nur, dass Rita Albers nicht über seinen Vater schreiben würde, erleichterte ihn, sondern auch, dass die Legende vom jungen, gewitzten Helden, der ohne Fehl und Tadel durch die Kriegswirren gekommen war, sich zurechtrückte. Ein Riss in der Fassade des übergroßen Friedhelm Lubisch. Uninteressant für Rita Albers, aber für ihn, den Sohn, von Bedeutung.

Es war nach Mitternacht, als er endlich zu Hause ankam. Maren, die freiberuflich als Simultanübersetzerin arbeitete, war für eine Woche in Brüssel und er ging auf direktem Weg ins Bett.

Gegen Mittag beendete er die Visite auf der Kinderstation und machte sich auf den Weg zur Kantine, als eine der Krankenschwestern ihm hinterherlief. »Doktor Lubisch«, rief sie ihm nach, »einen Moment. Da ist die Polizei in Ihrem Zimmer. Die wollen Sie sprechen.«

Robert Lubisch zog die Augenbrauen hoch und kam zurück. Mit der Polizei hatten sie regelmäßig zu tun, wenn es

Fälle von Kindesmisshandlung gab, aber im Augenblick hatte er keinen solchen Fall auf seiner Station.

Ein Mann und eine recht junge Frau standen in seinem Büro. Er reichte beiden die Hand und sah sie erwartungsvoll an. Der Mann, der sich als Söters vorgestellt hatte, fragte: »Herr Lubisch, kennen Sie eine Rita Albers?«

Robert lauschte dem Namen hinterher. Er klang in diesem Zimmer fremd und deplatziert.

»Ja«, sagte er dann ohne Argwohn, »eine Journalistin aus Kranenburg.« Er hielt kurz inne und fragte: »Wieso fragen Sie mich das?«

Söters schob die fleischig-feuchten Lippen vor und antwortete mit einer Gegenfrage: »Wann haben Sie sie zum letzten Mal gesehen?«

Lubisch wurde unruhig und wusste nicht, ob es an dem Mund des Polizisten lag, der ihm anstößig vorkam, oder ob es die Frage war. »Gestern Abend«, sagte er wahrheitsgemäß, »aber was soll das denn?«

Die Beamtin, er hatte den Namen nicht richtig verstanden, übernahm jetzt. »In welchem Verhältnis standen Sie zu ihr?«

»Verhältnis?« Robert schüttelte den Kopf. Dann erst begriff er, dass sie die Vergangenheitsform benutzte. »Wieso *standen*?«

»Beantworten Sie die Frage«, sagte der feuchte Mund, und Robert Lubisch fühlte eine unerklärliche Bedrohung.

»Ich habe Frau Albers vor drei Tagen kennengelernt und ich habe sie gestern Abend zum letzten Mal gesehen.«

»Wann?« Wieder die wulstig-nassen Lippen, wie das kurze Schnappen eines Hundes.

Plötzlich packte ihn Zorn. »Hören Sie, das reicht jetzt. Wenn Sie mir nicht sagen, worum es geht, möchte ich Sie bitten, mein Büro zu verlassen. So lasse ich mich nicht behandeln.«

Die beiden wechselten einen Blick. »Frau Albers ist tot«, sagte die Frau. »Sie ist gestern Abend ermordet worden.«

Lubisch tat einen Schritt zurück und lehnte sich an die Fensterbank. »Aber das kann doch nicht sein«, flüsterte er.

Die Beamten sahen ihn abwartend an.

»Hören Sie, ich habe Frau Albers gegen acht Uhr verlassen, und da lebte sie noch.«

Er setzte sich hinter seinen Schreibtisch und bat auch die beiden Beamten, Platz zu nehmen. Er berichtete wahrheitsgemäß, erwähnte das Foto und sein Interesse daran. Die Ausweispapiere erwähnte er nicht, schließlich hatte selbst Rita Albers gesagt, dass sie ohne Bedeutung seien.

Ob ihm am Abend zuvor etwas aufgefallen sei, wollten sie wissen, aber er erinnerte sich nur, dass ihren Bewegungen der Fluss gefehlt hatte. »Sie hat gesagt, dass sie Therese Peters ausfindig gemacht hat«, fiel es ihm wieder ein, und die Frau zog einen Block aus ihrer Jacke, machte sich eine Notiz und fragte: »Wo finden wir diese Frau Peters?« Er zuckte mit den Schultern. »Das hat sie nicht gesagt.« Die Frau sah ihn misstrauisch an und machte sich, wie abschließend, eine Notiz. »Wir geben das an die Kollegen am Niederrhein weiter«, sagte sie, und Lubisch, ein wenig geistesabwesend, verstand es als Bitte um Erlaubnis. »Ja. Ja, tun Sie das«, nickte er, war aber bereits mit etwas anderem beschäftigt. »Sagen Sie, wie sind Sie auf mich gekommen?«

Der Mann lächelte und gab seiner Kollegin mit einer Kopfbewegung zu verstehen, dass sie darüber reden dürfe, und Lubisch fragte sich, ob sie Söters Mund wohl mochte, der so rot war und nackt und der aussah, als habe er ihn wund geleckt.

»Die Tote«, sagte die Frau, »hatte Ihre Visitenkarte in der Hosentasche.« Robert nickte. »Die habe ich ihr bei unserem ersten Treffen gegeben.«

Söter stand auf. »Halten Sie sich zu unserer Verfügung«, wies er Robert Lubisch knurrend an und machte der Frau ein Zeichen, ihm zu folgen. Die drehte sich an der Tür noch einmal um. »Haben Sie Frau Albers das Foto gegeben? Ich meine das Original. Oder haben Sie es noch?«

Er stand auf, ging zum Schrank und zog das Foto der Therese Peters aus der Brusttasche seines Jacketts.

»Können wir das behalten?«

Robert Lubisch nickte, war fast froh, es wegzugeben. Als sie gegangen waren, blieb er noch eine Weile sitzen. Wo war er da hineingeraten? Konnte es sein, dass Rita Albers sterben musste, weil sie nach dieser Therese gesucht hatte? Das war doch Unsinn.

Er stand auf und ging in die Kantine hinunter. Rita Albers hatte sich mit ihrer herausfordernden Art sicher viele Feinde gemacht. Ihm fiel ein, dass die Polizei in ihrem Haus nicht nur die Kopie des Fotos, sondern auch die eingescannten Papiere auf ihrem Computer finden würde.

In der Cafeteria stellte er eine Tasse unter die Kaffeemaschine und drückte auf Cappuccino. Er würde sagen, dass es ihm nicht wichtig erschienen war.

Er nahm sich ein Käsebrötchen und setzte sich allein an einen Tisch. Ihm war unbehaglich. »Halten Sie sich zu unserer Verfügung«, hatte dieser Söter gesagt. Stand er unter Mordverdacht? Und was, wenn Rita Albers tatsächlich hatte sterben müssen, weil er …

Kapitel 19

23. April 1998

Therese Mende stand auf der Terrasse und sah zu, wie Federwolken sich im Westen sammelten, sich immer dichter aneinanderdrängten und auf die Insel zusteuerten. Der Wind hatte aufgefrischt, die Surfanfänger wurden mit einem Boot zurück an den Strand gezogen, wo die Geübten zuversichtlich zum Himmel sahen und kleinere Segel aufrickten.

1940/1941

Wilhelm war für ein halbes Jahr auf einem Lehrgang in Stuttgart und Therese leistete ihren Arbeitsdienst auf dem Krusehof in Rindern ab. Die Kruses waren einfache, freundliche Leute. Oft gaben sie ihr abends eine Kanne Milch mit, einen Beutel Kartoffeln oder Gemüse.

Alwine studierte in Köln Geschichte. Therese hatte ihr nach jenem Nachmittag einen Brief geschrieben und versucht zu erklären, dass sie für Wilhelm nichts empfand, aber Alwine reagierte nicht darauf und reiste eine Woche später ab.

Leonard sollte ebenfalls in Köln einen Studienplatz bekommen, konnte ihn aber erst zum Sommersemester antreten. Er verbrachte den Winter zu Hause und ging seinem Vater in der Kanzlei in Kleve zur Hand.

SS-Hauptsturmführer Hollmann behielt Siegmund Pohl im Auge. Er ließ die Arztpraxis zeitweise so offensichtlich überwachen, dass die wenigen Patienten, die ihm treu geblieben waren, es bemerken mussten und sich nur noch selten an seine Tür trauten. Im September nahm Siegmund Pohl das Schild »Praxis geschlossen«, das sonst nur sonntags im Fenster hing, nicht mehr fort.

Stundenlang saß er in der Küche und starrte vor sich hin. Wenn er ausging, mal in den Gasthof oder samstags über den Markt, wich man ihm aus, wollte nicht gesehen werden mit einem wie ihm. Wie ein Fremder lebte er in der Mitte ehemaliger Patienten und Freunde.

Ende Oktober saß Therese mit ihrem Vater im Garten. Sie schälten Äpfel, die die Mutter in der Küche einweckte. Es war einer dieser milden Herbsttage, die einem schimmernd in Erinnerung bleiben. Tage, an denen die Bäume höher stehen. Margret Pohl kam mit dem Brief in den Garten und reichte ihn wortlos ihrem Mann. Unter Betreff stand »*Kündigung des Mietvertrages...*« und weiter hieß es: »*Da es sich um Wohnraum der Gemeinde handelt und dieser anderweitig dringend benötigt wird und der Mietvertrag mit Ihnen das Betreiben einer Arztpraxis voraussetzt, müssen wir Sie auffordern, das Haus bis zum Jahresende zu räumen.*«

Hollmann hatte unterschrieben.

»Lasst uns fortgehen«, sagte der Vater, und sie meinte, in diesem »fortgehen« Erleichterung und Zuversicht zu hören. Aber die Mutter wollte bleiben. Sie ging inzwischen täglich in die Kirche und glaubte fest, dass die Dinge sich bald ändern würden. »Gott wird sich das nicht mehr lange mit ansehen«, sagte sie mit tiefer Überzeugung und drohte dabei mit dem Zeigefinger den unsichtbaren Feinden.

Einen Monat suchten sie vergeblich nach einer Wohnung. Manche senkten verlegen den Blick und hoben bedauernd die Schultern, in anderen Gesichtern zeigte sich Genugtuung. Sie verschränkten selbstbewusst die Arme vor der Brust, wenn sie ihr »Nein« ausspuckten. An einem Montag Anfang Dezember – es zeichnete sich ab, dass sie in Kranenburg keine Wohnung bekommen würden – klopfte es und Hannas Vater, Gustav Höver, stand vor der Tür. Der Alte, der sicher schon auf die sechzig zuging, war groß und breitknochig und hatte das typisch runde Hövergesicht mit den immer geröteten Wangen. Er nahm den Stuhl, den der Vater ihm anbot, nicht an, blieb mitten in der Küche stehen und zerdrückte seine Schirmmütze in den tellergroßen Händen. Er griff in seine Jackentasche, zog einen Schlüssel hervor und legte ihn auf den Küchentisch.

»Der ist vom Kotten. Wenn Sie wollen, Herr Doktor, können Sie da wohnen.« Dann ging er. Der Vater sprang auf und lief ihm nach, aber Höver drehte sich um und hob abwehrend die Hände. »Ich schäme mich«, sagte er mit gesenktem Kopf, »ich schäme mich für das, was hier passiert.«

Eine Woche später zogen sie um. Hollmann kam persönlich, um das geräumte Haus zu inspizieren. Er lief zwischen Kisten und Möbeln umher, und es war bald klar, dass er hier der neue Mieter sein würde.

Die ersten Fuhren transportierten sie mit einem Handkarren, aber es waren zu viele und zu große Möbel. Sie konnten sie nicht befördern und im Kotten nicht aufstellen. Hollmann lächelte gönnerhaft und erbot sich, die Möbel zu übernehmen. »Ich mach Ihnen einen guten Preis«, sagte er. »Sie können die doch sowieso nicht wegschaffen.«

Gegen Mittag – sie konnten den schweren Eichenschrank im Wohnzimmer kaum verrücken, geschweige denn auf einem Handkarren transportieren – war der Vater bereit zu verhandeln. Hollmann machte eine allumfassende Handbewegung und nannte einen lächerlichen Preis. Die Mutter weinte vor Zorn und drohte ein weiteres Mal mit Gottes Strafe. Dann hielt ein Pferdefuhrwerk vor dem Haus und Gustav Höver kam herein. Hollmann brüllte Höver an, er solle sofort verschwinden, aber der Alte stellte sich direkt vor Hollmann auf und sagte: »Wir laden die Möbel auf das Fuhrwerk.« Ganz sachlich sagte er das, ganz selbstverständlich. Drei Mal fuhren sie und stellten die größten und schwersten Stücke in der Höverscheune unter.

An jene Szene erinnerte Therese Mende sich auch später noch gerne. Damals hatte sie gedacht, Höver habe etwas gegen Hollmann in der Hand gehabt. Erst Jahre nach dem Krieg verstand sie, dass es Hövers Entschlossenheit war, seine Art zu stehen und den Blick nicht abzuwenden, die Hollmann nicht gewohnt war und auf die er nicht zu reagieren wusste.

Das Weihnachtsfest im neuen Haus war bescheiden. Zur Christmette stapften sie die zwei Kilometer nach Kranenburg, eingehüllt in Mäntel und Schals, durch dichtes Schneetreiben auf die verdunkelte Ortschaft zu. Die Kirche war überfüllt, die Kirchenfenster mit blickdichten Stoffen verhängt. Nach der Messe stand man wie jedes Jahr auf dem Vorplatz, reichte sich die Hände und wünschte frohe Weihnachten. Sie waren alle da: Jacob und Alwine, Hanna, Leonard und Wilhelm. Aber sie standen nicht zusammen wie in den Jahren zuvor. Mit Jacob und Leonard unterhielt sie sich kurz. Jacobs Ausbildung war vorzeitig beendet und er sollte nach dem Heimaturlaub an die Front. Sie sah die Tränen in Leonards Augen. Alwine und Wilhelm standen beieinander. Hanna gab keinem der Freunde die Hand, wünschte keinem ein frohes Fest. Als Jacob auf sie zuging, verließ sie den Kirchplatz. Zusammen mit den Hövers traten sie den Nachhauseweg an. Therese und Hanna hatten den kleinen Paul Höver in ihre Mitte genommen, die Eltern gingen mit dem alten Höver einige Schritte hinter ihnen. Der Wind hatte nachgelassen und die Flocken fielen sacht und fast senkrecht. Auf den Wiesen und Feldern lag klare, schwebende Stille, und nur der gedämpfte Rhythmus ihrer Schritte, das feine Knarzen des Schnees unter ihren Schuhen, war zu hören.

»Wie der Leo den Jacob ansieht, das ist doch nicht normal«, sagte Hanna mit rauer Stimme. Ruhig und gleichmäßig ging sie weiter, so als habe sie mit sich selbst gesprochen.

»Wie meinst du das?«, fragte Therese, aber Hanna schüttelte unwillig den Kopf und schwieg.

Vier Wochen später sollte sie sich an diesen Satz erinnern. Vier Wochen später sollte sie zum ersten Mal erleben, zu was unerhörte Liebe fähig war. Unerhört!

Therese Mende fröstelte. Der Westwind schob die Wolken dichter zusammen und auf die Bucht zu. Gischt sprang an den Felsen hoch und die Wassertropfen feierten ihre kurze Befreiung tanzend, ehe sie zurückfielen in das jetzt grüne Meeresdunkel. Surfer standen in Neoprenanzügen bis zum Bauch im Wasser, hielten Bretter und Segel über die Köpfe und versuchten hinter die Brandung zu kommen.

Kapitel 20

23. April 1998

Hauptwachtmeister Karl van den Boom saß an seinem Schreibtisch. Er hatte die Vermisstenakte Peters zurückgebracht und hatte mit Frau Jäckel vom Einwohnermeldeamt gesprochen. Jetzt schrieb er sich auf, was er, oder besser Rita Albers, herausgefunden hatte. Er betrachtete seine Notizen, brummte unwillig vor sich hin und rief dann im K11 an. Er erreichte Brand.

»Was mir heute Morgen ganz untergegangen ist, die Albers war gestern hier und hat sich für einen alten Vermisstenfall interessiert«, sagte er mit ruhiger Stimme. Eine halbe Minute lauschte er mit geschlossenen Augen, dann sagte er: »Bist du fertig? ... Gut. Willst du wissen, für welchen Fall sie sich interessiert hat?« Wieder schwieg er mehrere Sekunden, während er kleine geometrische Figuren auf seine Schreibtischunterlage zeichnete.

»Es ging um Peters. Der Fall Wilhelm Peters aus dem Jahr 1950. Die Unterlagen liegen in Kleve vor. Das hab ich ihr gesagt, und da hab ich sie hingeschickt.«

Dann fragte er beiläufig: »Wie weit seid ihr denn? Ich mein, habt ihr schon was?«

»Hm ... Hm ... Ja. Ja dann ... Tschüss.«

Er legte auf und schrieb auf seinen Notizzettel:

R. Albers T. Peters gefunden?

Laptop gestohlen.

Dr. Robert Lubisch, Hamburg.

Um achtzehn Uhr schloss er die kleine Polizeistation ab

und fuhr zum Höverhof. Bronko, der Schäferhund der Hövers, war nicht angeleint und sprang ihm freudig entgegen, als er aus dem Auto stieg. Er ging hinten herum über die Deele, klopfte an die Metalltür, die zu den Wohnräumen führte, und trat ein. Bronko ging neben ihm und versuchte, mit in die Küche zu schlüpfen. »Lass den Hund draußen«, sagte Hanna, ohne aufzusehen. Sie saß mit Paul am Küchentisch und aß zu Abend. Der Duft von frisch gebackenem Brot und geräuchertem Schinken mischte sich mit dem allgegenwärtigen herben Geruch nach Pferden. Bronko sah Karl enttäuscht an, als der ihn mit dem Fuß zurückschob. Van den Boom war noch in Uniform und Hanna beäugte ihn misstrauisch.

Er sah an sich hinunter und schüttelte den Kopf. »Nein, nein. Bin nicht dienstlich … nur noch nicht dazu gekommen …«

Paul beschäftigte sich mit seinem Abendessen. »Was gibt's denn?«, fragte er beiläufig.

Karl zog einen der alten, breiten Holzstühle zurück und setzte sich. »Erst mal guten Appetit. Riecht gut bei euch.«

Hanna stand auf, stellte ihm einen Teller und ein Glas hin und legte ein Messer dazu. Dann holte sie eine Flasche Bier aus dem Kühlschrank. »Bist ja nicht im Dienst, oder doch?«

»Nein, nein.« Van den Boom griff beherzt zu und war voll des Lobes für das frische, warme Brot und den selbst geräucherten Schinken. Sie sprachen über das Wetter und Paul schimpfte über Wildkaninchen, die ihm die Setzlinge in seinem Gemüsegarten abfraßen.

»Ihr wisst, was passiert ist?«, versuchte Karl es nach einer längeren Pause. Paul sah kurz auf. »Deine Kollegen waren schon hier.«

»Wie war die denn so?«, fragte Karl nach zwei weiteren intensiv gekauten Bissen. »Die Albers, mein ich.«

»Wir hatten ja mit der nichts zu tun«, antwortete Hanna und nahm einen Schluck von ihrem Bier.

»Manchmal kam die, wollte schon mal einen Rat, wegen dem Garten. Wusste nicht, wie man Obstbäume beschneidet und hatte Ärger mit Wühlmäusen«, ergänzte ihr Bruder, nahm geschäftig den Schinken auf, hobelte einige Scheiben ab und reichte sie Karl.

»O gerne. Danke.«

Wieder entstand eine Pause. Karl hatte Zeit mitgebracht.

»Sagt mal ... von den Kollegen habe ich gehört, dass die Albers sich für Wilhelm und Therese Peters interessiert hat. Könnt ihr euch an die noch erinnern? Die haben doch früher in eurem Kotten gewohnt.«

Hanna nickte und sah ihn direkt an.

»Ja ... und?«

»Erzähl mal.« Karl nahm einen Schluck von seinem Bier und lehnte sich zurück.

»Uralte Kamellen«, sagte sie und biss von ihrem Brot ab.

Karl sah zu Paul hinüber. Der schob seinen Teller zur Seite.

»Was willst du wissen?«

»Alles.«

Paul schnaubte. »Wilhelm Peters ist abgehauen und hat seine Frau sitzen lassen. Anfang der Fünfziger war das. Ein paar Wochen später ist Therese auch weg.«

»Und ... habt ihr mal was von der gehört?«

Beide schüttelten den Kopf.

»Es ist nämlich so«, versuchte Karl das Gespräch nicht abreißen zu lassen, »die Albers hat die Frau Peters gefunden.«

Hanna sah ihn immer noch unverwandt an.

»Warum gehst du dann nicht zu der Peters und stellst ihr

deine Fragen?« Sie stand auf und stellte die Teller zusammen. Ein deutliches Zeichen, dass das Gespräch für sie beendet war. Karl griff nach seinem Bier.

»Sagt euch der Name Lubisch was?«

Hanna räumte weiter den Tisch ab. »Wer soll das sein?«

»Ein Arzt aus Hamburg. Die Kollegen sagen, er war es, der Rita Albers gebeten hatte, sich wegen der Peters umzuhören.«

Die Geschwister wechselten einen kurzen Blick.

»Ich mein«, fuhr Karl fort, »bei euch hat sich niemand nach der Peters erkundigt, oder?«

»Doch.« Hanna stand jetzt mit dem Rücken zum Tisch und räumte die Spülmaschine ein. »Die Albers hat gefragt.«

»Was habt ihr gesagt? Ihr wisst doch, dass Frau Peters damals unter Mordverdacht stand.«

Hanna drehte sich um und stemmte die Fäuste in ihre Hüften. Ihre blassblauen Augen funkelten zornig.

»Papperlapapp! Die Polizei hat damals alles versucht, da einen Mord draus zu machen und ihr das in die Schuhe zu schieben. Dabei gab es nicht mal einen Toten.« Karl versuchte sich sein Erstaunen nicht anmerken zu lassen. So hatte er Hanna selten erlebt, und er versuchte ihren Zorn zu nutzen.

»Hmm. Was damals war, weiß ich nicht. Aber jetzt ist eine Frau tot und ich glaube ja, die ist gestorben, weil sie Fragen gestellt hat.«

Hanna nahm ihre Weste von der Stuhllehne und zog sie über. »Ich geh jetzt die Pferdeboxen zumachen«, sagte sie zu ihrem Bruder und es klang wie eine Aufforderung, es ihr gleichzutun. Dann ging sie zur Deele hinaus.

Paul blieb sitzen und betrachtete die kleinen blauen Blumen, die sich wie eine Girlande über die Mitte der Tischdecke zogen.

»Bei euch war da damals der Gerhard zuständig«, sagte er, »vielleicht solltest du mit dem reden. War ein Freund von Wilhelm Peters. Hatten ja eine gemeinsame Vergangenheit.« Dann stand er auf.

»Warte mal. Wie meinst du das?«

Sie gingen auf den Hof hinaus. »Ich meine gar nichts, aber wenn du schon in dem alten Kram rumwühlen musst, dann fang am richtigen Ende an. Frag Gerhard nach den letzten Kriegsjahren.«

Der Abend dämmerte in milder Frühlingsluft, ein feiner, orangeroter Streifen Restlicht lag am westlichen Himmel. Als sie an Karls Wagen standen und sich verabschiedeten, sahen sie wie abschließend hinüber zu dem kleinen Haus am Waldrand und hielten inne. Eines der Fenster war hell erleuchtet.

Kapitel 21

23. April 1998

Wenn sie sich an das Jahr 1941 erinnerte, waren es in erster Linie die letzten Tage mit Leonard.

Der Winter 1940/41 war einer der kältesten und der 14. Februar, ein Freitag, war so kalt, dass Therese sich einen Schal fest um Mund und Nase gebunden hatte. Sie war mit dem Rad auf dem Weg vom Krusehof nach Hause. Das letzte Tageslicht lag in einem schmalen violetten Streifen über Holland, und als sie vor dem Haus der Kramers vom Rad stieg, war der Schal, in dem sich die Feuchtigkeit ihres Atems gesammelt hatte, steif gefroren und klebte an den Wangen. Frau Kruse hatte ihr einen Korb mit Winteräpfeln geschenkt, und Therese wollte einige davon hier abgeben. Frau Kramer öffnete ihr. Leonard war guter Dinge und lud sie auf eine Tasse Tee ein. Alwine hatte ihm geschrieben, dass sie schon für den 1. März in Köln ein Zimmer für ihn gefunden habe, und er wollte gleich am nächsten Tag mit dem Zug hin, um den Mietvertrag zu unterschreiben.

»Was schreibt sie?«, fragte Therese, immer noch voller Hoffnung, dass sich Alwines Groll auf sie vielleicht abgekühlt habe. Leonard legte die Hand auf ihren Arm und sagte: »Wenn ich in Köln bin, werde ich es ihr noch einmal erklären. Sie ist ein Dickkopf, das weißt du doch. Lass ihr ein bisschen Zeit.«

Als es klingelte, stand er auf und rief seiner Mutter, die in der Küche hantierte, zu: »Ich gehe schon.«

Bis heute hört sie ihn diesen Satz rufen. Auf seine ernste

und doch arglose Art. Als er hinausging, hatte sie eine Traurigkeit gespürt, hatte gedacht: Bald wird auch Leonard fort sein, sah ihn in der großen Stadt zusammen mit Alwine durch die Straßen schlendern.

Die mallorquinische Bucht lag jetzt unter einer dichten Wolkendecke. Auf dem Meer tanzten die kleinen bunten Segel der Surfer und Therese Mende ging ins Haus, weil der Wind jetzt unangenehm abkühlte. Im Wohnzimmer überfiel sie ein leichter Schwindel, wie so oft in letzter Zeit. Sie zog ihre Schuhe aus und legte sich auf das Sofa.

Stimmengewirr erinnerte sie noch, hörte Leonards Mutter in den Flur laufen, hörte sie »Nein!« und »Aber warum?« rufen.
    Sie war auf den Flur hinausgegangen. Zwei Männer in Anzügen standen dort, einer hatte Leonard am Arm gepackt. »Machen sie keine Schwierigkeiten«, sagte der andere, und dann zogen sie Leonard zu einem Auto am Straßenrand. Frau Kramer riss Leos und ihren Mantel von der Garderobe und lief ihnen hinterher, hinaus in die Dunkelheit. »Ich komme mit«, rief sie, aber einer der Männer stieß sie grob zurück. Sie taumelte, fing sich wieder und hielt Leonards Mantel hoch. »Sein Mantel.« Wieder lief sie auf den Wagen zu: »Bitte, er braucht doch seinen Mantel.« Aber die Autotür schlug bereits zu und sie fuhren davon.
    Sie stand neben Frau Kramer am Ende der Einfahrt. Die Lichter des Wagens waren schon lange nicht mehr zu sehen, die Motorengeräusche verstummt. Die verlassene Straße schien in eine noch tiefere Dunkelheit zu führen und Frau Kramer, die den Mantel ihres Sohnes fest an sich presste,

streichelte den Wollstoff zärtlich, als spüre sie in dieser Hülle den Sohn.

Erst als sie wieder im Haus waren, schien sie wahrzunehmen, dass es nur der Mantel war, und brach weinend auf dem Sofa zusammen.

»Ein Missverständnis«, versuchte Therese sie zu beruhigen, und während sie es aussprach, hatte sich ein Ring um ihre Brust gelegt, eine unbestimmte Angst, die weit über das Wort »Missverständnis« hinausging.

Sie lief in den Flur und rief Leonards Vater in seiner Kanzlei in Kleve an. Dann warteten sie.

Wie lange hatten sie schweigend gesessen? Zehn Minuten? Dreißig? Oder waren es Stunden gewesen? In ihrer Erinnerung war es ein fast unbewegliches Bild, eingebrannt in ihrem Kopf wie eine Fotografie, und wie auf einer Fotografie stand die Zeit still. Nur Frau Kramers Brust hob sich ab und an unter einem zittrigen Einatmen.

Als sie das Auto von Herrn Kramer hörten, sprangen sie beide auf und liefen zur Tür. Er stand auf dem Plattenweg, drei, vier Schritte von der Haustür entfernt. Den Hausschlüssel in der Hand sah er seine Frau kurz an, schüttelte den Kopf und senkte den Blick. Er war ohne Hut, sein Mantel beschmutzt.

Sie hatten ihm nicht gesagt, was man Leonard vorwarf. Als er auf sein Recht bestand und darauf verwies, dass er als Anwalt seines Sohnes da wäre, hatten sie ihn gepackt und hinausgeworfen. Dabei war er gestürzt. Montag, hatten sie gesagt, Montag wäre der Staatsanwalt da, und dann könne er wiederkommen. Er war ins Büro zurückgefahren und hatte den Staatsanwalt zu Hause angerufen. Ein Dienstmädchen war am Telefon gewesen, hatte um einen Augenblick Geduld gebeten. Dann war sie wieder am Apparat. »Der

Herr Staatsanwalt ist nicht zu sprechen. Das ganze Wochenende nicht«, hatte sie gesagt.

Frau Kramer nahm den Mantel ihres Mannes, ging damit in die Küche und versuchte, mit einem Geschirrtuch die feuchten Erdflecken zu entfernen. Sie sah nicht auf, rieb konzentriert über den schwarzen Wollstoff, als könne sie, zusammen mit dem Schmutz, diesen ganzen Tag entfernen.

Tränenblind war Therese nach Hause gefahren. Die Wangen brannten in der Kälte wie Feuer und gleichzeitig fror sie auf eine Art, die sie bis dahin nicht gekannt hatte. Eine Kälte, die nicht von außen kam. Eine Kälte, die ihr Herz in Kopf, Hände und Füße pumpte.

Erst am Montagabend erfuhr sie, was man Leonard vorwarf. »Gleichgeschlechtliche Unzucht«, lautete die Anklage. »Ein Hinweis aus der Bevölkerung«, hatte man Herrn Kramer mitgeteilt.

Hatte sie schon vorher an Hanna gedacht, oder hatte die Art des Vorwurfs ihren Verdacht auf Hanna gelenkt? Noch am selben Abend war sie hinübergegangen zum Höverhof. Sie traf Hanna im Stall an, wo sie die Kühe fütterte. Sie hatte ihre Haare unter einem Kopftuch nach hinten gebunden und ihr hübsches rundes Gesicht war trotz der Kälte erhitzt von der Anstrengung. Über ihrem derben Wollkleid trug sie eine dunkelblaue Schürze und eine alte Strickjacke. Zum ersten Mal nahm Therese bewusst wahr, wie Hanna litt und sich gehen ließ, seit Jacob ihr gestanden hatte, dass er ihre Liebe nicht erwiderte.

»Leonard«, sagte Therese vorsichtig, »du weißt, was ihm vorgeworfen wird?« Hanna unterbrach ihre Arbeit nicht, füllte weiter Heu in die Futterrinne.

»Weißt du, wer ihn angezeigt hat?«

»Weiß ich nicht«, warf Hanna hin, »aber es wird ja wohl was dran sein. So was behauptet ja niemand einfach so.«
Therese hielt sie am Arm fest.
»Hast du ...?«
Hanna stieß die Zähne der Heugabel auf den Boden, ein kurzes, hartes Kratzen mischte sich mit dem metallischen Klang der Ketten, an denen die Kühe ihre Köpfe auf und nieder bewegten.
»Und wenn?«, fragte Hanna mit hocherhobenem Kopf. »Wenn es nicht stimmt, hat er ja nichts zu befürchten.«
»Du meinst ... Leonard und Jacob? Du hast ...?«
Hanna nahm ihre Arbeit wieder auf. Dann schrie sie plötzlich: »Ich hab sie gesehen! Am Kolk hab ich sie gesehen!« Und Therese hörte, wie Schmerz und Zorn sich mischten, hörte, wie Hannas Stimme kippte.
Sie ging auf sie zu und flüsterte: »Hanna, du musst hingehen und sagen, dass das nicht stimmt.«
»Niemals! Niemals!«, rief sie. Dann flackerte Angst in ihren Augen. »Wenn du was sagst, schlägt der Vater mich tot. Aber ich nehme es nicht zurück. Niemals. Es ist die Wahrheit.«
Da war unter dem Rasseln der Ketten ein Ton gewesen, ein Summen, fern und fremd, und sie spürte zum ersten Mal dieses Wanken in ihrem Innern, als würde etwas wegbrechen, das sie im Gleichgewicht gehalten hatte.
Wie sie nach Hause gekommen war, wusste sie nicht mehr. Später saß sie auf dem Bett, nicht in der Lage, ihre Gedanken zu ordnen, taub und stumm vor Hilflosigkeit. »*Du sollst kein falsches Zeugnis ablegen.*« »*Du sollst nicht töten.*« Unter diesen Geboten schrumpfte das Wort »Wahrheit« in ihrem Kopf, zitterte sich dünn, löste sich auf.
Am nächsten Abend kam sie vom Krusehof nach Hause

und der Vater empfing sie vor der Tür. »Es ist etwas passiert«, sagte er leise. Schwaches Licht fiel vom Küchenfenster auf den Hof, der Mond stand fast rund und zeigte das Gesicht des Vaters unnatürlich wächsern.

Hatte sie sofort an Leonard gedacht? Sie wusste es nicht mehr. Sie wusste nur noch, dass sie sich die Ohren zugehalten hatte und die Stimme des Vaters dumpf klang. »Leonard hat sich erhängt«, sagte er, und sie schlug nach ihm und schrie, dass er das nicht sagen dürfe, dass das nicht stimmen könne.

Therese Mende erhob sich von dem Sofa und schloss die Schiebetür zur Terrasse. Das kurze Stechen in der Brust versuchte sie zu ignorieren. Der Wind hatte weiter zugenommen, das Donnern der Brandung war noch im Haus zu hören. In der Küche summte Luisa, die damit beschäftigt war, das Abendessen zuzubereiten.

Leonard hatte sein Hemd in gleichmäßige Streifen gerissen und sich am Fenstergitter seiner Zelle erhängt. Namen wollten sie von ihm, wenn er sagen würde, mit wem er es »getrieben« habe, könne er mit einem milden Urteil rechnen, hatten sie dem alten Kramer angeboten. Der bekniete seinen Sohn, aber Leonard schwieg.

Die Tage nach seinem Tod erfroren in der flachen Weite, waren starr vor Trauer und Entsetzen.

Der Pastor weigerte sich, ihn auf dem Friedhof beizusetzen. Der Vater und Herr Kramer baten ihn, aber er blieb fest. »Ein Selbstmörder und dann auch noch einer, der ... Nein, niemals in geweihter Erde.« Die Mutter pflichtete dem Pastor bei, lag auf Knien in der Kirchenbank und betete für die junge verirrte Seele.

Mit der Spitzhacke schlugen sie am äußeren Friedhofsrand neben der Hecke ein Loch in den hartgefrorenen Boden. Herr und Frau Kramer, Therese und ihr Vater, Alwine und Frau Kalder versammelten sich. Eine kleine unscheinbare Zeremonie. Jacob war in Frankreich und wusste von all dem nichts. Wilhelm hatte man in Stuttgart erreicht, aber er war nicht gekommen.

Alwine sprach an diesem Tag zum ersten Mal wieder mit ihr. »Wieso ist Hanna nicht hier?«, fragte sie. »Weil es ihre Schuld ist«, wollte Therese sagen, aber sie antwortete: »Ich weiß es nicht.« Sie hatte sagen wollen: »Bleib einfach neben mir stehen, erzähle mir von glücklichen Tagen in Köln. Sag, dass das hier ein böser Traum ist.«

Dieses Wanken in ihrem Inneren, diese Orientierungslosigkeit hielt sie zurück, ließ sie schweigen.

Jahre später war sie mit ihrem zweiten Mann Tillmann in einer Kunstausstellung in London gewesen. Eine Skulptur war ihr ins Auge gefallen. Verbrannte Holzscheite die übereinander gestapelt, im Innern mit einem unsichtbaren Stift, eine Art Kern, stabilisiert sein mussten. Die Figur schien sich der Schwerkraft zu entziehen, stand aufrecht auf einem Granitsockel. Auf einem kleinen Messingschild war der Name des Künstlers zu lesen und darunter stand: »Inneres Gleichgewicht«.

Da hatte sie es noch einmal gespürt, dieses Wanken, und verstanden, dass sie damals den Glauben an die schlichten Regeln ihrer katholischen Kindertage verloren hatte.

Kapitel 22

23. April 1998

Karl van den Boom stellte seinen Wagen an der Straße ab, nahm seine Pistole aus dem Handschuhfach und ging den gut dreihundert Meter langen Feldweg bis zum Kotten zu Fuß. Während er näher kam, sah er, dass das erleuchtete Fenster, das sie vom Höverhof aus gesehen hatten, Rita Albers Büro war. Er verließ den Weg, ging die Hecke entlang um das Grundstück herum und öffnete das kleine Tor am Ende des Gartens. Die Blütenblätter der Apfelbäume lagen auf dem Gras und schimmerten in der Dunkelheit wie frisch gefallener Schnee.

Van den Boom knöpfte seine Jacke auf, die in den Schultern spannte und seine Bewegungen einschränkte. Für einen Moment dachte er darüber nach, dass sein Vorgehen nicht klug war und dass er wenigstens in der Klever Zentrale hätte mitteilen sollen, wo er gerade war. Dann schob er sich langsam an das untere Ende der Terrasse und blickte über die Balustrade. Ein Mann stand mit dem Rücken zum Fenster an einem der Regale, offensichtlich mit einem Aktenordner beschäftigt. Er trug ein graues Jackett über seinen Jeans und war außergewöhnlich groß.

Van den Boom duckte sich, knurrte »Oh, Scheiße« und ging um die Terrasse herum zur Vorderseite des Hauses. Auf dem Weg, unmittelbar hinter dem Carport, stand der blaue Dienstwagen der Kollegen vom K11.

Eilig steckte er seine Waffe in die Jackentasche, knöpfte seine Uniformjacke zu und klingelte.

Der Kollege Brand zeigte sich kurz am Küchenfenster und öffnete dann die Haustür.

Karl van den Boom grüßte kurz. »Hab Licht gesehen und dachte, da sehe ich besser mal nach.«

Brand, den alle nur »den Langen« nannten, nickte. »Ich dachte, vielleicht haben wir irgendwas übersehen.«

Er setzte sich an den Schreibtisch und sah van den Boom an. »Du bist doch hier zu Hause«, sagte er nachdenklich. »Was ist das für eine Geschichte mit diesem Peters? Was ist da dran?«

Karl zuckte mit den Schultern. »Habt ihr die Akten gelesen?«

Der Lange zog die Augen schmal und sagte bissig: »Ja, kurz nach dir.«

Van den Boom hielt seinem Blick stand und brummte: »Hmm ... Will keiner so recht was drüber sagen. Ich dachte, ich rede mal mit dem Gerhard ... Mal nachfragen, wieso die die Akten schon nach zwei Monaten weggelegt haben.« Er verschwieg die Andeutung, die Paul Höver gemacht hatte.

Der Lange lachte auf.

»Wenn jemand mit Gerhard redet, dann sind wir das. Du hältst dich ...« Der Satz wurde vom Klingeln des Telefons unterbrochen. Nach dem dritten Klingelzeichen sprang der automatische Anrufbeantworter an. Eine Männerstimme sagte: »Hey Rita, ich bin es. Wollte mal hören, wie weit du mit der Peters-Geschichte bist? Ruf mich ...«

Der Lange griff zum Hörer. »Hallo.« Am anderen Ende wurde es still. Van den Boom drückte die Lautsprechertaste und der Lange zog missmutig die Augenbrauen zusammen. »Hallo, wer spricht da?«

»Das wäre ja wohl meine Frage«, kam es nach kurzer

Pause vom anderen Ende, »schließlich ist das der Anschluss von Rita Albers.«

»Hier spricht die Polizei«, antwortete der junge Beamte, »und jetzt noch einmal: Mit wem spreche ich?«

Van den Boom drehte die Telefonstation zu sich. Auf dem Display stand »Thomas«. Er machte den Langen darauf aufmerksam.

»Wo ist Rita«, kam es aus dem Hörer, der jetzt auf der Schreibtischunterlage lag, während der Lange sich eine Notiz machte.

»Frau Albers ist tot.«

Das »Um Gottes willen« kam sofort, und die Reaktion war echt.

»Hören Sie … Thomas! Sagen Sie mir Ihren vollen Namen und was Sie mit Frau Albers zu tun haben.«

»Ist sie … ist sie ermordet worden?«

»Wie kommen Sie darauf?«

Am anderen Ende wurde aufgelegt. Brand schlug mit der flachen Hand auf den Schreibtisch und sprang auf.

»So ein Arschloch. Hält der uns für blöd, oder was?«

Er durchsuchte das Adressbuch im Telefonspeicher und notierte sich die Nummer. Als er zum Hörer griff, hielt van den Boom ihn zurück.

»Nein, nein«, brummte er ruhig. »Geben wir ihm ein paar Minuten zum Nachdenken.«

Der Lange wollte etwas erwidern, besann sich dann aber. Zwei Minuten später klingelte das Telefon erneut und van den Boom grinste zufrieden.

Thomas Köbler meldete sich. »Hören Sie, ich biete Ihnen einen Deal an. Sie halten mich in diesem Fall auf dem Laufenden und ich sage Ihnen, was ich weiß. Ich bin jetzt in Düsseldorf, könnte also in – sagen wir – eineinhalb Stunden bei Ihnen sein.«

Der Lange wollte losschimpfen, aber van den Boom schnappte den Telefonhörer und sagte sachlich: »In eineinhalb Stunden auf der Polizeiwache hier in Kranenburg. Das passt uns gut.«
Dann legte er auf.
Er lächelte den jungen Kollegen wohlwollend an.
»Immer schön eins nach dem anderen«, sagte er langsam. »Lassen wir ihn erst mal herkommen und machen uns ein Bild. Ich meine, wenn es wirklich um diese Geschichte von vor fast fünfzig Jahren geht, dann kommt es jetzt auf ein paar Stunden auch nicht an.«

Kapitel 23

23. April 1998

Robert Lubisch hatte nachmittags mit seinem Freund Michael Dolling telefoniert. Der Rechtsanwalt saß bereits mit einer Flasche vom besten Rioja an einem kleinen Ecktisch im Restaurant Brook und studierte die Speisekarte, als Robert eintraf. Sie hatten während des Studiums eine Zeit lang zusammen in einer WG gewohnt, und obwohl sie nicht unterschiedlicher hätten sein können, waren sie in kürzester Zeit Freunde geworden. Michael gehörte zu jenen Männern, die man übersah, und er hatte im Laufe seines Lebens gelernt, sich diese Tatsache zunutze zu machen. Inzwischen gehörte ihm eine der größten Anwaltskanzleien in Hamburg. Ein Unternehmen ohne Schlagzeilen und ohne sensationsheischende Prozesse. Eine Adresse, der die Hamburger Prominenz vertraute.

Als Robert sich gesetzt hatte, legte Michael die Speisekarte zur Seite und musterte den Freund kritisch. »Du siehst beschissen aus«, sagte er ohne Umschweife und schenkte Robert Wein ein. »Jetzt erzähl mal von Anfang an. Ich bin aus dem, was du am Telefon gesagt hast, nicht schlau geworden.«

Robert lachte bitter auf. »Ich kann es ja selber kaum begreifen.«

In den nächsten zwanzig Minuten kam der Kellner dreimal an den Tisch, um die Bestellung aufzunehmen, und musste jedes Mal unverrichteter Dinge wieder gehen. Robert berichtete seinem Freund wahrheitsgetreu, was passiert war, angefangen mit dem Fund der Papiere bis zu dem Besuch der Polizei am Mittag.

Als er geendet hatte, schob Michael ihm die Speisekarte hin. »Lass uns was essen«, sagte er ungerührt und zündete sich einen Zigarillo an. Nachdem sie bestellt hatten, beugte er sich vor. »Du meinst, du stehst unter Mordverdacht? Hab ich das richtig verstanden?« Robert schluckte. So klar ausgesprochen kam ihm das ungeheuerlich vor, aber es stimmte. »Ja«, er fuhr sich mit der Hand durchs Gesicht: »Der Beamte hat gesagt, ich solle mich zur Verfügung halten.« Michael machte eine wegwerfende Handbewegung. »Das heißt gar nichts. Ich mein, welches Motiv solltest du denn haben? Ich kann mich da mal kümmern, aber ich denke, da musst du dir keine Sorgen machen.« Er blickte Robert mit seinen treuen Augen an und zwinkerte aufmunternd. »Die überprüfen dich, weil du wahrscheinlich der Letzte warst, der sie lebend gesehen hat. Das ist normal.« Er machte eine längere Pause. »Weißt du, was ich viel interessanter finde? Wieso du die Suche nach der Frau auf einmal nicht mehr wolltest.«

Robert antwortete direkt. »Weil sie die Frau von diesem Peters war und nicht – wie ich vermutet habe – eine frühere Geliebte meines Vaters. Mehr wollte ich doch nicht wissen.« Er dachte einen Augenblick nach. Dann korrigierte er sich. »Es ist so: Ich weiß nicht, was damals passiert ist, aber ich weiß, dass es wohl nicht so war, wie mein Vater es mir erzählt hat.«

»Und du bist nicht neugierig?«

Robert schüttelte den Kopf. »Nein«, sagte er vehement, »nicht mehr.«

Die Vorspeise wurde serviert und sie aßen schweigend. Robert lauschte dem Stimmengewirr im Lokal, dem leisen

Lachen und dem hellen Klang der Gläser, als sich ein Paar am Nachbartisch zuprostete.

»Diese ganze Geschichte bedroht mich«, sagte er, ohne nachzudenken. »Du weißt, dass ich mich nie besonders gut mit meinem Vater verstanden habe, aber jetzt ... eigentlich war diese Fluchtgeschichte das Einzige, was ich von seiner Vergangenheit wusste, und als Rita Albers herausfand, dass sie so nicht stimmen konnte, da ...«

Michael kaute genüsslich an einem Lachsröllchen. Als Robert den Satz offensichtlich nicht beenden wollte, tat er es für ihn. »Da hast du gedacht, wer weiß, was die sonst noch zu Tage fördert. Oder vielleicht besser formuliert: Wenn das, was mein Vater mir erzählt hat, schon eine Lüge war, was hat er mir dann wohl alles verschwiegen?«

Robert atmete tief durch und lächelte den Freund unsicher an. »Ja. So ungefähr ... Aber dann denk ich wieder: Die Papiere dieses Peters sind mit Blut verkrustet. Er hat offensichtlich auf diesem Schlachtfeld gelegen und vielleicht hat mein Vater ihn wirklich für tot gehalten. Er war ein junger, verängstigter Soldat, der nur noch weg wollte. Es kann doch so gewesen sein.«

Michael stimmte ihm zu. »Natürlich kann es so gewesen sein und wahrscheinlich war es auch so, und dein Vater hat mit all dem, was danach war, überhaupt nichts zu tun. Diese Rita Albers hat doch gesagt, dass sie Therese Peters ausfindig gemacht hat. Also gibt es die Frau doch irgendwo.«

Wieder aßen sie schweigend. Dann lehnte Michael sich zurück. »Sie hat dir bei eurem letzten Treffen nur gesagt, dass die Peters wieder geheiratet hat?«

Robert versuchte sich das Gespräch in Erinnerung zu rufen, sah Rita Albers vor sich, ihre unruhigen, fahrigen Bewegungen. Hatte sie Angst gehabt? Nein. Sie war wütend gewesen. Kämpferisch.

»Ich habe sie gefragt, was so eine Geschichte für sie wert sei, und da hat sie gesagt: Gestern war es noch eine Provinznotiz, aber ihr Wert ist im Laufe des Tages deutlich gestiegen.«

Michael wischte sich den Mund mit der Serviette ab, zündete einen neuen Zigarillo an und blies den Rauch zischend aus. »Das ist doch ziemlich interessant.«

Robert nickte konzentriert. »Und dann, ich glaube, sie hat gesagt, dass Therese Peters mit Mädchennamen Pohl oder Pohle hieß und unter diesem Namen wieder geheiratet hat. Ich hoffe, ich erinnere das richtig, aber ... sie hat 1956 gesagt. 1956 in Frankfurt.«

Michael zog die Augenbrauen hoch. »Na, das lässt sich doch herausfinden.«

Robert hob abwehrend die Hände. Michael schnaubte.

»Mann, Robert, du weißt genauso gut wie ich, dass dich diese Ungewissheit bis ans Ende deiner Tage beschäftigen wird, wenn du das jetzt nicht klärst. Und ich bin schließlich kein Journalist, der scharf auf eine Story ist, sondern dein Freund und obendrein dein Anwalt. Denk wenigstens mal drüber nach.«

Er winkte den Kellner heran und sie bestellten Espresso.

Robert dachte darüber nach, wie befreit er sich gefühlt hatte, als der Verkauf seines Elternhauses unter Dach und Fach war. Das war erst ein paar Monate her. »Ein Schlussstrich«, hatte er zu Maren gesagt. »Ein später, aber endgültiger Schlussstrich.« Und jetzt beschäftigte er sich mehr denn je mit dem Alten, stellte sich sogar schützend vor ihn.

»Okay«, sagte er schließlich, »erkundige dich.«

Kapitel 24

1941/42

Leonards Eltern zogen im Frühjahr zu Verwandten nach Norddeutschland und es war, als reisten mit ihnen die letzten Zeugen seiner Existenz. Leonard, so schien es ihr manchmal, war tiefer vergraben worden als andere Tote, und das kleine Kreuz war bald von den knospenden Zweigen der Hecke bedeckt.

Alwine war auf Wunsch ihrer Eltern nach Hause gekommen. Die Mutter war mit der Verwaltung des Gutes überfordert und sie sollte sie unterstützen. Therese hatte ihren Arbeitsdienst beendet und eine Anstellung in der Schuhfabrik Hoffmann im Büro gefunden. Auch Wilhelm war zurück, trug jetzt die Uniform der SS und trat überall zusammen mit Hollmann auf. Er war oft auf dem Kaldergut anzutreffen.

Sie traf sich wieder regelmäßig mit Alwine und achtete darauf, Wilhelm nicht zu begegnen. Obwohl Alwine zu ihrer alten Unbeschwertheit zurückfand und sie wieder miteinander lachten, konnten sie an die frühere Vertrautheit nicht mehr anknüpfen. Sie sprachen nicht über Wilhelm und auch nicht über Leo. Erst an einem verregneten Maisonntag – Jacob hatte in einem Brief einen kurzen Heimaturlaub angekündigt – standen sie am Fenster des kleinen Salons auf dem Kaldergut, als Alwine sagte: »Jacob weiß es nicht.« Therese sah sie ungläubig an: »Jacob weiß nicht, dass Leonard tot ist?«

»Doch, natürlich. Das weiß er.« Alwine wich ihrem Blick aus. »Aber das andere, das weiß er nicht.«

»Aber was habt ihr …?«

»Dass er sich umgebracht hat«, sagte sie trotzig und griff nach Thereses Hand. »Therese, es macht Leo doch nicht wieder lebendig und Jacob würde … du weißt doch, wie er ist. Mutter hat Angst, dass er sich in Schwierigkeiten bringt, und ich bitte dich – auch in ihrem Namen – sag ihm nicht, dass es im Gefängnis passiert ist.« Sie lächelte. »Tu es Leonard zuliebe. Damit Jacob ihn in guter Erinnerung behält.«

Der Regen fiel sacht und schnurgerade, sammelte sich im Hof in sandig-braunen Pfützen und schlug Blasen, die sekundenlang auf der Wasseroberfläche tanzten und dann zerplatzten.

»Aber er wird doch fragen«, flüsterte sie. »Er wird fragen, wo er sich das Leben genommen hat und warum.« Und Alwine breitete eine perfekt vorbereitete Geschichte aus.

Leonard habe sich zu Hause erhängt. Er habe sein Studium nicht antreten können, weil er immer noch kränklich gewesen sei. Das habe ihn sehr deprimiert. Was Leonard in seinen Briefen an Jacob geschrieben hatte, wisse man nicht, aber man könne ja sagen, dass er den Freund sicher nicht beunruhigen wollte. Alwine flüsterte verschwörerisch: »Ich habe das mit Wilhelm und Hanna besprochen. Sie finden auch, dass es das Beste ist.«

Es war ein absurder Augenblick. Sie starrte zum Fenster hinaus und meinte Leonard in der Ferne auf einem der Felder zu sehen, hörte ihn sagen: … *dass wir uns hier und heute versprechen, dass wir uns nicht aus den Augen verlieren und einer für den anderen da ist.* Sie hatte an ihren Tränen geschluckt, hatte nicht gewusst, wie sie Alwine erklären konnte, wie perfide diese Lüge war, ohne Hanna preiszugeben. Hanna, die in ihrem Kopf rief: *Wenn der Vater es erfährt, schlägt er mich tot.*

Leonard, der lieber gestorben war, als Jacob zu verraten.

Und jetzt diese Lüge.

Sie brauchte mehrere Minuten, bis sie verstand, dass auch Alwine und ihre Mutter wussten oder zumindest ahnten, wen Leonard geschützt hatte.

Sie schüttelte ungläubig den Kopf, wollte sagen: Das können wir doch nicht tun, aber Alwine kam ihr zuvor. Sie sagte: »Verstehst du denn nicht? Jacob wird Dummheiten machen. Du weißt doch, wie er ist. Sie werden ihn verhaften. Vielleicht tut er sich auch etwas an. Willst du das?«

Therese Mende erhob sich vom Sofa. Der Schmerz in der linken Brust hatte sich verstärkt. Sie ging zum Sideboard, goss sich einen Schluck Wasser ein und nahm eine der Herztabletten. Auf der Terrasse ging das Licht an. Luise war von der Küche aus hinausgetreten und sammelte die Polster ein, die der Wind von den Stühlen gefegt hatte.

Erst das Schweigen, dann die Lügen. Ganz selbstverständlich ergab sich das eine aus dem anderen. Immer.

Auch zu Hause hatte sich damals der Ton verändert. Die Mutter ging jetzt zwei Mal am Tag zur Kirche, entfernte sich auf lautlose Art von Mann und Tochter. Sie ertrug die Abgeschiedenheit des Kottens nicht, kam mit dem bescheidenen Leben nur schwer zurecht. »Gottes Strafe«, sagte sie und kniete stundenlang in der Kirchenbank, um Vergebung bittend. Manchmal sagte sie »Gottes Wille«, und der Vater verließ zornig das Haus.

Die Vorbereitungen zum Einmarsch in Russland liefen auf Hochtouren und Jacobs Heimaturlaub war von einer Woche auf zwei Tage gekürzt worden. Er besuchte sie nur einmal zu einem abendlichen Spaziergang. Sie gingen zwischen den Feldern und Wiesen, und das satte Grün, durchzogen vom Gelb des Löwenzahns, schien die Ereignisse des Winters Lügen zu strafen. Sie war unkonzentriert, fürchtete sich vor seinen Fragen. Er war mager, trug dunkle Schatten im Gesicht. Wie von selbst führten sie ihre Schritte zum Friedhof und sie hatte gewusst, dass sie an Leonards Grab nicht würde lügen können. Er sagte: »Wenn ich dich frage, was passiert ist, sagst wenigstens du mir dann die Wahrheit?« Da war es wieder gewesen, dieses Wort, das auf der ersten Silbe so rein und weit klang. Dieses Wort, dem die zweite Silbe mit einem scharfen »t« Einhalt gebot.

Sie hatte genickt. Aber er fragte nicht. Er schob die Zweige der Hecke hinter das schlichte Holzkreuz und sagte: »Leos Vater hat mir geschrieben.« Auf dem Rückweg sagte er: »Ich habe mich freiwillig für die Ostfront gemeldet.« Sie fragte nicht »Warum?« Sie wollte die Antwort nicht hören. Im Hof des Höverkottens verabschiedete er sich und fragte: »Weißt du, wer ihn denunziert hat?« Sie wich seinem Blick aus. Er hob den Kopf und sah hinüber zum Höverhof. »Warum nur ihn, warum nicht mich?«, flüsterte er.

»Weil sie dich liebt«, wollte sie sagen, »weil sie geglaubt hat, dass es Leonard war, der dieser Liebe im Weg stand.« Aber sie schwieg. Noch einmal sah sie Hanna an jenem Abend im Stall, hörte auch sie von Wahrheit sprechen. Zum Abschied nahm er sie in die Arme. »Leb wohl«, flüsterte er ihr ins Ohr. Nicht »Bis bald«, nicht »Auf Wiedersehen«, und die Entscheidung hinter diesem »Leb wohl« wollte sie nicht hören.

Dann ging er.

Noch heute sieht sie ihn gehen. Den Kopf vorgebeugt, die Arme so nutzlos von den Schultern baumelnd. Er sah sich nicht ein einziges Mal um.

Schon im September kam die Nachricht. Frau Kalders Mund zitterte zwischen Trauer und Stolz, als man ihr das

Telegramm reichte. »... für Führer, Volk und Vaterland gefallen«, und die Harmlosigkeit des Wortes »gefallen« setzte sich in ihrem Kopf fest. Sie sah ihn immer wieder den Feldweg entlanggehen, sah ihn fallen und aufstehen, fallen und aufstehen, fallen.

Jahre später hatte sie gedacht, dass es dieses Telegramm gewesen war, dass seinen Tod sinnlos gemacht hatte.

Als Hanna es erfuhr, schrie sie wie ein weidwundes Tier und der alte Höver ließ Dr. Pohl holen, weil sie ihren Kopf immer wieder gegen die Stallmauer schlug und er Angst um ihren Verstand hatte.

Kapitel 25

23./24. April 1998

In der Polizeistation Kranenburg angekommen, wählte der Lange die Düsseldorfer Telefonnummer. Es meldete sich die Redaktion einer Zeitung und eine junge Frau gab Auskunft, dass Thomas Köbler Mitarbeiter im Haus sei, das Gebäude aber vor einer halben Stunde verlassen habe. Van den Boom gab den Namen im Computer ein, aber der Mann war wohl unbescholten und in den Polizeidateien nicht aufzufinden. Sie warteten zwei Stunden, in denen der junge Kollege vom K11 wie ein eingesperrtes Tier vor van den Booms Schreibtisch auf und ab ging und vor sich hin fluchte. Van den Boom, der seine Jacke abgelegt und die Finger auf seinem Bauch ineinander geflochten hatte, ließ das alles ungerührt. Morgen war Freitag und damit sein freier Tag. Da konnte er sich in aller Ruhe umhören. Erst mal würde er diesen Gerhard besuchen und dann ins Gemeindearchiv gehen. Die Jäckel hatte gesagt, sie habe die Albers an das Gemeindearchiv verwiesen. Gerne hätte er Brand gefragt, was es mit diesem Dr. Lubisch auf sich hatte, aber da würde er lieber am nächsten Tag im K11 anrufen und mit jemandem sprechen, der weniger wütend auf ihn war.

Eine weitere Stunde später, Thomas Köbler war immer noch nicht da und es war inzwischen nach ein Uhr, beschimpfte der Lange van den Boom, dass er sich auf unangemessene Weise eingemischt habe, nannte ihn einen Provinzbullen und verließ die Polizeistation, indem er die Tür krachend ins Schloss warf.

Van den Boom beugte sich über seinen Schreibtisch, zog seinen Notizzettel hervor, schrieb Thomas Köbler, Gerhard und das Gemeindearchiv dazu. Dann gab auch er das Warten auf, zog seine Jacke über, löschte das Licht und trat auf den Parkplatz. Die Nacht war nun doch kühl geworden und er blieb einen Augenblick stehen, sog die klare Luft ein und genoss die Ruhe. Schlendernd machte er sich auf den Weg. Seine Wohnung, die er zusammen mit den beiden Katzen Lilli und Marlen bewohnte, lag nur wenige Gehminuten entfernt.

Er hatte gut fünfzig Meter hinter sich gebracht, als ein Auto in die schmale Straße einbog und an ihm vorbeiraste. Er erkannte sofort das Düsseldorfer Kennzeichen und lief eilig zurück. Thomas Köbler wollte schon wieder einsteigen, als er den Parkplatz endlich erreichte.

»Herr Köbler?«, rief er ihn außer Atem an.

Der Mann wirkte jung und van den Boom wusste nicht genau, ob er das auch war oder ob es an den schulterlangen Haaren und der Jeansjacke lag.

Köbler entschuldigte sich für seine Verspätung. Ein Unfall auf der A57 habe ihn über eine Stunde aufgehalten.

Van den Boom schloss die Tür auf und bot dem Mann, der im weißen Neonlicht deutlich älter wirkte, Kaffee an.

Köbler nahm dankend an, beäugte sein Gegenüber und fragte misstrauisch. »Habe ich vorhin mit Ihnen telefoniert?«

»Mit mir und einem Kollegen«, nickte er, während er die Kaffeemaschine in Betrieb nahm.

Thomas Köbler schien an der Frage schon nicht mehr interessiert. »Also«, steuerte er direkt auf sein Ziel los. »Was ist mit Rita passiert?«

Van den Boom sah ihn aufmerksam an. »Setzen Sie sich«, sagte er. »Lassen Sie uns vorne anfangen.«

Der Mann blieb keine zwei Minuten auf dem Stuhl, sprang auf und begann, ähnlich wie der Lange, auf- und abzugehen. Die Absätze seiner Schuhe klackten bei jedem Schritt auf dem Fliesenboden, wie ein in Eile geratener Sekundenzeiger. »Ich habe es schon am Telefon gesagt. Ich sage nichts, wenn ich dafür nichts bekomme.« Karl schloss genervt die Augen.

»Eins kann ich Ihnen ganz fest zusagen: Sie bekommen abgelaufene Hacken, wenn Sie so weiterrennen«, brummte er, wischte sich durchs Gesicht und hörte das Schaben seiner Bartstoppeln. Das Geräusch machte ihn augenblicklich müde.

»Woher kannten Sie Rita Albers?«

Köbler, der sich wieder gesetzt hatte, zuckte mit den Schultern. »Wir haben vor drei Jahren zusammen eine Story über die Ermordung des ehemaligen Ministerpräsidenten von Bulgarien gemacht. Danach hatten wir nur sporadisch Kontakt. Ich habe manchmal Informationen für sie besorgt und umgekehrt.«

»Und Rita Albers hat Sie gebeten, ihr Informationen über Therese Peters zu besorgen?«

Köbler verschränkte die Arme vor der Brust. »So läuft das nicht«, begann er mit aufgesetztem Selbstbewusstsein. »Zuerst will ich einiges wissen.«

Van den Boom überlegte kurz. »Kennen Sie die heutige Identität der Therese Peters?«

Köbler blieb stur.

Van den Boom seufzte. »Herr Köbler, wenn der Tod von Frau Albers mit dem Fall Peters zusammenhängt, und Sie dumm genug sind, den gleichen Fehler zu machen wie die Dame, dann sollten Sie jetzt besser auf schnellstem Weg nach Hause fahren. Ich bin hier seit achtzehn Jahren zuständig und in der Zeit gab es zwei Drogentote und einen

Mord im Affekt. Sterben Sie bitte in Düsseldorf und versauen Sie mir nicht meine Statistik.«

Der Journalist blickte ihn ungläubig an. Er fragte: »Woher wollen Sie wissen, dass das eine was mit dem anderen zu tun hat?«

»Weiß ich nicht«, antwortete Karl van den Boom, holte zwei Tassen, stellte sie auf den Schreibtisch und redete dann weiter. »Aber ich will mich entgegenkommend zeigen. Frau Albers ist erschlagen worden. Ihr Laptop und vermutlich auch einige Unterlagen sind verschwunden.«

Köbler nickte. »Was noch?«

Van den Boom wartete. Er schob Milch und Zucker über den Tisch. »So«, sagte er wie abschließend. »Es ist spät und ich habe schon seit Stunden Feierabend. Sie wären jetzt dran, mir einen Hinweis zu geben, aber wenn Sie sich nicht an die Spielregeln halten wollen, schlage ich vor, Sie trinken Ihren Kaffee aus und machen sich wieder auf den Weg.«

Köbler zog die Stirn in Falten. Er hielt seine Tasse mit beiden Händen. Van den Boom fuhr den Computer herunter und schaltete die Kaffeemaschine aus.

»Ich bleibe«, sagte Köbler mit Nachdruck. »Wie Rita ums Leben gekommen ist kann man wahrscheinlich schon morgen in allen Zeitungen lesen. Das sind nicht die Informationen, die ich brauche.«

Van den Boom setzte sich wieder. »An welche Informationen haben Sie denn gedacht?«

»Rita muss in der Geschichte der Therese Peters, unabhängig von ihrer heutigen Identität, etwas Brisantes gefunden haben. Und Sie wissen was.«

Van den Boom war müde. Er schrieb die Telefonnummer des K11 auf einen Zettel und reichte ihn über den Tisch.

»Melden Sie sich da morgen früh«, sagte er gelassen und hoffte, dass Köbler an Brand geraten würde. Der war sauer und würde ihn nicht so einfach gehen lassen. Immerhin hielt er wichtige Informationen zur Aufklärung eines Verbrechens zurück.

Kapitel 26

1942/43

Sie sah Hanna nur selten, und wenn sie sich doch einmal begegneten, grüßten sie knapp und vermieden es beide, der anderen ins Gesicht zu blicken. Ihre Besuche auf dem Kaldergut wurden weniger. Wilhelm war fast täglich da und es war offensichtlich, dass er es darauf anlegte, sie zu treffen. In seiner Begleitung war jetzt häufig SA-Rottenführer Theo Gerhard, der aus Münster kam. Ein Mann mit rundlich-nachgiebigem Körper und einer lauten Stimme, die nicht zu seiner Gestalt zu passen schien. Selbst eine höfliche Bitte klang, von ihm vorgebracht, fordernd.

Auch Alwine entgingen Wilhelms Absichten nicht und Therese verabschiedete sich, wenn sein Wagen auf den Hof fuhr, oder kehrte um, wenn sie das Auto dort stehen sah. Über Jacobs Tod sprachen sie nicht. Alwine trug Schwarz und war auf der Suche nach ihrer früheren Unbekümmertheit. Sie legte den Kopf in den Nacken, zog die Nase kraus, aber ihre Fröhlichkeit hatte jetzt etwas Theatralisches. Manchmal sagte sie völlig unvermittelt: »Wirst sehen, alles wird gut.« Und die Zweifel in ihrer Stimme vertrieb sie mit entschiedenem Nicken.

Thereses Vater arbeitete seit dem Sommer im Lazarett in Bedburg-Hau. Oft kam er tagelang nicht nach Hause.

In den Nächten mischte sich das Heulen von Sirenen mit dem Grollen der Bomber. Noch überflogen sie den Niederrhein, suchten sich ihre Ziele im Ruhrgebiet, warfen ihre Lasten auf die großen Städte. Die Farben des Sommers schlichen an ihren müden Augen vorbei auf den Herbst zu, und im September brachte ein Militärlastwagen russische Kriegsgefangene, Arbeitskräfte für die Landwirtschaft. Dem Kaldergut wurden vier Männer zugeteilt, dem Höverhof zwei. Wilhelm war im Rathaus als SS-Scharführer für den Einsatz und die Überwachung der Russen zuständig. Regelmäßig fuhr er mit SA-Rottenführer Gerhard die Höfe ab. Im Ort hingen Zettel aus, die vor Kontakten mit den Feinden warnten und empfindliche Strafen androhten.

In den ersten Tagen, wenn Therese frühmorgens mit dem Rad zur Arbeit nach Kleve fuhr, sah sie die Russen vom Höverhof schon auf dem Feld. Sie blickten ihr nach und sie trat ängstlich fester in die Pedale.

Schon nach wenigen Tagen, einem Samstagabend, kam der kleine Paul gerannt. »Der Doktor soll kommen. Der Russe stirbt.« Der Vater packte seine Tasche und bat sie mitzukommen. Im hinteren Winkel der Scheune gab es einen Verschlag, in dem zwei schmale Pritschen an einer Bretterwand standen. An einem Balken hing eine Petroleumlampe, die ein diffuses Licht streute. Der Kranke lag zusammengekauert auf einer der Pritschen, neben ihm roch es aus einem Eimer säuerlich nach Erbrochenem. Der Vater drehte ihn zu sich. Das Gesicht war zerschlagen, an der Stirn zeigte sich eine breite Platzwunde. Er zog die Decke zurück. Der magere Körper war übersät mit blauen Flecken.

Er redete beruhigend auf den Mann ein, fragte: »Warum hat er das getan?« Die Antwort kam aus dem hinteren Teil des Verschlages. Sie hatten den Mann, der dort unbeweglich an der Bretterwand lehnte, nicht bemerkt. »Er hatte Fieber«, sagte er und trat aus dem Schatten. Groß und mager, das unrasierte Gesicht voller Schatten, die dunklen Haare schulterlang, die Kleidung zu weit und schmutzig. Er rollte die

Worte in seinem Mund, machte sie rund und schwer. Die aufrechte Körperhaltung gab ihm etwas Stolzes und wollte nicht zu der übrigen Erscheinung passen.

Therese Mende sah auf die Uhr. Es war weit nach Mitternacht, Luisa war schon lange nach Hause gegangen. Der Wind hatte nachgelassen und nun prasselte ein Regenschauer nieder, der die Bewegungsmelder auf der Terrasse irritierte, die alles hell erleuchteten. Sie stand auf, sah zu, wie das Wasser draußen auf den Fliesen eine Spiegelfläche bildete, in die neue Tropfen wie Geschosse einschlugen.

War es an jenem Abend passiert? Sie wusste es nicht mehr. Sie hatte gewünscht, er würde weiterreden, unaufhörlich diese Worte formen, die wie irdene Kugeln durch den Verschlag kullerten. »Herr Höver sagt«, sprach er bedächtig weiter, »Fedir ist krank und soll ausruhen. Nicht arbeiten.«
Sie schämte sich, weil sie gedacht hatte, Höver habe den Mann so zugerichtet und auch den Vater sah sie aufatmen. »Herr Höver war mit mir auf das Feld. Peters und Gerhard sind gekommen. Hanna hat uns geholt.« Dann schwieg er und trat zurück in den Schatten und sie dachte: »Wilhelm hat das nicht getan. Das war Gerhard.«
Der Vater schickte sie ins Haus hinüber. »Heißes Wasser«, sagte er, »und irgendwas, das wir als Verbandsmaterial benutzen können.« Hanna stand in der Küche, hatte Wasser abgekocht und ein Bettlaken in gleichmäßige Streifen gerissen. »Was braucht ihr noch?«, fragte sie, und die Barschheit in ihrer Stimme wollte nicht zu ihrer Fürsorge passen. Nur einmal sah sie kurz auf, presste die Zähne zusammen, um das Zittern ihres Unterkiefers zu verbergen.
Gemeinsam mit dem Vater versorgte Therese Fedir, der

immer wieder »Jurij« flüsterte und nach der Hand des Freundes griff. Jurij. Zweimal kam sie ihm sehr nah. Er roch nach herbem Schweiß, Erde und Herbstluft.

Der Vater fragte ihn, woher er so gut Deutsch könne. Er sagte, seine Mutter stamme aus einer Einwandererfamilie und habe es ihm beigebracht. Sie meinte, ein kurzes Lächeln zu sehen. Er sagte noch, dass er Architekturstudent gewesen sei, und es klang, als sei das in einem anderen Leben gewesen. »Fedir ist erst ... siebenundzehn«, erklärte er leise, und sie freute sich über diese Zahl, die ihr so fremd und doch richtig vorkam.

Hanna brachte einen Teller Kohlsuppe, stellte ihn wortlos auf die Holzkiste und wandte sich zum Gehen.

»Hanna«, hielt Doktor Pohl sie zurück. »Wo ist dein Vater?« Hanna drehte sich um, zögerte. »Er wollte ins Rathaus«, sagte sie tonlos. Dann sah sie Jurij an und schimpfte: »Die Kühe müssen wieder auf die Weide, und die Kartoffeln müssen eingesackt werden.« Ihre Stimme überschlug sich. Sie schrie »Ich kann doch nicht alles alleine machen!« und rannte zum Wohnhaus hinüber. Jurij machte sich sofort an die Arbeit. Therese flößte Fedir Suppe ein, und der Vater folgte Hanna ins Haus. Wenige Minuten später machte er sich auf den Weg zum Rathaus, aber der alte Höver kam ihm bereits entgegen. Er sagte auf seine wortkarge Art: »Das passiert nicht noch einmal. Nicht auf meinem Hof.«

Erst Jahre später sollte Therese erfahren, warum der alte Höver da so sicher gewesen war.

Fedir hatte hohes Fieber, brauchte stündlich gewechselte Wadenwickel, und es musste jemand darauf achten, dass er genug Flüssigkeit bekam. Der Vater und Höver transportierten ihn auf einem Handkarren über den Feldweg zum Kotten. Thereses Mutter wehrte jammernd ab: »Dafür gehen wir alle ins Gefängnis.« Zum ersten Mal erlebte Therese, dass der Vater die Mutter ungehalten zurechtwies. Der alte Höver stand, wie damals in ihrem Haus, mit der Mütze in der Hand in der Küche. »Frau Doktor«, sagte er ehrerbietig, »ich verspreche Ihnen, dass da nichts passiert. Es ist doch auch nur, bis der Junge über das Fieber weg ist.« Fedir blieb und die Mutter versorgte ihn. Sie tat es zunächst widerwillig, aber als sie entdeckte, dass Fedir ein kleines Kreuz in seiner linken Hand verbarg, schienen ihre Bedenken wie weggeblasen.

Wilhelm kam ab und an zur Kontrolle auf den Höverhof, aber jetzt ohne Gerhard. Er fragte Hanna oder den alten Höver, ob alles in Ordnung sei und fuhr wieder weg. Den Verschlag in der Scheune betrat er nicht.

Jurij besuchte abends Fedir, und Therese radelte nach der Arbeit eilig nach Hause, um ihn nicht zu verpassen. Wenn er sich verabschiedete, ging sie mit hinaus, und obwohl die Abende schon kalt waren, blieben sie lange auf dem Feldweg stehen und sprachen miteinander. Manchmal suchte er nach Worten und sie fand sie für ihn, hielt sie ihm hin, und er nahm sie wie kleine Geschenke an. Einmal geriet sie auf dem matschigen Weg ins Rutschen und er fing sie auf. Es waren nur wenige Sekunden gewesen, in denen sie im Braun seiner Augen abstürzte und eine neue, unbekannte Lebendigkeit spürte, wie ein federleichter Tanz.

Fedir blieb zehn Tage bei ihnen. Als er zurück auf den Höverhof ging, hatte Jurij keinen Anlass mehr, zum Kotten zu kommen, und von diesem Tag an trafen sie sich am Waldrand, spazierten im Schutz der Bäume, immer ängstlich auf der Hut vor Entdeckung.

Therese Mende erinnerte sich, wie sie das erste Mal sein Gesicht gestreichelt hatte. Höver hatte ihm ein Rasiermesser besorgt und Fedir ihm die Haare geschnitten. Sie war mit ihren Fingern durch den dichten, schief geschnittenen Haarschopf gefahren, und dann konnte sie nicht mehr von ihm lassen. Sie streichelte seine Wangen, fuhr über die Stirn, zeichnete die dunklen Augenbrauen nach, strich über die schmalen Lippen. Er zog sie an sich. Im Rückblick meinte sie, stundenlang so gestanden zu haben. Die Wärme seiner streichelnden Hände drang durch den Stoff ihrer Jacke, war wie Sommerwind auf nackter Haut, zog Bahnen in ihrem Innern und alles in ihr drängte sich ihm entgegen. Dann küssten sie sich. Als sie einander losließen, konnte die Kühle des Abends ihr nichts anhaben. Er flüsterte »Das darf nicht« und trat erschrocken einen Schritt zurück. Sie wusste es. Sie sah die Plakate vor sich, die vor Feindkontakten warnten, aber in ihr gab es nur dieses unbekannte Begehren, diese Energie, die wie Wellen pulsierte, und eine nie gekannte Freude, die alle Bedenken wegfegte.

Wilhelm begegnete ihr einige Tage später, als sie die Schuhe des Vaters beim Schuster abholte. Er wartete an ihrem Fahrrad und sagte mit einem leichten Vorwurf in der Stimme, dass sie sich rar mache. Sie sprach von viel Arbeit in der Firma, dem Vater, der nur selten zu Hause war, und der Gartenarbeit, die jetzt an ihr und der Mutter hängenblieb. Sie legte sich die Schuhe, die an den Schnürsenkeln zusammengebunden waren, über die Schulter und griff nach dem Lenker ihres Fahrrades. »Ich könnte dich Sonntag abholen. Wir könnten an den Rhein fahren oder in die Stadt. Du musst doch mal was anderes sehen«, schlug er vor.

»Das ist lieb von dir, aber ich habe wirklich keine Zeit«, sagte sie eilig und zog das Rad zu sich heran. Wilhelm hielt den Sattel fest, sagte leise: »Therese, ich …« Er griff nach ihrem Arm. »Können wir uns nicht wenigstens ab und an treffen?« Sie senkte den Blick und schüttelte den Kopf. »Nein, Wilhelm. Das wäre nicht gut.« Seine Stimme veränderte sich. »Gibt es einen anderen?« Der scharfe Ton ließ sie zusammenzucken. Sie dachte für einen Augenblick: *Er weiß es.* Ihr Herz begann ängstlich zu hämmern. Ein bitteres Lächeln spielte um seinen Mund, und er fragte leise: »Ist es einer aus der Fabrik?«

Sie verbarg ihre Erleichterung.

Therese Mende öffnete die Terrassentür. Der Regen hatte nachgelassen, die Morgendämmerung malte einen schmalen blassgrauen Rand über das noch nachtdunkle aufgewühlte Meer. Im Laufe der nächsten Stunden würden die Restwolken über die Insel hinwegwandern und spätestens am Mittag wäre der Himmel wieder blau.

Wie dumm sie gewesen war. Wilhelms Frage war ihr wie ein Fingerzeig des Schicksals vorgekommen und sie hatte seine Vermutung bestätigt. Sie hatte geglaubt, er würde sie aufgeben, wenn sie nicht mehr zu haben war. Sie hatte gesagt: »Ja, einer aus der Fabrik.«

Kapitel 27

24. April 1998

Karl van den Boom hatte schlecht geschlafen und war schon um sechs Uhr in die Küche geschlurft, um sich ein Frühstück zuzubereiten. Lilli strich um seine Beine, während Marlen eingerollt auf einem Kissen auf der Fensterbank schlief. Er sprach wie gewohnt mit Lilli. »Wenn das Gemeindearchiv um neun öffnet, da müsste ich den Schröder doch um acht zu Hause erreichen. Was meinst du?« Die Katze bezog jetzt auch den Fressnapf in ihre Runden mit ein, schritt mit erhobenem Schwanz gleichmäßige Achten um Beine und Napf, während Marlen ab und an ihre grünen Augen öffnete, um sie sofort wieder gelangweilt zu schließen.

Kaffeeduft machte sich breit. Er schob zwei Scheiben Brot in den Toaster, stellte Marmelade, Butter und Käse auf den Tisch und holte die Tageszeitung herein. Im Lokalteil war der Tod von Rita Albers der Aufmacher. Die Überschrift lautete: TOTE IM LANDHAUS. Karl lachte spöttisch auf. »Ach Lilli, alles müssen sie größer machen. Jetzt ist ein Kotten schon ein Landhaus.« Der Schreiberling vermutete in seinem Text einen fehlgeschlagenen Einbruch. Die Kollegen vom K11 hatten also keine Informationen rausgerückt.

Um Punkt acht griff er zum Telefon und rief den Gemeindearchivar Schröder zu Hause an. Der Mann hatte am Abend zuvor Gerüchte gehört.

»Aber ... um Gottes willen, dass es sich um die Journalistin handelt, das wusste ich nicht.«

Er erklärte, wonach Rita Albers sich erkundigt hatte.

»Mein Eindruck war, dass ihr Interesse dem Tod von Wilhelm Peters und dem Verdacht gegen dessen Frau galt. Ja glauben Sie denn, dass ihr Tod ... dass diese Recherche etwas damit zu tun hat?«

Van den Boom beruhigte ihn. »Nein, nein. Wir versuchen nur zu rekonstruieren, womit Frau Albers sich beschäftigt hat.«

Dann führte Schröder detailliert auf, von wann bis wann Rita Albers bei ihm gewesen war, welche Dokumente er ihr gezeigt und welche Fragen sie gestellt hatte. Van den Boom war beeindruckt von der Gedächtnisleistung des Mannes. Er wollte sich schon verabschieden, als Schröder noch anfügte: »Vielleicht ist es nicht von Bedeutung, aber es schien mir, dass sie auf die Entdeckung, dass Ende 1952 noch einmal eine Kopie der Geburtsurkunde von Therese Pohl ausgestellt worden ist, sehr erregt reagierte. Das Dokument wurde nicht verschickt, muss also vor Ort abgeholt worden sein.«

Van den Boom beendete das Gespräch und dachte darüber nach, ob er den Kollegen mitteilen sollte, dass Köbler am Abend zuvor doch noch gekommen war und sich im Laufe des Tages bei ihnen einfinden würde. Er öffnete eine Dose Katzenfutter und füllte die beiden Fressnäpfe. Jetzt war auch Marlen hellwach. »Ach, das werden die schon merken, wenn der da aufkreuzt«, brummte er vor sich hin, goss sich eine letzte Tasse Kaffee ein und sah den Katzen zufrieden beim Fressen zu.

Eine halbe Stunde später war er auf dem Weg nach Kleve.

Theo Gerhard wohnte in einem Wohngebiet aus sechsstöckigen Flachbauten. Die Wohnung lag im zweiten Stock, und nur wenige Sekunden nachdem er den Klingelknopf gedrückt hatte, ging der Türsummer. Er nahm die ersten Stufen, als sich ein Kopf oben über das Geländer schob und herunterbellte: »Wer sind Sie? Was wollen Sie?«

»Van den Boom«, knurrte Karl, und dann rief er hinauf: »Ich bin Polizist. Aber vielleicht kann ich erst raufkommen, da redet es sich leichter.«

Als er den zweiten Stock erreichte, stand er einem Mann mit violett geäderten Wangen und Nase gegenüber. Buschige Augenbrauen gaben seinem Blick etwas Träges. »Ein Kollege? Was gibt es denn?« Der Alte machte keine Anstalten, in seine Wohnung zu gehen, schien entschlossen, die Sache auf dem Flur zu klären.

»Es geht um einen alten Fall, den Sie bearbeitet haben und der vielleicht etwas mit einem aktuellen Verbrechen zu tun hat. Mit anderen Worten, ich brauche Ihre Hilfe«, schmeichelte Karl sich ein. Gerhard nickte zufrieden und bewegte sich jetzt doch in Richtung Wohnungstür. »Na, dann kommen Sie mal rein in die gute Stube«, rief er, und van den Boom wusste nicht, ob der Mann schwerhörig war oder ob die Lautstärke zu seiner Großspurigkeit gehörte. Das Wohnzimmer war aus Eichenfurnier und die graugrünen Polstermöbel hatten ihre beste Zeit schon hinter sich. Aber über allem lag eine Sauberkeit und Ordnung, die van den Boom irritierte.

Gerhard setzte sich ihm gegenüber. Er bot keinen Kaffee an, was Karl dazu brachte, ihn in Gedanken als Kollegen auszumustern. Tässchen Kaffee konnte man ja wohl erwarten.

Mit gönnerhafter Geste forderte Gerhard ihn auf: »Na, dann schießen Sie mal los.«

»Sagen Ihnen die Namen Wilhelm und Therese Peters etwas?«, fragte Karl und sah, dass Theo Gerhard keinerlei Überraschung zeigte.

»Der Fall Peters? Natürlich erinnere ich mich. Die Frau stand unter Mordverdacht. Ist untergetaucht.«

»Richtig. Ich habe die Akte gelesen.«

»Dann wissen Sie ja Bescheid.«

»Na ja, die Akte ist ziemlich dünn, und das liegt nicht nur an dem feinen Papier. Mir ist aufgefallen, dass sie schon zwei Monate nach dem Verschwinden von Frau Peters geschlossen wurde.«

Gerhard schnalzte geringschätzig. »Ja ... und? Das war damals so. Da war eine Personensuche schwierig, und wir hatten weiß Gott anderes zu tun. Außerdem ...«, er zog seine buschigen Augenbrauen zusammen, »wir hatten ja nur Indizien.« Er hielt inne, versuchte in van den Booms Gesicht zu lesen.

»Und warum waren Sie sich sicher, dass es sich um Mord handelte?«, fragte Karl.

Gerhard taxierte ihn und beugte sich vor. »Wilhelm Peters wäre niemals einfach abgehauen, verstehen Sie? Er hatte keinen Grund. Außerdem war ihm die Familie heilig und er hätte sich zumindest bei seinen Eltern gemeldet.«

Karl schien in der Betrachtung des gekachelten Couchtisches versunken, auf dem die Morgensonne, gefiltert durch weiße Lochgardinen, Streifen malte. Er sagte wie beiläufig: »Jetzt ist eine Journalistin umgebracht worden, die sich für den Fall interessiert hat, und da frag ich mich, ob es vielleicht noch andere Gründe gegeben hat, den Fall zu den Akten zu legen.«

Er meinte, die violetten Linien auf Gerhards Wangen seien eine Nuance dunkler geworden, aber es wirkte nur so, weil die Haut drum herum erblasst war. Karl sprach weiter. »Ich habe gehört, dass Sie ein alter Freund von Peters waren, Sie in der SA und er war doch in der SS.«

Gerhard polterte los: »Was wollen Sie damit sagen? Das waren damals andere Zeiten, und ich bin nach Kriegsende sofort wieder in den Polizeidienst eingetreten. Ja, glauben Sie, das wäre möglich gewesen, wenn ich Dreck am Stecken gehabt hätte.«

Van den Boom lehnte sich zurück, verschränkte seine Hände vor dem Bauch und spielte den Missverstandenen. »Aber Herr Gerhard, das denke ich doch nicht. Ich wollte doch nur wissen, weil Sie doch befreundet waren, was für Menschen die beiden waren.«

Eine Pause entstand. Der Alte schnaufte angestrengt, stand auf und ging zum Schrank. Er stellte eine Flasche Weinbrand und zwei Cognacschwenker auf den Tisch und goss ein. Van den Boom war das ein bisschen früh, aber wenn der Alte dann gesprächiger wurde, sollte es ihm recht sein. Plötzlich fiel ihm auf, was ihn beim Betreten des Wohnzimmers so irritiert hatte. Das Zimmer wirkte so ordentlich, weil es nichts zu ordnen gab. Keine persönlichen Gegenstände, keine kleinen Dekorationen, kein Nippes, der irgendeine Neigung erkennen ließ. Nichts stand auf der Fensterbank, die offenen Teile in der Schrankwand waren leer, keine gerahmten Bilder von Freunden oder Familie, und auf dem Couchtisch, auf dem jetzt die Flasche und die beiden Gläser standen, lag lediglich eine Fernsehzeitung. Die Wohnung verschwieg ihren Bewohner.

Gerhard setzte sich wieder. »Der Wilhelm und ich sind im Zuge der Entnazifizierung überprüft und freigesprochen worden.«

»Freigesprochen«, dachte van den Boom. Das klang natürlich besser als Schröders: *Ein Mitläufer, dem man nichts nachweisen konnte.* Aber er schwieg und nickte Gerhard verstehend zu. »Und Frau Peters? Wie war die?«

Der Alte machte eine wegwerfende Handbewegung.

»Das war ein Flittchen, wenn Sie meine Meinung hören wollen. Wilhelm war ganz verrückt nach ihr. Seine große

Jugendliebe. Der hat nicht begriffen, was das für eine war.« Er nahm sein Glas, trank es in einem Zug aus und stellte es heftig auf den Tisch zurück.

»Während des Krieges hat sie ihn gut brauchen können. Darum hat sie ihn auch geheiratet. Ihr Vater stand schon seit Ende der Dreißiger auf Messers Schneide. Hat seinen Hals auch nur retten können, weil er Arzt war, und das ehrbare Töchterchen hatte einen an der Front und trieb es mit einem anderen hier. Wilhelm hat seine Karriere für dieses Flittchen aufs Spiel gesetzt, der war regelrecht blind vor Liebe. Und als der Krieg vorbei war, da brauchte sie ihn nicht mehr, da war er ihr lästig. Der hat gelitten wie ein Hund, das können Sie mir glauben.« Er schenkte sich nach, bemerkte nicht, dass van den Boom sein Glas noch nicht angerührt hatte, und sprach weiter. »Und dann, wie durch Zauberhand, verschwindet er 1950, nachdem sie sich auf dem Schützenfest lautstark mit ihm gestritten hatte.« Er nickte wissend vor sich hin. »Und ein paar Wochen später war sie weg.«

Karl schob sein Weinbrandglas zur Seite. Ein kratzendes Geräusch entstand, hart und nackt. Er wartete, hatte das sichere Gefühl, dass der Alte noch nicht fertig war. Gerhard saß vorgebeugt, die Ellenbogen auf die Knie gestützt, wohl mit den alten Bildern beschäftigt. Dann sagte er: »Die Journalistin hat mich angerufen.« Er sah auf. »Vorgestern. Aber ich hab sie abgewimmelt, hab ihr gesagt, dass ich nicht mit ihr rede.«

Karl ließ sich seine Überraschung nicht anmerken, nickte lediglich zufrieden, wie man es tut, wenn man Dinge hört, die man erwartet hat.

»Was wollte sie?«

»Weiß ich nicht«, blaffte Gerhard, »ich hab ihr gesagt, dass ich nicht mit ihr spreche.«

Van den Boom sah Unsicherheit in Gerhards Blick und meinte zu wissen, was das Problem war. Gerhard war betrunken gewesen, wie er das ab mittags wahrscheinlich regelmäßig war. Er konnte sich nicht genau erinnern.

Karl ging in Gedanken seine Notizen durch. Er fragte: »Hat sie den Namen Lubisch erwähnt?« Der Alte schüttelte den Kopf und schob die Unterlippe vor. »Nein. Nein, wer soll das sein?«

Karl glaubte ihm. »Ich habe den Hinweis bekommen«, wechselte er das Thema, »dass Ende des Krieges in Zusammenhang mit den Peters was passiert sein muss. Man sagte mir, ich solle Sie danach fragen.«

Gerhards schwerer Blick wurde lauernd. »Jetzt reicht es.« Seine Stimme war nicht mehr laut, sie zischte drohend. »Machen Sie, dass Sie rauskommen, aber sofort.«

»Was beunruhigt Sie denn so?«, fragte van den Boom unschuldig.

»Raus!«, brüllte der Alte und wies mit ausgestrecktem Arm zum Ausgang.

Karl hatte das sichere Gefühl, dass er hier jetzt nicht weiterkam. Er hievte sich aus dem Sessel. An der Tür drehte er sich noch einmal um. Gerhard war sitzen geblieben, starrte vor sich hin. »Wissen Sie, was ich glaube? Ich glaube, dass Sie ganz froh waren, als Therese Peters verschwand und dass die Akte so schnell geschlossen wurde, weil Sie nicht daran interessiert waren, sie ausfindig zu machen.«

Der Alte blickte in sein Cognacglas und rührte sich nicht.

Auf dem Weg zu seinem Wagen entschied Karl sich, den Kollegen vom K11 einen Besuch abzustatten. Nur mal hören, ob die was Neues hatten, und vielleicht war Köbler ja schon da gewesen.

Kapitel 28

24. April 1998

Michael Dollinger erreichte Robert Lubisch um zehn Uhr in der Klinik.

»Das ging aber schnell«, scherzte Robert, fest davon überzeugt, dass Michael sich am Abend zuvor etwas weit aus dem Fenster gelehnt hatte und ihm jetzt mitteilen wollte, dass sich die ganze Sache doch schwieriger gestaltete als angenommen.

Dollinger ließ ihm keine Zeit, sich lange mit diesem Gedankengang zu beschäftigen. »Sitzt du?«, fragte er.

Robert brauchte zwei Sekunden. »Hast du sie gefunden?«

»Und ob«, kam es vom anderen Ende der Telefonleitung, »und jetzt erklärt sich auch, warum die Journalistin der Meinung war, dass die Geschichte Gold wert ist.«

Robert wartete gespannt.

»Bist du noch da?«, fragte Michael Dollinger.

»Ja! Jetzt sag schon.«

»Sagt dir der Name Mende was?«

Robert Lubisch dachte nach. »Nein. Heißt sie heute so?«

Michael lachte. »Deiner Frau würde der Name bestimmt was sagen. Hast du vielleicht schon mal was von Mende Fashion gehört?«

»Du meinst die Modefirma?«

»Genau die. Mende Fashion. Unternehmensgründung 1964 in London durch Tillmann und Therese Mende. 1983 haben sie den Firmensitz nach Deutschland verlegt. Tillmann Mende war Designer und für den kreativen Teil zuständig, und ...« Michael hielt kurz inne und sprach die nächsten Worte genüsslich: »Seine Frau Therese, geborene Pohl, Eheschließung 1956, war die Geschäftstüchtige. Heute ist das Unternehmen in ganz Europa vertreten. Tillmann Mende verstarb 1995. Ein Jahr später übergab seine Frau die Geschäftsführung an die Tochter und zog sich zurück. Sie lebt heute auf Mallorca.«

Robert Lubisch hörte zu und seine Gedanken überschlugen sich. Er hatte Rita Albers darauf gebracht. Hatte sie Therese Mende mit Enthüllung gedroht?

»Hallo?«, hörte er den Freund am anderen Ende rufen.

»Ja, ich versuche gerade das alles zu sortieren. Ich mein, für die Mende wäre das doch ein handfester Skandal geworden. Meinst du ...?«

»Ich meine gar nichts, aber ich habe hier Adresse und Telefonnummer und schlage vor, du gibst das an die Polizei weiter. Jedenfalls kannst du davon ausgehen, dass du die Geschichte zwar angestoßen hast, die Auswirkungen aber mit deinem Vater nichts zu tun haben.«

Robert schrieb sich die Adresse und Telefonnummer auf. Dann atmete er tief durch.

»Michael, ich bin dir was schuldig.«

»Dafür nicht. Das waren drei Anrufe, und das hab ich gerne getan.«

Robert betrachtete die Anschrift, die er in die Spalte für den nächsten Tag in seinem Wochenkalender eingetragen hatte. Samstag.

»Sag mal, wie hast du das so schnell rausgefunden?«

Dollinger lachte, sagte etwas von Berufsgeheimnis und dass es in seiner Branche auf gute Kontakte ankäme.

Sie verabschiedeten sich voneinander. Robert betrachtete gedankenverloren den Eintrag. Maren würde noch bis Mitte nächster Woche in Brüssel sein. Er hatte heute nur bis mittags Dienst und den Samstag frei. Er blätterte. Auch am Sonntag gab es keinen besonderen Eintrag, nur die Spätschicht.

Den Anruf bei der Polizei verschob er auf später. In den nächsten beiden Stunden kümmerte er sich um seine kleinen Patienten, nahm Gedankenfetzen wahr, die unter der Routine dümpelten. Auf dem Flur sprach er einen Kollegen an und fragte ihn, ob er seinen Sonntagsdienst tauschen könnte. Ganz absichtslos. Erst als er mittags sein Büro verließ, ohne mit der Polizei telefoniert zu haben, die Adresse von Therese Mende auf einem Zettel in seiner Brusttasche, gestand er sich ein, dass er den Entschluss schon während des Telefonates mit Michael Dollinger gefasst hatte. In einem Reisebüro buchte er für den Abend einen Flug und zwei Übernachtungen in dem Ort, in dem Therese Mende auf Mallorca lebte, und einen Rückflug für Sonntagabend.

Zu Hause suchte er im Internet nach Einträgen über die Firma Mende. Er fand Fotos von Tillmann Mende und spätere Aufnahmen, auf denen er in Begleitung seiner Tochter Isabel zu sehen war. Es gab nur ein Foto von Therese Mende an der Seite ihres Mannes. Es stammte aus dem Jahr 1989 und war Bestandteil einer Festschrift zum 25-jährigen Bestehen von Mende Fashion. Er erkannte die Gesichtszüge sofort und doch schien es eine andere Frau zu sein. Der Blick, der ihn auf dem alten Foto seines Vaters so angezogen hatte, war verschwunden. Distanziert, fast arrogant blickte hier eine ernsthafte Frau in einem hochgeschlossenen Kleid in die Kamera.

War dieser Frau zuzutrauen, dass sie Rita Albers aus dem Weg geräumt hatte? Er studierte das Bild lange und gestand sich ein, dass er seine Reisevorbereitungen getroffen hatte, weil ihm, aufgrund des alten Fotos, ein solcher Zusammenhang undenkbar erschienen war. Weil er gedacht hatte, er hätte die Frau mit seiner Neugier in Schwierigkeiten gebracht und sollte das in Ordnung bringen. Aber jetzt?

Er schüttelte unwirsch den Kopf. Dann packte er eine Reisetasche, nahm Peters' Ausweis, den Passierschein und den Entlassungsschein seines Vaters aus der Jacketttasche und legte sie mit in den Koffer. Er hatte noch eine Stunde, bevor er zum Flughafen musste, als es klingelte.

Vor der Tür standen die beiden Beamten vom Tag zuvor. Sie brauchten seine Fingerabdrücke. »Routine«, sagte Söder und leckte sich die Lippen. »Es geht nur darum, Ihre Abdrücke von anderen zu unterscheiden«, erklärte die Frau und er war froh, dass sie es war, die seine Finger auf Stempelkissen und Papier drückte.

Er sagte nichts über Therese Mende und seine Reisepläne. Auf dem Weg zum Flughafen entschied er, Dollinger von Mallorca aus anzurufen. Vorsichtshalber.

Kapitel 29

1943

Der Winter 1942/43 war eisig. Der alte Höver holte Jurij und Fedir abends ins Haus und ließ sie auf der Küchenbank schlafen. Wilhelm führte weiterhin die Kontrollen auf dem Höverhof durch. Diesen Verstoß gegen die Unterbringungsregeln von Kriegsgefangenen bekam er nicht mit, aber eines Mittags traf er Jurij und Fedir zusammen mit den Hövers beim Essen an. Wilhelm war außer sich. »Sie haben mir zugesagt, dass Sie sich an die Regeln halten. Es ist verboten, mit den Feinden zu essen.« Dann brüllte er Jurij und Fedir an: »Ab in die Scheune! Sonst seid ihr schneller hier weg, als euch lieb ist!« Höver sagte unbeeindruckt: »Ihr bleibt sitzen. Wir arbeiten zusammen, dann können wir auch zusammen essen.« Dann drehte er sich zu Wilhelm. »Wenn du glaubst, dass ich Kommunist werde, weil ich mit einem esse, kann ich dich beruhigen. Ich bin ja auch kein Nazi, obwohl ich schon seit Jahren mit euch zu tun habe.«

Jurij erzählte an einem ihrer heimlichen Treffen davon. Sie trafen sich ein- bis zweimal in der Woche, standen eine halbe Stunde eng umschlungen, bis sie sich, völlig durchgefroren, wieder trennten. An jenem Abend war er anschließend ganz still geworden und hatte ihr zugeflüstert: »Therese, ich habe Sorgen. Wir sind gefährlich für die Hövers, für Fedir und deine Eltern.« Die Formulierung war ihr, in Anbetracht der ängstlichen Heimlichkeit, absurd vorgekommen. Sie standen versteckt und zitternd in der Kälte und waren eine Gefahr für andere. Er sprach davon, sich nicht mehr zu treffen, und ihr Herz flatterte. »Seltener«, schlug sie vor, aber nach zwei Wochen, in denen sie sich nur einmal in der Woche sahen, nahmen sie den alten Rhythmus wieder auf.

Diese halben Stunden mit ihm waren ihr Motor, die Tage ohne ihn erschienen ihr leblos, waren Zeit, die sie hinter sich bringen musste, die wie ein Hindernis zwischen ihnen lag.

Einmal sagte er: »Wenn wir uns mehrere Tage nicht gesehen haben, habe ich Angst, dass es dich nicht gibt, dass ich dich nur geträumt habe.«

Sie ging zum Fotografen Heuer und lächelte nur für Jurij in die Kamera. Am Abend des zweiten Weihnachtstages, am zugefrorenen Kolk, schenkte sie ihm das Bild. Er hob sie hoch und wirbelte sie durch die Luft. Sie rutschten über die Eisfläche immer wieder aufeinander zu, um sich gegenseitig aufzufangen. Der nachtschwarze Himmel füllte die Lücken zwischen den schneebedeckten Bäumen. Die Äste und Zweige schimmerten wie ein weißes Spinnennetz und schützten ihre Ausgelassenheit. Nur das Rutschen der Schuhsohlen auf dem Eis war zu hören und ab und an ein unterdrücktes, freudiges Glucksen.

Wie Kinder waren sie. Heimliche Lebenslust, Tanz zu ungehörter Musik. Einmal flog eine Staffel Bomber grollend über sie hinweg, zog weiter, dorthin wo Krieg war, und der war nicht hier, der war fern, der konnte nicht sein, wo sie waren.

Therese Mende saß in ihrem Sessel, fühlte sich schwach. Es war bereits gegen Mittag und die Sonne eroberte den Himmel zurück. Luisa hatte die Schiebetüren zur Terrasse aufgezogen und ein sanfter Wind blähte einen der zarten, cremefarbenen Gardinenschals. Sie rief nach ihrer Haushälterin und bat um einen Espresso. Sie hatte ihren Morgenspaziergang versäumt und wollte ihn nachholen.

Manchmal hatte sie tagelang nicht an den Krieg gedacht, vergaß ihn einfach. Und in diesem Frieden, der nur ihnen beiden gehörte, standen sie eingehüllt ineinander, ein Körper, ein Atem. Die Hände flüsternd, suchend, drängend unter den Mänteln. Wenn sie sich zu fortgeschrittener Zeit voneinander lösten, war es wie ein Reißen, und die nächsten Tage, an denen sie sich nicht sehen konnten, türmten ihre Stunden, Minuten und Sekunden auf und schienen unüberwindlich.

Und trotz all der Widrigkeiten war sie nie wieder in ihrem Leben von einer solchen Kraft gewesen, eine Energie, die ihre Seele anhob und über alles hinwegtrug. Einmal hatte Jurij gesagt: »Bei uns sagt man: Wahre Liebe ist ein Ring. Sie hat kein Ende.« Wie ein Pfand nahm sie den Satz. Wie eine uralte, unumstößliche Wahrheit.

Sie ging hinauf ins Ankleidezimmer.

Wenn man jung ist, ahnt man nicht, dass Liebe auch bleibt, wenn der andere fort ist. Wie ein Phantomschmerz. Und dann ist dieser Schmerz wie ein Ring. Er hat kein Ende.

In der Schreibstube der Fabrik war sie mit Martha und Waltraud befreundet, zwei Kolleginnen in ihrem Alter. Waltrauds Verlobter war an der Front, und Martha flirtete alle Männer an, die den Bürotrakt betraten.

Es war ein Montag Mitte Februar, als Martha sie in der Mittagspause fragte: »Sag mal, kennst du Wilhelm Peters?« Therese war erstaunt. Martha erzählte, sie habe ihn am Wochenende auf einer Tanzveranstaltung kennengelernt. »Der hat mich immer wieder zum Tanzen aufgefordert, aber der hat mich nur ausgefragt. Hat dauernd von dir gesprochen, wollte wissen, wer dein Liebster ist, und hat behauptet, du wärst mit jemandem aus der Fabrik zusammen.« Dann zog sie einen Schmollmund. »Therese, ich glaube, der ist richtig verliebt in dich. Da hab ich keine Chancen.«

Therese schluckte ihre Übelkeit hinunter und fragte vorsichtig: »Was hast du ihm gesagt?«

Martha lachte. »Na, dass er sich da keine Sorgen machen muss. Wenn sie in der Fabrik einen hätte, habe ich gesagt, dann wüsste ich davon.«

Therese konnte kaum atmen und Marthas Stimme klang fremd in ihren Ohren. »Der sieht gut aus, macht richtig was her, also mir könnte der gefallen«, hörte sie sie sagen und dann nur noch Satzfetzen. »... wohl eifersüchtig ...« und »... gibt nicht so leicht auf ...« und »... schon oft in der Nähe des Werktores gestanden ...«.

Als sie zurück in die Schreibstube gingen, schien das metallische Klappern der zwölf Schreibmaschinen auf sie einzuhämmern, und sie war nicht in der Lage, einen klaren Gedanken zu fassen. Mechanisch arbeitete sie sich bis zum Abend vor, und als sie mit dem Fahrrad nach Hause fuhr und die feuchte Kälte Gesicht und Kopf kühlte, fand sie langsam zu einer inneren Ordnung zurück. Sie hatte Wilhelm in den vergangenen Wochen nicht vergessen. Wilhelm nicht. Aber seine Zuneigung, die ihr jetzt vorkam wie ein Fluch. Und dann überschlugen sich ihre Gedanken. Bis jetzt hatte er geglaubt, sein Rivale wäre in der Fabrik zu finden. Martha hatte ihn mehrmals am Werktor gesehen. Würde er jetzt anfangen, sie auch zu Hause zu beobachten?

Noch am Abend besuchte sie Alwine, die sie in den letzten Monaten vernachlässigt hatte. Die Freundin empfing sie freundlich, fast überschwänglich, und sie war zunächst verunsichert, wusste nicht, wie sie nach Wilhelm fragen sollte, ohne Alwines alte Eifersucht zu wecken. Aber sie kam selber darauf zu sprechen.

Sie lächelte verschwörerisch. »Aber jetzt erzähl«, sagte sie aufgeregt. »Wer ist es?« Therese sah sie mit großen Augen an, wusste nichts zu erwidern. »Ach komm«, rief Alwine fröhlich, »die Spatzen pfeifen es von den Dächern. Wie heißt er?« Die Fragen trafen sie unvorbereitet und als sie anfing zu leugnen, sah sie den Argwohn im Gesicht der Freundin. Sie senkte verlegen den Kopf und fragte: »Was wird denn erzählt?«

Alwine lachte erleichtert auf. Es war das alte, ansteckende Lachen und brachte die frühere Vertrautheit zurück. »Vor allem sagt man, dass du ein großes Geheimnis daraus machst.«

Sie dachte, dass es für Alwine wichtig war, dass es einen anderen gab, dass sie, Therese, für Wilhelm nicht mehr erreichbar war. Und es gab diese überquellende Fülle in ihr, dieses Bedürfnis, ihr Glück zu teilen. Sie nahm die Hand der Freundin. »Du darfst es niemals verraten«, flüsterte sie, »versprich mir das!« Alwine machte große runde Augen, und Therese fand in ihrem Gedächtnis all die Geheimnisse, die sie als Schülerinnen miteinander geteilt und verschwiegen hatten. Sie erzählte von Jurij. Als sie seinen Namen aussprach, hob Alwine erschrocken die Hand an die Brust. Sie sagte: »Du meinst ... ein Russe?«

Therese Mende erinnerte diesen Augenblick in allen Einzelheiten, spürte bis heute, wie die Angst nach ihr gegriffen hatte, ihr Herzschlag den nächsten Schritt nicht tun wollte und ihre Knie weich wurden.

Aber dann strich Alwine ihr über die Wange und sagte: »Das erklärt natürlich, warum du ein Geheimnis draus machst.« Sie sah Therese fest in die Augen: »Das darf niemand erfahren, vor allem Wilhelm nicht.«

Ihre Erleichterung war grenzenlos. Über zwei Stunden saßen sie zusammen, flüsterten und lachten wie in alten Zeiten. Es war Alwine, die auf ihre erfinderische Art eine Lösung vorschlug. »Am besten du bestärkst das Gerücht und behauptest, er ist Soldat.« Und sie ging noch weiter. Als sie sich zwei Wochen später wieder trafen, hatte sie Kontakt zu einem Freund aufgenommen, den sie aus ihrer Zeit in Köln kannte. »Er ist Offizier in Frankreich. Er ist verlobt, aber einer seiner Gefreiten übernimmt es, dir regelmäßig zu schreiben«, erklärte sie strahlend. Therese hielt die Luft an, war den Tränen nah, dachte, die Freundin habe ihr Geheimnis auf ihre übermütige Art in die Welt gerufen. Alwine beruhigte sie. »Ich habe geschrieben, du müsstest dich vor der Nachstellung eines Verehrers retten und ein Liebster an der Front sei da das beste Mittel.«

Von nun an bekam sie regelmäßig Post aus Frankreich, und Alwine sorgte dafür, dass Wilhelm es erfuhr. In einem seiner ersten Briefe bat der Gefreite um ein Foto. Ein neues Foto konnte sie sich nicht leisten und es fiel ihr schwer, einem Fremden einen Abzug von dem Bild zu schicken, das nur für Jurij bestimmt war. Im Frühjahr legte sie es zwischen die Seiten ihres Briefes, in dem sie ihm für seine Mühe dankte.

Ihr verstecktes Glück mit Jurij schien unbedroht. Die milden Abende ließen es zu, dass sie sich bis zu zwei Stunden mit Jurij traf, manchmal im nahe gelegenen Wald, manchmal am Kolk, und jetzt im schwindenden Tageslicht. Dass sie nicht mehr von Dunkelheit umgeben waren, war wohl das größte Geschenk dieses Frühlings. Neben dem süßherben Duft der Holunderbüsche, den sie zu schmecken meinten, waren es vor allem die Farben, die ihnen Zuversicht schenkten.

Auch die geflüsterten Nachrichten taten ihren Teil. Unter den offiziellen Meldungen in Radio und Zeitung, unter dem Brüllen vom »Totalen Krieg« und dem »Endsieg« schwelten die Informationen, die von Mund zu Mund gingen. »Der Krieg geht zu Ende. Der Krieg ist verloren.« Der Vater hörte auf der Arbeit zusammen mit Kollegen BBC, wusste, wo sich die Front wie veränderte, und wenn sie Jurij davon erzählte, bekreuzigte er sich, bedankte sich für die Nachricht und bedeckte ihr Gesicht mit federleichten Küssen. Dann zog sie ihn an sich, und sie wagten nicht von Zukunft zu sprechen. Sie saßen eng beieinander und sehnten den Frieden herbei. Sie saßen eng beieinander und fürchteten den Frieden.

Kapitel 30

24. April 1998

Der Lange war nicht da. Manfred Steiner, mit dem Karl als junger Polizist Streife gefahren war, saß im K11 an seinem Schreibtisch und begrüßte ihn mit dem Satz: »Du hast dich unbeliebt gemacht.« Van den Boom fuhr sich über seine Halbglatze und tat zerknirscht. »Aber Köbler ist gestern Nacht noch gekommen und wollte sich heute hier melden.« Steiner zog die Stirn in Falten. Er war hager, trug sein dichtes, inzwischen grau gewordenes Haar kurz und hatte die Angewohnheit, sobald er saß, die Bügel seiner Lesebrille, die er an einem Band vor der Brust trug, klappernd gegeneinanderzuschlagen. Er klapperte. »Der war nicht hier, und in seiner Redaktion hat er sich für die nächsten zwei Tage abgemeldet.« Steiner erhob sich, ging zur Kaffeemaschine und füllte zwei Becher. Einen reichte er Karl. »Also, was hat Köbler dir erzählt?«

Karl schüttelte den Kopf. »Der war stur, wollte wissen, was Rita Albers über Peters herausgefunden hat. Wahrscheinlich recherchiert er jetzt selber.«

»Du meinst den Mordverdacht Anfang der Fünfzigerjahre?« Karl nickte zustimmend. Steiner öffnete einen Aktendeckel. »Also … wir gehen im Augenblick nicht davon aus, dass es da einen Zusammenhang gibt. Selbst wenn Rita Albers die Peters ausfindig gemacht hat, gibt die alte Akte nichts her, womit man die Frau heute in Verlegenheit bringen könnte. Der Verdacht hatte schon damals kein Futter. Warum also sollte sie fast fünfzig Jahre später die Albers töten?« Er lehnte sich in seinen Schreibtischsessel zurück. »Wir überprüfen den Exmann der Albers und ihr privates Umfeld. Scheint doch eher eine Beziehungstat zu sein. Die Kopfverletzungen sind massiv und der Täter hat mehrere Male zugeschlagen. Da kann ich an eine alte Frau als Täterin nicht glauben.« Van den Boom trank von seinem Kaffee und dachte darüber nach, ob er Steiner von seinem Besuch bei Gerhard erzählen sollte, entschied sich aber dagegen. War doch nur gut, wenn sie in unterschiedliche Richtungen ermittelten und sich nicht ins Gehege kamen. Das verschaffte ihm ein bisschen Luft. »Wisst ihr schon was über die Tatwaffe?«, fragte er beiläufig. Manfred Steiner schlug die Brillenbügel gegeneinander. »Ein Fleischhammer, Aluminium, Schlagfläche 50 × 70 mm. Gehörte wahrscheinlich in die Küche, jedenfalls gab es an einer Leiste verschiedene Küchengeräte aus dem gleichen Material.« »Hm«, brummte Karl, »aber gefunden habt ihr das Ding nicht.«

Das Telefon klingelte. Steiner griff zum Hörer und van den Boom versuchte aus seinen Antworten schlau zu werden.

»Bei euch im Archiv? ... Nein, kann er nicht ... Ich hab die hier, und die gehört zu einer laufenden Ermittlung ... Dann soll er gefälligst herkommen.«

Als Steiner auflegte, grinste Karl ihn an. »Lass mich raten: Köbler ist in Kleve und will die Akte Peters einsehen.«

Der Kollege griff nach seiner Lesebrille und setzte sie auf. »Kann es sein, dass du mehr weißt, als du sagst?« Karl schüttelte den Kopf. »Nichts Konkretes, ehrlich nicht. Nur Ungereimtheiten, aber davon viele. Zu viele, verstehst du?« Er erzählte von Hanna und Paul und sprach jetzt auch von Gerhard und dessen Reaktion auf seine Frage nach den letzten Kriegsjahren. Während er all diese Informationen aneinanderreihte, fiel ihm wieder ein, wie Hanna und Paul auf den Namen Lubisch reagiert hatten. »Dieser Lubisch«, fragte er, »wieso hat der sich überhaupt für die Peters interessiert?«

»Den haben die Kollegen aus Hamburg vernommen.« Steiner blätterte in seinen Unterlagen. »Hier.« Er schob einen Computerausdruck über den Tisch. Das Foto einer jungen Frau. Karl war überrascht. Die junge Frau war nicht im landläufigen Sinne hübsch, auf diesem Foto war sie schön. Er dachte an Gerhards Bemerkung, dass sie ein Flittchen gewesen sei.

Steiner zitierte bruchstückhaft aus der Akte. »Lubisch hatte ein privates Interesse ... hat das Foto im Nachlass seines Vaters gefunden und wollte wissen, wer sie ist. Auf der Rückseite des Bildes war ein Hinweis auf das Fotoatelier Heuer hier in Kranenburg ... darüber ist er bei Rita Albers gelandet.«

Karl erhob sich behäbig, bedankte sich für den Kaffee und wollte los. »Karl«, Steiner stand ebenfalls auf. »Ich schlage vor, wir halten uns gegenseitig auf dem Laufenden.« Van den Boom nickte zufrieden. »Wenn du mir den Langen vom Hals hältst, dann bin ich dabei.«

Steiner lachte. »Interessant. Der hat heute Morgen gesagt: Halt mir bloß diesen Dorfsheriff vom Hals.«

Als Karl das Präsidium verließ, dachte er über das Wort »Dorfsheriff« nach und sah John Wayne im Schaukelstuhl, die Füße auf die Balustrade der Veranda gelegt, in der Sonne dösen. Die Menschen grüßten freundlich und er legte zwei Finger an die Hutkrempe und grüßte zurück.

Dorfsheriff war ein gutes Wort.

Kapitel 31

1943

Im Sommer trafen sie sich seltener. Auf den Höfen wurde von morgens früh bis in den späten Abend gearbeitet. Die systematische Bombardierung des Ruhrgebietes hatte begonnen. Am Tag überflogen amerikanische Langstreckenbomber den Niederrhein, in den Nächten übernahmen die Engländer. Das Heulen der Sirenen und das Grollen am Himmel wurde selbstverständlich und die Wahrnehmung kippte. Stille über mehrere Stunden hatte jetzt etwas Bedrohliches.

Am Rand der Lichtung mit dem Hochstand, auf dem sie vor vier Jahren Ausweispapiere deponiert und abgeholt hatte, trafen sie sich. Die Rodung war ein langes grünes Oval und in der Mitte stand eine alte Rotbuche mit mächtiger Krone. Rubinrot vor langsam schwindendem Blau. Ein Sonntagabend war von dieser Stille gewesen, die aus einer anderen Wirklichkeit zu kommen schien. Sie drängten sich aneinander, wollten so bleiben, für immer schweigend in dieser Ruhe im Gras liegen. Hände so leicht wie Flügel, hinterließen Beben, wurden zu Erschütterungen und sie wollten sich ganz, hüllten sich ein in nackte Sommerhaut, schlossen die Zwischenräume des Fremdseins. Am ersten Abend erlebte sie es nicht, aber später dann. Ein Schweben und Steigen, und staunend lernte sie, dass der höchste Punkt im Fallen liegt. Und immer wenn sie die Augen öffnete, lag das Rubinrot der Buche und das hohe Blau des Himmels auf seinem Nacken. Farben des Glücks.

Die Eltern nahmen die abendlichen Spaziergänge hin. Manchmal sagte der Vater, wenn sie sich auf den Weg machte: »Kind, sei vorsichtig.« Ganz beiläufig sagte er das, ganz leise und flüsterte damit ein Geheimnis über das Geheimnis. Die Briefe des Gefreiten aus Frankreich trafen weiterhin ein und sie schrieb mit der gleichen Regelmäßigkeit zurück. Einmal schrieb er: *Einer meiner Kameraden hat Dein Bild entdeckt. Ich habe gesagt, Du seist meine Verlobte. Alle beneiden mich.*

Am 28. September 1943 ging sie wie jeden Mittwochabend zum Höverhof, um Milch zu holen. Alle waren mit der Rübenernte beschäftigt, und auf dem Hof stand ein Anhänger, von dem Hanna und Fedir die Knollen abluden. Therese grüßte und ging auf die Deele, wo sie mit einer Schöpfkelle ihre kleine Kanne füllte, als Hanna plötzlich hinter ihr stand. Sie schob einige Haarsträhnen, die ihr ins Gesicht fielen, unter das Kopftuch zurück und wich Thereses Blick aus. »Wilhelm hat den Vater gefragt, wie oft du abends herkommst«, sagte sie unvermittelt.

Die Schöpfkelle fiel zu Boden und Therese starrte Hanna an. Die bückte sich, hob die Kelle wortlos auf, nahm Therese die Kanne ab und füllte sie routiniert. »Sei vorsichtig«, sagte sie warnend. Dann reichte sie ihr die Milchkanne und verließ eilig die Deele.

Therese Mende hielt auf der letzten Stufe der kleinen Treppe, die zwischen zwei Cafés auf den Strand führte, inne. Regen und Wind der vergangenen Nacht hatten das Meer aufgewühlt. Das Wasser war immer noch braungrün und Tang trocknete in einer breiten Linie auf dem Sand.

An jenem Abend hatte sie den Deckel der Kanne liegen lassen und auf dem Weg zum Kotten war die Milch immer wieder über den Rand geschwappt. Tränen liefen ihr übers Gesicht und sie redete sich ein, dass sie wegen der verschütteten Milch weine, verleugnete die Vorahnung, dass das der Anfang vom Ende war.

Die Tage danach waren schemenhaft, und wenn sie einzelne Bilder erinnerte – das war ihr erst Jahre später aufgefallen – waren sie grau, so als wäre an jenem Herbstabend die Farbe aus ihrem Leben entwichen.

Schon am nächsten Morgen gegen sechs Uhr kam Theo Gerhard mit zwei Männern der Gestapo und holte sie ab. Sie brachten sie nach Kleve. Sie – und ihre Eltern. Die Mutter durfte noch am gleichen Tag wieder nach Hause. Der Vater nach zwei Tagen. Den gaben sie ungern her, aber er war Arzt, und an wichtigerer Stelle hatte man auf seine Freilassung bestanden.

Die grauen Wände ihrer Zelle, die graue Decke auf der nackten Pritsche, der graue Verhörraum, die grauen und schwarzen Uniformen. Und über allem Theo Gerhards laute Stimme, die immer zu schreien schien, selbst wenn er freundlich, fast werbend versuchte, sie zu überreden.

Sie wiederholte immer und immer wieder, sie habe einen Verlobten in Frankreich und Jurij kenne sie nur vom Sehen. Auf dem Höverhof sei sie ihm schon mal begegnet, auf den Feldern habe sie ihn ab und an bei der Arbeit gesehen.

Gerhard schlug ihr ins Gesicht, brüllte »Bolschewistenhure« und höhnte: »Den Russen stellen wir so oder so an die Wand.«

Am dritten Tag warf er einen Stapel Briefe auf den Tisch, zog wahllos einen heraus und forderte sie auf vorzulesen. Sie las: »*Sehr geehrtes Fräulein Pohl, heute ist Ihr Foto angekommen und nun habe ich endlich eine Vorstellung von Ihnen. Ich bin unserem Unteroffizier ja so dankbar, dass er mich gebeten hat, Ihnen regelmäßig zu schreiben ...*«

Der Vater hatte später gesagt, dass sie acht Tage im Gefängnis gewesen war, also musste es der fünfte oder sechste Tag gewesen sein, als Gerhard ihr ein weiteres Schriftstück vorlegte.

»... dass ich Therese Pohl mit Jurij zusammen am Wald gesehen habe ... dass sie sich ganz oft am Waldrand getroffen haben und dass sie sich geküsst haben ...« Mit der Schreibmaschine war der Name Paul Höver darunter geschrieben.

»Ein Kind«, sagte sie. »Ein Kind, das noch gar nicht lesen kann.« Gerhard sprang auf, schrie: »Willst du verlogene Hure auch noch frech werden?« Dann warf er das Foto, das sie Jurij geschenkt hatte, auf den Tisch. Was folgte, hatte bestimmt nur wenige Minuten gedauert, aber in ihrer Wahrnehmung schien es endlos. Er riss sie an den Haaren vom Stuhl und schleuderte sie gegen die Wand. Der Schmerz im Kopf war dumpf und sie spürte ihre Knie weich werden, sah den nackten Betonfußboden des Verhörraumes auf sich zukommen, dachte, dass er sich hebe und dass das doch nicht möglich war. Schläge ins Gesicht und Gerhards Speicheltropfen und Brüllen. Unerklärliche, stoßweise Schmerzen am ganzen Körper. Atemnot, als er ihren Bauch traf. Die Arme schützend um den Kopf gelegt, sah sie die schwarzen Stiefel, die immer wieder auf sie zuschnellten, und sie roch Schuhcreme und Blut und dann nichts mehr.

Erst in ihrer Zelle kam sie wieder zu Bewusstsein, übergab sich, nässte sich ein.

All das nur Momentaufnahmen, Bruchstücke, die sie auch in den Jahren danach nie wieder zu einem Ganzen zusammensetzen konnte. Was im Gedächtnis geblieben war, war Todesangst. Eine Angst, die taub und blind machte, die ihr fast den Verstand raubte.

Sie wusste nicht, wie viel Zeit vergangen war, als man sie nachts aus ihrer Zelle holte, einen Gang entlangschubste und durch eine Seitentür hinausstieß. Es regnete in Strömen und sie schleppte sich zu Martha, die unterhalb der Schwanenburg wohnte. Die schrie auf, als sie sie erkannte und zog sie eilig in ihre Wohnung. Dunkelheit. Kurze bewusste Momente. Martha wusch sie, Martha verband ihren Kopf, gab ihr zu trinken. Am nächsten Tag holte die Freundin abends einen Bekannten, der Therese auf einen Pferdewagen lud und nach Hause brachte. Das Wehklagen der Mutter ist ihr noch im Ohr und dann reißen die Bilder ab.

Sie hatte Platzwunden am Kopf, eine Gehirnerschütterung, mehrere Rippenbrüche, Prellungen und Schürfwunden am ganzen Körper.

Wilhelm besuchte sie zwei Tage später, war außer sich vor Zorn. Er hatte von all dem nichts gewusst. Von ihm erfuhr sie, dass Jurij von einem Schnellgericht zum Tode verurteilt worden war, die Hinrichtung aber noch nicht stattgefunden hatte. Fedir war ins Lager nach Münster zurückgeschickt worden.

Sie weinte, flehte ihn an, sagte, er könne alles von ihr verlangen, wenn er Jurij helfe.

Tränen schimmerten in seinen Augen, als er sagte: »Du weißt, dass ich alles für dich tun würde, Therese. Aber wie stellst du dir das vor? Glaubst du wirklich, ich könnte ihm zur Flucht verhelfen und er könnte zu dir zurück?«

»Er soll nur leben«, flüsterte sie, »mehr will ich doch nicht.«

Wilhelm lief lange schweigend vor ihrem Bett auf und ab, blieb immer wieder am Fenster stehen, sah nachdenklich hinaus. Dann fragte er: »Willst du meine Frau werden?« Sie verstand nicht, dachte, ihr erschütterter, schmerzender Kopf spiele ihr einen Streich.

Er setzte sich zu ihr aufs Bett, sprach jetzt nüchtern und überlegt. »Therese, ich bin bereit, mein Leben aufs Spiel zu setzen für dich. Gerhard hätte dich nicht schlagen dürfen. Dafür ist er mir was schuldig. Vielleicht kann ich diesem Russen zur Flucht verhelfen, aber er muss dann sofort hier verschwinden, verstehst du?«

Oh, diese plötzliche Hoffnung. Natürlich verstand sie, dass Jurij fortmusste. Aber er würde leben. Dankbar ergriff sie Wilhelms Hand, und er fragte noch einmal: »Heiratest du mich?« Sie zögerte, hörte, dass das die Bedingung war. Dann nickte sie. Wenn Wilhelm sein Leben aufs Spiel setzte, um Jurijs Leben zu retten, wäre der Preis nicht zu hoch.

Fünf Tage und Nächte vergingen. Wilhelm meldete sich nicht. Sie ging der Mutter schon wieder mit leichten Arbeiten im Haushalt zur Hand, dachte manchmal mit klopfendem Herzen, dass sie Wilhelms Besuch nur geträumt hatte, dass der sehnliche Wunsch, Jurij möge nicht sterben, ihr dieses Gespräch nur vorgegaukelt hatte.

Und dann kam der 16. Oktober, ein Samstagmorgen, der die ganze Niederung unter dichtem Nebel versteckte. Es war kurz nach acht, als sie hinausging, um die beiden Kaninchen zu füttern. Sie stand am Brunnen und pumpte Wasser in eine Schale, als Hanna sich wie eine geisterhafte Erscheinung aus dem Nebel löste. »Jurij muss fort«, sagte sie. »Er will dich noch einmal sehen.« Leise sagte sie das, und der Nebel schien ihre Stimme zusätzlich zu dämpfen. Therese stellte die Wasserschale ganz langsam auf den Brunnenrand, brauchte mehrere Sekunden, ehe sie begriff. »Jetzt komm schon«, zischte Hanna, drehte sich um und ging los.

Sie folgte ihr, ihre Rippen schmerzten, als sie lief, um Hanna einzuholen. Tausend Fragen im Kopf, die sie nicht formulieren konnte. Nur der eine Gedanke: Er lebt. Er lebt.

Sie gingen nicht den Weg. Hanna führte sie über die Wiesen und abgeernteten Felder hinter den Höverhof. Dann wies sie auf die Scheune. »An der Rückwand«, flüsterte sie und verschwand.

Er stand an die Scheunenwand gelehnt, bekreuzigte sich, als er sie sah, und sagte: »Gott ist mit uns, Therese.« Ein blau geschlagenes Auge, ein notdürftiger Verband um den Kopf, den linken Arm in einer Schlinge, aufgeplatzte Lippen und sie ahnte, wie es unter seiner Kleidung aussah. Minutenlang hielten sie sich fest, sprachen kein Wort.

Er flüsterte: »Therese, wir haben nicht viel Zeit.« Er nahm ihr Gesicht in seine Hände: »Was hast du getan?« Sie verstand erst nicht, was er meinte. »Warum lassen sie mich gehen?«, fragte er, und in seinem Blick flackerte Angst vor ihrer Antwort.

Therese Mende ging nah ans Wasser. Hier war der Sand fest und das Laufen weniger beschwerlich. Nur dieses eine Mal hatte sie ihn belogen, wollte diese kurze Zeit, die sie miteinander hatten, ungetrübt. Hoffnung ist ohne Logik. Hoffnung ist verantwortungslos.

Der Krieg, das sagten doch alle, würde bald vorbei sein. Dann könnte Jurij zurückkommen und sie mit ihm fortgehen. Jurij, das hatte er mehrfach angedeutet, wollte nicht unbedingt nach Hause zurück. »Dort ist es nicht besser«, hatte er gesagt.

Sie streichelte das vertraute Gesicht, sagte: »Ich habe Wilhelm um Hilfe gebeten.«

Er drückte sie fest an sich. Flüsternd erzählte er, was ihm passiert war.

Gerhard hatte ihn abgeholt. »Er hat ein Papier vorgelegt, dass er mich nach Kranenburg zum Verhör bringen soll.«

Und sie dachte so unsinnige Gedanken wie: Er war also im Gefängnis die ganze Zeit in meiner Nähe.

In dem Gefängnistransporter hatte ein weiterer Gefangener gesessen. Auf halbem Weg, an einer einsamen Stelle hielt der Wagen. Gerhard schloss die Tür auf, nahm Jurij die Fesseln ab und sagte: »Hau ab.« Jurij war stehen geblieben, fest davon überzeugt, dass Gerhard ihn erschießen würde, wenn er fortliefe. Gerhard lachte. »Jetzt hast du Schiss, was?« Er verschloss den Wagen, ließ Jurij am Heck stehen und ging zur Fahrerkabine. Dort blieb er noch einmal stehen. »Das hast du deiner Hure zu verdanken«, grinste er, fasste sich in den Schritt und machte mit dem Becken Vor- und Rückwärtsbewegungen. Dann war er eingestiegen und davongefahren.

Therese beruhigte Jurij. »Gerhard lügt. Wilhelm hat aus alter Freundschaft geholfen.«

Als sie sich voneinander lösten, gab es neben dem Trennungsschmerz eine kindliche Zuversicht. Jurij wollte sich im Wald verstecken und bei Nacht versuchen, über die Grenze nach Holland zu kommen. Er sagte: »Sobald ich in Sicherheit bin, schicke ich dir eine Nachricht.« Als er humpelnd im Nebel verschwand, war sie sicher, dass sie ihn wiedersehen würde. Nicht in den nächsten Tagen, nicht in den nächsten Wochen. Aber bald.

Kapitel 32

25. April 1998

Am Flughafen hatte Robert Lubisch einen Leihwagen gemietet. Es war kurz nach neun und bereits dunkel, als er den Küstenort erreichte. Das Hotel lag in Strandnähe, war luftig-mediterran eingerichtet und das Personal war jetzt, zu Beginn der Saison, um die wenigen Gäste freundlich bemüht. Sein Zimmer mit Balkon ging zum Innenhof, wo ein verlassener, nierenförmiger Swimmingpool türkis leuchtete.

Er beschloss noch einen Abendspaziergang zu machen und sich den Ort anzusehen. Er schrieb Therese Mendes Adresse ohne Namen auf einen Zettel und fragte an der Rezeption nach dem Weg. Der Portier lächelte und sagte sofort: »Oh, Sie wollen zu Signora Mende. Das ist nicht weit.« Er erklärte den Weg und Robert schlenderte durch die milde Abendluft. Die Restaurants, Cafés und Bars auf der kleinen Strandpromenade waren noch spärlich besetzt. Über eine Treppe ließ er die Lokale hinter sich und kam an eine schmale Sackgasse, die steil bergan führte. »Signora Mende wohnt etwas abseits, am höchsten Punkt«, hatte der Portier gesagt und Robert spazierte den Hügel hinauf. Das einstöckige Haus wirkte zur Straße hin unauffällig. Erst als er daran vorbei war und es von der Seite betrachtete, sah er die Terrassenbeleuchtung, die über dem Meer zu schweben schien, und erkannte, dass ein weiteres Stockwerk in den Felsen gebaut war. Er stand noch einen Augenblick in Gedanken versunken, als eine Frau mit einem Korb aus dem Haus trat. Am schmiedeeisernen Tor blieb sie stehen, beäugte ihn misstrauisch und fragte in scharfem Ton auf Spanisch, was er hier wolle. Einen Besuch bei Frau Mende hatte er erst am nächsten Tag geplant und außerdem wollte er vorher Michael Dollinger informieren, aber jetzt entschied er sich spontan. Er ging auf die Frau zu, stellte sich vor und suchte nach den wenigen spanischen Worten, die er kannte. Dann gab er auf und sagte auf Deutsch, dass er gerne mit Frau Mende sprechen würde.

»Es ist spät«, sagte die Frau vorwurfsvoll. Robert nickte. »Oh, das muss nicht heute sein. Aber vielleicht hat sie morgen etwas Zeit.«

Die Spanierin bat noch einmal um seinen Namen und ging dann ins Haus zurück.

Es dauerte fast zehn Minuten und er wollte schon gehen, als die Tür sich öffnete und die Frau ihn heranwinkte.

Sie führte ihn durch einen geräumigen Flur, an dessen Ende vier breite, geschwungene Marmorstufen in einen großen Raum führten. Edle Antiquitäten und schlichte, moderne Möbel waren sparsam kombiniert. Eine große Glasfront führte auf eine erst überdachte und dann offene Terrasse.

Therese Mende saß in einem zierlichen Chippendale-Sessel, trug einen ärmellosen, taubengrauen Rollkragenpullover zu einer hellen Hose und wirkte steif. Robert sagte seinen Namen, aber sie reagierte nicht, saß unbeweglich und starrte ihn an. Er meinte, vor einer altersverwirrten Frau zu stehen und bereute seine Reise augenblicklich. Seine Neugier war ihm peinlich und sein Verdacht kam ihm jetzt völlig lächerlich vor.

Langsam erhob sie sich und kam sehr aufrecht auf ihn zu. »Herr Lubisch, bitte entschuldigen Sie, ich wollte nicht unhöflich sein.« Ihre Stimme klang belegt, die Hand, die sie ihm reichte, war kühl und knochig. Dann räusperte sie sich und sagte fest und sachlich. »Nun, was kann ich für Sie tun?« Er hatte im Flugzeug darüber nachgedacht, was er ihr sagen wollte, aber jetzt fühlte er sich unvorbereitet und wusste nicht recht, wie er beginnen sollte. Er entschied sich für den direkten Weg. »Frau Mende, ich bin hier, weil ich etwas angestoßen habe, das mit Ihnen zu tun hat. Sagt Ihnen der Name Rita Albers etwas?«

Er konnte keine Regung in ihrem Gesicht erkennen. Sie schwieg mehrere Sekunden, schob dann eine Strähne ihres kinnlangen grauen Haares hinter ihr linkes Ohr und fragte: »Darf ich Ihnen etwas anbieten? Ein Glas Wein vielleicht, einen Whisky ... oder lieber Kaffee?« Er entschied sich für Weißwein. Sie nahm ein wollenes Tuch von der Sessellehne, legte es sich über die Schultern und bat ihn hinaus. Am Ende der Terrasse standen zwei Korbstühle. Er hatte sich nicht geirrt. Wie eine Gaube lag der Platz auf einem Felsvorsprung. Der freie Blick auf Bucht und Meer war beeindruckend. Sie standen still da, hörten dem gleichmäßig sanften Rollen der Wellen tief unter ihnen zu.

Die Spanierin stellte ein kleines Tischchen zwischen die Korbstühle, verteilte Gläser und servierte mallorquinischen Weißwein und einen Krug Wasser. »Sie müssen nicht bleiben, Luisa.« Therese Mende lächelte der Frau zu. »Mein Gespräch mit Herrn Lubisch wird wohl etwas länger dauern, machen Sie sich keine Sorgen.«

Luisa warf Robert Lubisch einen kritischen Blick zu und verabschiedete sich.

An den Mauern, links und rechts der Terrasse, standen niedrige beschirmte Lampen, die gelblich-mildes Licht auf den Fliesenboden streuten. Erst als die Haustür ins Schloss fiel, setzten sie sich und Therese Mende sagte ruhig und wie zu sich selbst: »Frau Albers hat mich kurz vor ihrem Tod angerufen. Sie hatte herausgefunden, dass ich mit Wilhelm Peters verheiratet war und dass ich damals unter Mordverdacht stand.« Sie blickte ihn an. »Sie wissen darüber Bescheid?«

Robert nickte. Sie sprach mit brüchiger Stimme weiter. »Sie sagen, Sie hätten die Geschichte angestoßen, dann gehe ich wohl recht in der Annahme, dass Sie ihr das Foto überlassen haben?« Wieder nickte er stumm. Therese Mende lächelte bitter. »Ich habe immer gewusst, dass meine Vergangenheit mich irgendwann einholen wird. Eine Sorge, die mein Leben begleitet hat, seit ich damals fortging. Fast eine Art Gewissheit, dass es irgendwann geschehen würde.« Sie schauderte und zog das Wolltuch fester um die Schultern, dann sprach sie mit fester Stimme: »Ich habe Frau Albers gesagt, dass ich ihr meine Anwälte auf den Hals schicke, wenn sie es wagt, Halbwahrheiten zu verbreiten. Aber sie war Journalistin und mir war klar, dass sie nicht ruhen würde.« Sie räusperte sich. »Aber bitte erzählen Sie erst von sich.«

Robert erzählte die Geschichte seines Vaters, von seinem Tod und dem Nachlass, von dem Foto und wie er zu Rita Albers gekommen war. »Sehen Sie«, endete er, »die Polizei scheint zu glauben, dass ich etwas mit dem Tod von Frau Albers zu tun habe. Das habe ich nicht, jedenfalls habe ich sie nicht ermordet. Aber wenn ihr Tod tatsächlich etwas mit dem Foto zu tun hat, fühle ich mich mitschuldig.« Therese Mende lächelte aufs Meer hinaus. Ganz sachlich sagte sie: »Und jetzt wollen Sie wissen, ob ich etwas damit zu tun habe.«

Robert Lubisch schwieg einen Moment und fragte dann: »Finden Sie das so abwegig?«

Sie blickte ihn an. Ihr Gesicht war gebräunt und die Fältchen um ihre blauen Augen schimmerten hell. »Nein, wahrscheinlich ist das nicht abwegig. Ich habe ja schon einmal unter Mordverdacht gestanden.«

»Wissen Sie, wie mein Vater zu dem Foto gekommen ist? Ich meine, haben Sie ihn gekannt?«

Es entstand eine kleine Pause.

Sie antwortete nicht darauf, fragte stattdessen: »Haben Sie Zeit mitgebracht?«

Er sagte ihr, dass er Sonntag abreisen würde. Er spürte eine Unruhe, ahnte, dass er die Dinge jetzt aus der Hand gegeben hatte.

Therese Mende erzählte, sprach von ihrer Jugend am Niederrhein, ihren Eltern und Freunden und dem Krieg. Manchmal unterbrach sie sich minutenlang und sah aufs Meer hinaus, als angele sie dort nach den richtigen Worten. Und als sie von dem Kriegsgefangenen Jurij sprach, meinte er, diesen Ausdruck, der ihn auf dem Foto so angerührt hatte, wiederzuerkennen. Sie erzählte von ihrer Liebe zu ihm und seiner Flucht.

Es war weit nach Mitternacht, als sie erschöpft die Augen schloss und sagte: »Ich bin müde. Kommen Sie morgen früh wieder. Sagen wir so gegen zehn Uhr.«

Wein und Wasser waren ausgetrunken und sie trugen den Krug, die Weinflasche und die Gläser gemeinsam in die Küche. Robert bedankte sich für die Offenheit, mit der sie berichtet hatte.

»Im Laufe der Jahre habe ich gemeint, ich hätte mich von all dem weit entfernt«, sagte sie leise. »Als ich im Dezember 1950 fortging, wollte ich nur eines: Vergessen! Ein neues Leben beginnen. Aber man vergisst nicht. Man trennt die Jahre ab und was bleibt, ist eine Art unerklärliche Trauer, die einen ab und an anfällt.«

Kapitel 33

24. April 1998

Er sprach mit Lilli, aber die drehte ihren Kopf beleidigt zur Seite, weil er bei seiner Ankunft ihre unmissverständlichen Stupser gegen den Fressnapf ignoriert hatte. Er nahm eine der Sanduhren vom Regal und setzte sich auf die Küchenbank. Gut fünfzig Sanduhren besaß er und die besonders schönen und teuren Stücke standen im Wohnzimmer in einer Vitrine. Die Einfassungen waren aus Kirschholz, Silber, Messing, waren mit Figuren verziert oder kunstvoll bemalt. Eine kleine goldene, die drei Minuten rieselte, hatte er in England gekauft, wo sie als Teeuhr angeboten worden war.

Diese hier war aus Marmor, zehn Zentimeter hoch und maß 15 Minuten. Er liebte diese sichtbare, stille Art, die Zeit verstreichen zu lassen. Marlen pirschte sich an, stellte ihre Vorderpfoten auf seine Oberschenkel und sah ihn mit grünen Augen aufmerksam an. Er kraulte ihren Kopf. »Vielleicht haben die vom K11 recht und es war eine Beziehungstat. Vielleicht verrenne ich mich.« Marlen rollte sich auf seinem Schoß ein. »Dieser Gerhard. Als Therese Peters verschwindet, sucht er ein bisschen halbherzig herum und dann schließt er die Akte. Dem kam das ganz gelegen, dass die verschwand, da bin ich sicher.« Marlen maunzte und er streichelte ihr rotgestreiftes Fell. »Du bist ein kluges Mädchen.«

Lilli drehte den Kopf, sah Karl vorwurfsvoll an und schloss gelangweilt die Augen, so als wollte sie sagen: »Schleimer!«

Karl ließ sich nicht aus dem Konzept bringen. »Und Paul sagt: Gerhard hat Dreck am Stecken.«

Er schob Marlen neben sich auf die Küchenbank und stand auf. Im Vorratsraum öffnete er eine Dose Katzenfutter. Lilli und Marlen sprangen auf den Fußboden und liefen mit aufgestellten Schwänzen unruhig vor den Fressnäpfen auf und ab. »Wenn dieser Wilhelm damals umgebracht wurde und wenn seine Frau es getan hat, wo hat die den dann entsorgt? Das Grundstück, steht im Polizeibericht, haben die damals umgegraben. Aber der Kotten liegt einsam, Felder und Wiesen drum herum.« Er füllte das Futter in die beiden Schalen. Als er aufsah, lag die fein gekörnte Zeit schon zur Hälfte in dem unteren Glaszylinder.

Die Uhr hatte er in einem Antiquitätengeschäft in Nimwegen entdeckt und der Verkäufer hatte, als er sie nach 15 Minuten wieder umdrehte, gesagt: »So, und jetzt läuft die Zeit wieder zurück.« Die Sanduhr war nichts Besonderes und vielleicht hatte er sie nur gekauft, weil ihm diese Bemerkung so gut gefallen hatte.

Als er sie ins Regal zurückstellte, fiel es ihm ein. »Freitag. Heute ist doch Freitag«, sagte er und fügte in Richtung Katzen vorwurfsvoll hinzu: »Warum sagt ihr denn nichts?«

Er nahm seine Jacke und verließ eilig das Haus. Wenn er Glück hatte, würde er Paul in der Gaststätte Zur Linde antreffen. Und zwar ohne Hanna!

Das Lokal war gut besucht. Am Stammtisch, ein großer alter Eichentisch, wurde Skat gespielt, die Theke war lückenlos besetzt und im angrenzenden kleinen Saal spielten ein paar Jugendliche Billard. Über dem Stammtisch hing eine Lampe mit ausladendem Messingschirm, unter dem dicker Zigarrenrauch waberte. Hinter der Theke war ein Teil des Rückbuffets verglast. Dort reihten sich Pokale und Medaillen des hiesigen Schützenvereins, geschmückt mit Wimpeln und Bändern.

Paul saß, wie immer, alleine an dem kleinen Tisch unmittelbar neben dem Tresen. Manchmal beteiligte er sich an Thekengesprächen, aber meistens hörte er den anderen nur zu, trank zwei oder drei Bier und fuhr wieder heim. Karl klopfte auf die Theke, sagte »n'Abend zusammen« und bestellte ein Alt.

Lothar, der Wirt, sprach ihn sofort auf den Mord an, wobei er das Wort nicht benutzte, sondern von »die Frau, die da umgekommen ist« sprach. Karl fiel der Satz »Wer sich in Gefahr begibt, kommt darin um« ein und dachte, dass Lothar eine interessante Formulierung gewählt hatte.

»Nun sag schon. Habt ihr da einen festgenommen? War das einer von hier?«

»Gut Ding will Weile haben«, antwortete Karl ausweichend und sah zu Paul hinüber. Malermeister Schwers mischte sich ein. »War's denn jetzt ein Raubüberfall oder nicht?« Karl zuckte die Achseln. »Kann schon sein. Ich bin da nicht zuständig.«

Die Jugendlichen am Billardtisch grölten und Sebastian kam rüber an die Theke. »Sechs Wodka auf den Deckel von Marius«, grinste er breit. Als er Karl sah, grüßte er kurz und sah eilig weg.

Sebastian hatte schon viel Mist gebaut. War mit vierzehn in seine Schule eingebrochen, hatte mit Handys unbekannter Herkunft gehandelt und zuletzt ein Auto geklaut. Karl erwischte sich bei dem Gedanken: *Was, wenn es tatsächlich ein aus dem Ruder gelaufener Raubüberfall war?*

Er sah zu, wie Sebastian die sechs Schnapsgläser geschickt zwischen seine langen Finger steckte und jeden Blickkontakt mit ihm vermied.

Nein. Nein, der Junge wäre weggelaufen. Der hätte die Frau niemals von hinten erschlagen.

Er nahm sein Alt und setzte sich zu Paul an den Tisch. Ohne Umschweife kam er zur Sache.

»Ich war bei Theo Gerhard.«

Paul sah nicht auf, versenkte weiter seinen Blick im Bierglas.

»Der hat gesagt, Therese Peters sei ein Flittchen gewesen und er ein hochanständiger Mann, der immer nur seine Pflicht getan hat. Und im Krieg war nichts. Alles korrekt gelaufen, sagt der, sonst hätte er ja anschließend nicht wieder in den Polizeidienst gekonnt.«

Paul hob den Blick und sah Karl gleichmütig an. »Sagt er das? ... Ja dann.«

»Mensch Paul, wenn du was weißt ... ich mein, mal ehrlich, glaubst du, dass der Gerhard was mit dem Tod der Albers zu tun hat?«

»Weiß ich nicht.« Er sah an Karl vorbei zum Stammtisch hinüber. »Könnte.« Er trank von seinem Bier. »Der Tisch da«, sagte er, »ist schon ziemlich alt, weißt du das? Vor vier Jahren hat Lothar Hundertjähriges gefeiert, und so alt ist wahrscheinlich auch der Tisch ... Da haben sie immer alle gesessen. Ich war acht oder neun Jahre und mein Vater nahm mich einige Male mit hierher. Gerhard und Peters saßen da, und Hollmann und all die anderen in ihren schicken Uniformen. Hat mich beeindruckt. Die Schulterklappen, die blinkenden Knöpfe, die Pistolen an den Gürteln.«

Karl schwieg. Am Stammtisch schlug Herrmann Gärtner auf den Tisch und legte seine Karten hin. »Der Rest gehört mir«, rief er siegessicher mit seiner unmännlich hohen Stimme.

»Wir hatten zwei Kriegsgefangene auf dem Hof, und Peters kam regelmäßig, um zu kontrollieren. Vor meinem Vater schien er Respekt zu haben, jedenfalls ließ er ihm so einiges durchgehen. Die Russen aßen mit uns am Tisch und im Winter ließ der Vater sie im Haus übernachten. Peters wusste das, brachte es aber nie zur Anzeige.« Paul schnaubte ein kurzes Lachen. »Erst Jahre nach dem Krieg hab ich erfahren, dass Peters' Ariernachweis nicht sauber war. Seine Mutter Elisabeth stammte von einem der Nachbarhöfe. Der Bauer war der Vater und nahm das Mädchen auch an, aber die Mutter, also Wilhelms Oma, war eine der Mägde, und deren Herkunft war wohl eindeutig nicht arisch gewesen. Für den Nachweis vom Wilhelm hatte man sie einfach als eheliche Tochter des Bauern eingetragen. Als Peters und Gerhard einen der Russen übel zugerichtet hatten, ging Vater ins Rathaus zu Wilhelm Peters und sagte ihm: ›Wenn du weiterhin ein Arier sein willst, dann rate ich dir, meine Arbeiter nie wieder anzufassen‹.«

Er schwieg, drehte sein leeres Bierglas am Stiel hin und her und schüttelte dann resigniert den Kopf.

»Wenn ich aus der Schule kam, hielt Peters oft mit seinem dicken Wagen an und nahm mich mit. ›He Paul, ich muss zu euch, willst du mitfahren?‹, rief er dann, und die anderen Jungen beneideten mich. Ich war stolz wie Oskar.«

Er hob sein Glas hoch, sah zu Lothar hinüber und der nickte ihm zu.

»Im Herbst 1943 wurden die Russen abgeholt. Ich hatte keine Ahnung wieso, und wenn ich zu Hause fragte, kriegte ich von Hanna und dem Vater nur zu hören: ›Das geht einen Dreikäsehoch wie dich nichts an.‹ Dass auch Therese verhaftet worden war, wusste ich nicht. Ich hatte sie seit einigen Tagen nicht gesehen und auf meine Frage sagte Hanna, sie sei verreist.

Dann nahm Wilhelm Peters mich wieder mal mit, obwohl er nicht zu uns wollte. Er fragte mich, ob ich einen der Russen mit Therese gesehen hätte, sagte, dass es meine patriotische Pflicht sei, alles zu sagen. Therese hätte sich mit dem Feind eingelassen und Volk und Vaterland verraten. Solche wären eine Gefahr für den Endsieg, und ich könnte Deutschland einen großen Dienst erweisen, wenn ich da was gesehen hätte.«

Lothar brachte das Bier, machte einen Strich, und Karl bestellte ein neues Alt bei ihm. Paul beugte sich vor, schob sein Glas zur Seite, nahm den Bierdeckel auf und drehte ihn in seinen Händen.

»Ich sagte ihm, dass ich die beiden manchmal am Waldrand gesehen hatte und dass sie sich umarmt und geküsst hatten.« Er brach den Deckel in der Mitte durch und sah Karl an. »Er lobte mich, sagte, dass es um eine wichtige und geheime Sache ginge und dass ich mit niemandem darüber sprechen sollte.« Er senkte den Blick und nickte vor sich hin. »Und ich hielt mich für einen Helden. Ich, der kleine Paul, teilte ein Geheimnis von größter Wichtigkeit für unser Land mit SS-Scharführer Peters.«

Lothar brachte das Alt und sah vorwurfsvoll auf Pauls Hände, die den Bierdeckel in immer kleinere Stücke brachen. »He, was tust du? Wie soll ich dich gleich abkassieren, wenn du den Deckel zerreißt?«

»Drei«, sagte Paul und sah zu Lothar auf. »Weiß ich«, knurrte der zurück, malte drei Striche auf einen neuen Deckel und schob ihn an das Ende des Tisches, außerhalb von Pauls Reichweite.

Lothar war schon seit einigen Minuten wieder hinter seinem Tresen und Paul schwieg immer noch.

»Was geschah mit Therese?«, versuchte Karl es vorsichtig.

»Sie wurde nach einigen Tagen freigelassen. Gerhard hatte sie während der Verhöre halb tot geprügelt.« Er schob die Deckelschnipsel von sich weg. »Sie hat es nie gesagt. Sie hat nie gesagt, dass sie von meiner Aussage gewusst hat.«

Karl brauchte einen Augenblick. »Das verstehe ich nicht. Sie hat das gewusst und hat ihn trotzdem geheiratet?«

Paul schüttelte den Kopf.

»Sie hat gewusst, dass ich sie verraten habe. Aber sie dachte, ich hätte es Gerhard gesagt. Wilhelms Rolle in der Geschichte hat sie erst viel später begriffen.«

Karl neigte nicht zur Unruhe, aber jetzt spürte er eine leichte Nervosität. »Dann hat sie es tatsächlich getan? Dann hat sie Wilhelm Peters damals umgebracht?«

Paul angelte sich seinen Deckel vom Tischende und winkte Lothar. Er zahlte und auch Karl legte eilig Geld auf den Tisch.

Karl war zu Fuß und begleitete Paul zu seinem alten Mercedes.

»Hat sie es getan?«, versuchte er es ein letztes Mal.

Paul schloss seinen Wagen auf. Langsam schüttelte er den Kopf und Karl wusste nicht, ob er ihm damit seine Frage beantwortete oder die Antwort verweigerte.

Kapitel 34

25. April 1998

Therese Mende hatte, obwohl sie eine Schlaftablette genommen hatte, eine weitere unruhige Nacht verbracht. Erst in den frühen Morgenstunden fand sie in einen nebeligen Schlaf, in dem die alten Schatten umhergingen. Zerrissene Bilder, die sich zusammenhanglos aneinanderreihten und sie schuldig sprachen.

Als sie am Morgen aufwachte, war ihr das Wort »totschweigen« nicht mehr aus dem Sinn gegangen und im Bad, vor dem Spiegel, bezog sie es zum ersten Mal nicht auf ihre Vergangenheit, sondern auf sich. »Ich schweige mich zu Tode!«, flüsterte sie ihrem Spiegelbild entgegen und die Worte trafen sie mit einer solchen Wucht, dass sie taumelte.

Tillmann hatte ihre Geschichte gekannt, und vielleicht war sein Tod auch gerade darum so quälend gewesen und hatte diese Leere hinterlassen, weil sie das Gewicht der Schuld seither wieder alleine trug.

Ein stechender Schmerz in der Brust zog in den linken Arm und nahm ihr den Atem. Der Gedanke, ihre Tochter könnte sich, wie Robert Lubisch, nach ihrem Tod ahnungslos auf die Suche machen und feststellen, dass ihre Mutter sie ihr Leben lang belogen hatte, war plötzlich unerträglich. Und was würde sie finden? Die Reste einer Zeit, die im Laufe der Jahre verwittert und faulig geworden war, von Menschen weitergegeben, die sich unschuldig geredet hatten.

Sie nahm eine Herztablette. Nach dem Frühstück fühlte sie sich wieder kräftiger.

Auch Robert hatte eine kurze Nacht hinter sich, erschien aber pünktlich. Therese bat ihn, sie auf ihrem täglichen Spaziergang zu begleiten.

Sie gingen die schmale Straße hinunter und sie fragte nach seinem Leben in Hamburg. Er erzählte bereitwillig, sprach von seiner Frau Maren, seiner Arbeit im Krankenhaus und auch von seinem Vater und den Konflikten mit ihm, als er sich gegen eine Nachfolge im Unternehmen entschieden und Arzt geworden war. »Er war mir, denke ich heute, immer fremd. Als Kind war ich auf der Jagd nach seiner Nähe, seiner Zuneigung. Ich wollte ihm gefallen. Später kippten diese Bemühungen – wohl weil sie so unfruchtbar geblieben waren – und wenn ich es recht bedenke, hatte ich seine Aufmerksamkeit erst, als ich anfing mich zu verweigern.«

Am Strand sammelten sich die ersten Badewilligen, breiteten Handtücher und Decken aus, bliesen an dünnen Kinderärmchen Luft in orangefarbene Schwimmflügel, prüften die Wassertemperatur mit den Füßen und schauderten zurück.

Als sie die Bucht hinter sich gelassen hatten, schloss Therese ganz unvermittelt an ihre Erzählung vom Vorabend an.

1943/44

Die Tage vergingen und es kam keine Nachricht von Jurij. Wilhelm besuchte sie, war aber zurückhaltend und sprach auch ihr Eheversprechen nicht an. Sie vermied es, mit ihm über Jurij zu sprechen, sagte nicht, dass sie ihn noch einmal gesehen hatte, aber als nach zwei Wochen immer noch keine Nachricht kam, hielt sie es nicht mehr aus.

Sie gingen nebeneinander durch den Ort. Es war Mitte November.

»Ich habe Angst. Sie suchen doch sicher nach ihm. Wenn sie ihn erwischt hätten, dann wüsstest du das doch, oder?« Sie hatte ihre Hände in den Manteltaschen vergraben. Er schob mit einer Hand ihr Fahrrad und legte den Arm um ihre Schultern.

»Sie haben ihn nicht erwischt, weil niemand nach ihm sucht«, sagte er und fügte ganz selbstverständlich an: »Im offiziellen Bericht steht, dass Jurij sich befreien konnte und Gerhard ihn unmittelbar am Auto gestellt und erschossen hat.« Er blieb stehen und blickte sie an: »Er hat ihn natürlich nicht erschossen. Der Tote war ein anderer.« Thereses Hände verkrampften sich in ihren Manteltaschen. Sie blickte zu Boden, wagte es nicht, ihn anzusehen, hörte Jurij aus weiter Ferne sagen: »Da war noch ein Häftling im Wagen.«

Therese Mende und Robert Lubisch setzten sich auf eine Bank, die an einer breiten Stelle des Weges als Ruhe- und Aussichtspunkt diente. Sie sagte: »Sehen Sie, so ist das mit der Wahrheit. Ich könnte sagen, ich habe doch nur Jurijs Leben retten wollen, und es ist die Wahrheit. Ich könnte sagen, dieser andere wäre sowieso erschossen worden, und auch das ist wahrscheinlich eine Wahrheit. Aber wahr ist auch, dass meine Bitte um Jurijs Leben ein anderes Leben ausgelöscht hat.«

Robert Lubisch beugte sich vor, stützte seine Ellenbogen auf die Knie. Sie blickten hinaus aufs Meer. Thereses Worte kamen leise, vermischten sich mit dem Rhythmus der Wellen, als sie weitererzählte.

Sie berührten das Thema nie wieder und das Leben ging so selbstverständlich weiter, dass es ihr manchmal kaum erträglich war. Sie wartete weiter auf Nachricht von Jurij, den sie in Holland vermutete, aber Post kam nur von dem Gefreiten aus Frankreich. Zum Jahresende 1943 schrieb sie ihm ein letztes Mal. Sie bedankte sich für seine Mühe und erklärte, dass sich die Voraussetzungen geändert hätten und er ihr nicht weiter schreiben müsse.

Alwines Vater war in den Tagen, in denen Therese im Gefängnis war, an der Ostfront gefallen und Alwines Trauer war grenzenlos. Thereses verspäteten Kondolenzbesuch nahm Frau Kalder entgegen und sie entschuldigte ihre Tochter. Alwine zog sich ganz zurück, mied nicht nur den Kontakt zu Therese, sondern war auch für Wilhelm nicht mehr zu sprechen. Kurz vor Weihnachten, auf den Höfen und auf dem Kaldergut waren die letzten Viehbestände requiriert worden, trafen sie sich zufällig auf der Straße. Alwine war kaum wiederzuerkennen. Sie hatte stark abgenommen, ihre Augen waren stumpf und der schön geschwungene Mund, den Therese nur lächelnd in Erinnerung hatte, war schmal von Bitterkeit. Sie standen sich wie Fremde gegenüber. Alwine sagte, wie zu sich selbst: »Wir ziehen nach Weihnachten zu Verwandten nach Süddeutschland. Bis der Krieg vorbei ist, wird hier ein Verwalter eingesetzt.« Unvermittelt sagte sie: »Du wirst ihn also heiraten?« Therese senkte beschämt den Kopf. Sie erzählte, zunächst stolpernd und unsicher, dann überstürzt und mit etlichen Entschuldigungen gespickt, was sich nach ihrer Verhaftung ereignet hatte. Alwine unterbrach sie, noch ehe sie geendet hatte. »Du lügst, Therese«, zischte sie. »Warum lügst du mich an? Gerhard hat mir, schon bevor du verhaftet wurdest, gesagt, dass ihr heiraten werdet.« Dann drehte sie sich um und ging davon. Therese stand lange unbeweglich in der Kälte. Als sie sich endlich rührte, waren ihre Glieder steif und sie wankte auf unsicheren Beinen nach Hause.

Der Verdacht, der zunächst in ihrem Kopf wisperte, dann aber lauter und lauter wurde, schien ihr ungeheuerlich.

Für den nächsten Abend hatte Wilhelm sie in ein Lokal in Kleve eingeladen. Sie wollte ihn erst dort darauf ansprechen, hielt es aber nicht aus und fragte schon im Auto: »Wieso hat Theo schon vor meiner Verhaftung zu Alwine gesagt, dass wir heiraten werden?« Wilhelm reagierte sofort. Er lachte unbekümmert. »Ach Theo. Der hat nicht verstanden, warum ich Alwine nicht erhöre. Wieso ich ihr keinen Antrag mache.« Dann fuhr er rechts ran, hielt den Wagen an und sah Therese an. Er streichelte ihr Gesicht. »Ich habe gesagt, es gibt nur eine Frau, die ich heiraten würde, und das bist du.« Dann seufzte er. »Theo ist ein grober Klotz. Er hat es Alwine gesagt.«

Wie erleichtert sie war. Ihr Verdacht kam ihr plötzlich absurd vor. »Es ist die Sorge um Jurij«, sagte sie sich. »Die Sorge um Jurij raubt mir noch den Verstand.«

Robert Lubisch und Therese Mende gingen weiter. Sie kamen an eine Stelle, wo der Felsweg schmaler wurde und hinunter in die nächste Bucht führte. Sie mussten hintereinander gehen. Die Sonne stand jetzt weiß und hoch, vom Meer her wehte ein sachter, salziger Wind und brachte angenehme Kühlung. Unmittelbar hinter dem kleinen Strand begann ein Pinienwald. Hier gab es keine Hotels oder Feriensiedlungen, nur eine provisorisch zusammengezimmerte Holzhütte, die als Strandbar diente, und eine Handvoll Badegäste.

Therese drehte sich zu Robert Lubisch. »Die machen einen ausgezeichneten Kaffee«, lächelte sie und ging zielstrebig auf einen Tisch unter einem strohgedeckten Sonnenschirm zu. Der junge Mann hinter der Bar grüßte winkend und brachte unaufgefordert zwei doppelte Espressi und eine Karaffe Wasser.

Der Duft der Pinien mischte sich mit dem Salzgeruch des Meeres. Es war angenehm still und Robert meinte zu spüren, dass die Zeit hier langsamer verging, bedächtiger. Er sah Therese direkt an und stellte die Frage, die ihn schon seit dem vergangenen Abend beschäftigte. »Der Gefreite«, begann er vorsichtig, »der Gefreite, der Ihnen aus Frankreich geschrieben hat, hieß Friedhelm Lubisch, nicht wahr?«

Sie wich seinem Blick aus, nickte aber zustimmend. Die nächste Frage jagte ihm einen Schauer über den Rücken, ergab sich aber ganz selbstverständlich. »Hat er Sie besucht? War mein Vater nach dem Krieg in Kranenburg?«

Therese Mende rührte in ihrem Kaffee. »Lassen Sie mich der Reihe nach erzählen«, sagte sie mühsam und tätschelte tröstend seine Hand.

Im Frühjahr 1944 glaubten nur noch die Unverbesserlichen an den »Endsieg«. Überall flüsterte man von einer Wunderwaffe. Eine Wunderwaffe, die das Blatt wenden würde. Gleichzeitig kamen täglich Nachrichten von gefallenen Männern, Söhnen und Brüdern in die Häuser. Das Sterben wurde selbstverständlich. Jene Monate sind dünn in ihrer Erinnerung. Eilig trieb sie von Tag zu Tag, verschloss Ohren und Augen, raste abends mit dem Fahrrad nach Hause, nur von dem einen Gedanken beherrscht: Heute! Heute wird eine Nachricht von Jurij da sein.

Ihre tägliche Arbeit in der Fabrik, die Treffen mit Wilhelm, die Versorgung von Haus und Garten, alles waren nur Bewegungen und Worte, die sich zwangsläufig aneinanderreihten. Ein Schattenreich, das unter ihrer Hoffnung auf ein Lebenszeichen von Jurij dümpelte.

Aber die Hoffnung brauchte sich auf, fiel lautlos über den Rand dieser stumpfen Tage. Zuerst in den Nächten, wenn sie die verstrichenen Wochen an ihren Fingern abzählte, dann an den Sonntagen in der Kirche, wenn sie Gott um Vergebung bat, weil sie Jurijs Leben mit dem Tod eines anderen erkauft hatte, und zum Schluss am helllichten Tag, wenn sie aus ihrer Trance aufschreckte und mit plötzlicher Gewissheit wusste, dass sie längst Nachricht hätte, wenn er noch leben würde.

»Das Schlimmste war«, flüsterte sie in ihre Kaffeetasse, »dass meine Erinnerung an ihn verblasste. Seine Gesichtszüge, seine Gestalt, sein Lächeln, sein Gang. Alles schmolz wie Schnee an den ersten warmen Tagen nach dem Winter. Nur seine Stimme ist mir geblieben. Die Art, wie er das ›R‹ in meinem Namen gerollt hat, höre ich bis heute.«

Als der Sommer kam und auch die letzten halbwegs wehrtauglichen Männer eingezogen waren, hingen die roten Hakenkreuzfahnen verblasst und müde vor dem Rathaus und die Westfront rückte unaufhörlich näher. Mit schweren Füßen und zähen Schritten ging sie durch die Tage und wenn in der Fabrik die Sirenen aufheulten und alle in die Keller rannten, erhob sie sich ganz langsam, ging gemächlich durch die leeren Hallen und dachte: Jetzt. Jetzt endlich.

Im August war die Front bereits in Eindhoven und in den Nächten lag ein roter Schein am Horizont. Das Donnern der Geschütze war fernes Gewitter unter sternenklarem Himmel. Der Vater kam nicht mehr nach Hause, lebte im Lazarett, und die Mutter, so schien es ihr, in der Kirche.

Wilhelm organisierte die Heimatfront. An einem Freitag sagte er: »Therese, bitte lass uns jetzt heiraten. Du hast es versprochen und ich habe dir fast ein Jahr Zeit gegeben. Jetzt will ich nicht mehr warten.«

Und sie hatte genickt. Sie hatte genickt, weil er alles getan hatte, um Jurijs Leben zu retten. Sie hatte genickt, weil sie ihm das schuldig war. Sie hatte genickt, weil ein Leben nach dem Krieg undenkbar war.

Therese schob ihre Tasse in die Mitte des Tisches. »Wir haben am 25. August 1944 im Rathaus geheiratet. Keine große Zeremonie. Meine Mutter und Wilhelms Eltern waren da. Martha und eine Verwaltungsangestellte waren unsere Trauzeugen.«

Sie schwieg lange. Dann fuhr sie mit der Hand über die Tischplatte, als wolle sie das Bild auswischen, und erhob sich. Robert stand ebenfalls auf, ging in Richtung Bar, um die Getränke zu bezahlen. Therese hielt ihn zurück. »Nein, nein. Ich trinke hier täglich einen Kaffee und zahle am Ende des Monats.«

Als sie sich auf den Rückweg machten, fragte er: »Und Ihr Vater war nicht dabei?« Sie schüttelte den Kopf. »Nein. Ich war in Bedburg-Hau und habe nach ihm gefragt, aber man konnte mir nur sagen, dass er in einem der vielen behelfsmäßigen Lazarette war, die in Schulen, in den Sälen von Gaststätten und in öffentlichen Gebäuden eingerichtet worden waren. Ich habe ihn nicht gefunden.« Sie hielt kurz inne. »Ich glaube, ich wollte ihn auch nicht finden.«

Kapitel 35

25. April 1998

Samstags war die Dienststelle eigentlich nicht besetzt, aber Karl van den Boom war gegen neun Uhr trotzdem vor Ort. Wenn nachts oder an den Wochenenden in seinem Zuständigkeitsbereich etwas passierte, wurden die Anrufe automatisch ins Präsidium nach Kleve weitergeleitet. Er rief dort an, um nachzufragen. Die Kollegin meldete, dass am späten Abend der achtjährige Moritz Geerkes vermisst gemeldet worden war, nach drei Stunden aber in einem Park, zusammen mit einem Freund, aufgegriffen wurde. Außerdem war ein Auto als gestohlen gemeldet worden. »Sonst war alles ruhig bei euch«, sagte die Kollegin und er legte auf.

Anschließend rief er in Kalkar an und erreichte Werner Steiner. »Schwierig«, sagte der. »Der Exmann fällt aus, hat ein wasserdichtes Alibi.« Karl hörte, wie Steiner auf seiner Computertastatur hämmerte. Dann machte er eine Pause und sagte: »Die Spurensicherung hat Fingerabdrücke auf dem Schreibtisch sichergestellt, die wir nicht zuordnen können. Wir brauchen zum Vergleich die Fingerabdrücke von den beiden Gärtnern, die die Leiche gefunden haben. Wenn du sowieso im Büro bist, kannst du das doch übernehmen?« Karl überlegte kurz, dann sagte er zu.

Er rief im Gartenbauunternehmen Schoofs an. Die beiden Mitarbeiter waren da.

»Was willst du denn von denen?«, fragte Matthias Schoofs.

»Fingerabdrücke«, antwortete Karl. »Wir haben welche

gefunden und jetzt müssen wir wissen, ob die von deinen Mitarbeitern sind oder vielleicht vom Täter.«

»Ach so. Ja dann.« Schoofs versprach, seine Angestellten in der nächsten Stunde vorbeizuschicken.

Bei einer Tasse Kaffee und einem Käsebrot dachte Karl über den Abend mit Paul nach. Er war immer ein komischer Kauz gewesen. Karl war hier geboren und schon als er noch ein Kind gewesen war, umgab die Hövers diese Aura der Sonderlinge. Er hatte den alten Höver noch vor Augen. Der war Anfang der Sechzigerjahre gestorben und Karl erinnerte sich, dass er selbst im hohen Alter eine imposante Erscheinung gewesen war. Der Hof war im Krieg teilweise zerstört worden, und die beiden ältesten Söhne hatten gleich zu Anfang in den Krieg gemusst und waren beide gefallen. Die Landwirtschaft war auf dem Höverhof nie wieder auf die Beine gekommen, obwohl Vater Höver, Paul und Hanna fleißig waren. Sie lebten zurückgezogenen, man sah sie nur an den Sonntagen in der Kirche, und nach dem Tod des Alten war Hanna nach Kleve gegangen und Krankenschwester geworden. Paul hatte den Hof geerbt und Sofia geheiratet. Sie war keine Bäuerin gewesen und nach zwei Fehlgeburten konnte sie wohl auch keine Kinder mehr bekommen und blieb kränklich. Paul verpachtete und verkaufte immer mehr Acker- und Weideland, weil er alleine damit überfordert war. »Runtergewirtschaftet«, hieß es, wenn damals vom Höverhof die Rede war.

So jedenfalls hatte Karl es all die Jahre in Klatsch- und Kneipengesprächen gehört.

In den Siebziger- und Achtzigerjahren hatte es eine Menge Leute gegeben, die an dem Kotten interessiert gewesen waren. Eine schöne Lage und ein Haus, das man mit handwerklichem Geschick wieder herrichten konnte. Leute aus dem

Ruhrgebiet waren da gewesen und hatten, so war damals erzählt worden, gutes Geld geboten. Aber Paul hatte nicht verkauft. Als Rita Albers auftauchte, stand ihm das Wasser wohl endgültig bis zum Hals und er ließ sich auf den Pachtvertrag ein.

Karl stellte sich ans Fenster der Wache und sah auf den Parkplatz hinaus. Die Linde, die das Büro im Sommer angenehm kühl hielt, zeigte ihre ersten jungen Blätter, und in wenigen Tagen würde sie dem Licht im Raum einen gelbgrünen Schimmer geben. Dann hielt er sich besonders gerne hier auf, setzte sich, so oft es ging, vor die Tür. Ein Mauersegler flog vorbei und rief sein hohes »Srii, Srii«, als ein Auto mit der Aufschrift »Gartenbau Schoofs« unter der Linde hielt.

Klaus Breyer und Jan Neumann kamen in ihren grünen Latzhosen hereingeschlendert.

Während er bei Breyer die Fingerabdrücke abnahm, schimpfte Jan vor sich hin und wollte wissen, ob die Abdrücke gespeichert würden und womöglich in irgendeiner Verbrecherkartei landeten. Van den Boom beruhigte ihn. Er drückte Breyers Finger auf Stempelkissen und Papier und fragte: »Warum wart ihr eigentlich da? Ich meine: Was war euer Auftrag?«

Wieder polterte Jan los: »Siehste«, wandte er sich an Klaus Breyer, »hab ich dir doch gesagt. Wenn die den Kerl nicht finden, der das getan hat, dann müssen wir herhalten. So machen die das.«

Van den Boom schüttelte den Kopf. »Junge, jetzt beruhig dich mal. Niemand verdächtigt euch. Ich will nur wissen, ob ihr Blumen pflanzen oder Bäume beschneiden oder den Rasen mähen solltet.« Breyer wischte sich die Finger mit einem Papiertaschentuch ab. »Es ging um den Brunnen. Wir sollten einen neuen Brunnen anlegen.«

Van den Boom winkte Jan zu sich, der nur zögerlich bereit war, seine Finger herzugeben.

Als die beiden wieder fort waren, entschloss Karl sich, die Abdrücke persönlich zu Steiner zu bringen. Auf der Fahrt konnte er noch mal in Ruhe nachdenken. Was die Gärtner gesagt hatten, spukte in seinem Kopf herum, und das wollte er mit Steiner besprechen.

Kapitel 36

25. April 1998

Therese lud Robert zu einem Imbiss ein und sie setzten sich auf den überdachten Teil der Terrasse. Luisa servierte zunächst Sherry und brachte zehn Minuten später gebratene Champignons und Pimientos, Manchego mit roten Zwiebeln, Oliven, Seranoschinken und Baguette. Sie aßen eine Weile schweigend, und Robert genoss Geschmack, Anblick und den feinen Duft der Speisen. Therese schien in Gedanken versunken, und er hatte inzwischen gelernt, dass er sie nicht drängen musste, dass sie weitererzählen würde, wenn sie so weit war.

Er nahm noch ein Stück von dem Manchego, als sie den Faden wieder aufnahm.

1944

Die Hölle begann im September. Die deutschen Truppen flohen kopflos von Holland aus zurück über die Grenze. Jeder der Schüppe oder Spaten benutzen konnte, wurde aufgerufen, sich am Sportplatz einzufinden. Sie wurden mit Lastwagen in Richtung Grenze transportiert und sollten Panzergraben ausheben. Therese arbeitete Seite an Seite mit Hanna und ihrem Schwiegervater, dem Apotheker Peters.

Der 17. September war Kreuzerhöhungssonntag. Morgens die Heilige Messe und am Nachmittag sollte die Prozession sein. Therese und ihre Mutter waren zusammen mit den

Hövers auf dem Weg zur Kirche, als Jagdbomber tief über die Ebene flogen, mit Maschinengewehren schossen und Handgranaten warfen. Wenn die Motorengeräusche näher kamen, warfen sie sich in die Gräben an den Feldrändern. Die Erde um sie herum spritzte auf, fiel wie schwarzer Regen zurück auf den Boden, und wenn das Staccato der Gewehrsalven sich entfernte, spürte sie jedes Mal einen Augenblick der Verwunderung. Ein taubes Schweben. Erst wenn auch die anderen sich bewegten und aus dem Graben krochen, verstand sie, dass sie noch lebte. Kurz vor Kranenburg trafen mehrere Kugeln die Mutter. Keine Tränen. Eine Unbeweglichkeit in den Gedanken, blockiert von einem »Nein«. Immer nur »Nein«. Nie ein anderes Wort gekannt. Eine instinktive Beweglichkeit der Glieder, die ungedachten Gesetzen folgte. Sie trug die Mutter mit Hövers Hilfe bis zur Kirchenmauer und blieb, den Kopf der Mutter im Schoß gebettet, dort sitzen. Wiegte ihren Oberkörper hin und her, sah all das Blut auf ihrem Kleid, dachte, es sei ihres, hörte den Gesang in der Kirche, hörte »... Herr wir preisen deine Stärke, vor dir neigt die Erde sich und bewundert deine Werke ...«

Höver kam mit zwei Nachbarn. »Gib sie uns«, sagte er und sie nahmen ihr die Mutter ab. Sie sah unbeweglich zu, wie sie sie im Schutz der Kirchenmauer zur Friedhofskapelle trugen, sah, wie die Männer sich mit der Toten auf die Erde warfen, als neue Maschinengewehrsalven vom Himmel ratterten und in die Kirchenmauer einschlugen. Sie sah Hövers Gesicht über sich, der jetzt sie hochhob, und es schien ihr selbstverständlich, dass er auch sie zur Kapelle tragen und neben die Mutter legen würde. Aber er nahm sie mit in die Kirche, setzte sie zwischen sich und Hanna in die Kirchenbank. Hanna weinte, und erst als der Gottesdienst zu Ende war, spürte sie ein immer heftiger werdendes unkontrolliertes Zittern, das sie wachrüttelte. Am nächsten Tag beerdigten sie die Mutter und vier weitere Tote in aller Eile. Kein Totenkleid, kein Sarg mit Kissen und feiner Decke. Eine rohe Holzkiste, ein kleines Gebet, ein eiliger Segen.

Die Tage danach waren Nächte. Der Himmel schwarz vom Rauch der brennenden Dörfer, Höfe, Waldstücke und Alleen. Das ganze Land schien in Flammen zu stehen, lodernd-rot zu brüllen vor Schmerz. Verwundete und sterbende Soldaten in den Häusern, verendende Tiere auf den Feldern und Straßen, das Land aufgewühlt, unkenntlich gebombt, und die Menschen taub vom Lärmen der Maschinengewehre, Bomben, Granaten und Flugzeuge. Im Oktober wurde Kranenburg endgültig evakuiert. Therese ging zusammen mit den Hövers nach Bedburg-Hau. Ein Pferdewagen, von dem letzten Ochsen gezogen, trug die dürftige Resthabe der Hövers über die Landstraße. Therese hatte nur einen Koffer dabei. Zusammen mit Hanna wurde sie zur Pflege der Verwundeten eingeteilt. Es gab keine Medikamente und keine Schmerzmittel. Eigentlich waren sie nur dazu da, den Sterbenden die Hand zu halten. Wenige Tage später traf sie ihren Vater wieder, den sie im ersten Augenblick nicht erkannte. Er war ein Schatten seiner selbst, seine Brille war mit Pflaster zusammengehalten, ein Glas war zerbrochen. Als sie ihm vom Tod der Mutter berichtete, schloss er die Augen und nickte stumm. Keine Fragen. Auch als sie ihm am nächsten Tag sagte, dass sie Wilhelm geheiratet habe, reagierte er so, nickte und strich ihr geistesabwesend uber die Wange. Er war von einer Müdigkeit, die ihn von innen auffraß, wie eine Flamme unter einer Glaskuppe, die den letzten Sauerstoff verbraucht.

Luisa kam, um den Tisch abzuräumen, und Therese bat sie um zwei Kaffee. Sie lehnte sich in ihrem Stuhl zurück und strich mit der Hand über die massive Tischplatte. »Erst als der Krieg vorbei war und wir Mutters Grab besuchten, weinte er und fragte, wie es passiert sei. Es gab im Winter 1944/45 keine Zeit für Trauer, und manchmal denke ich, dass das eine der Tragödien dieses Krieges war, vielleicht jedes Krieges ist. Wenn wir keine Zeit zum Trauern haben, verlieren wir eine Dimension unseres Menschseins.«

Luisa brachte den Kaffee in zwei zierlichen weißen Porzellantässchen und stellte eine dazu passende Zuckerschale auf den Tisch. Robert rührte einen Löffel Zucker hinein. Auf dem Nachbargrundstück bellte aufgeregt ein kleiner Hund.

Erst im Mai kehrten die Hövers und Therese in den Kotten zurück und nahmen auch die Eltern von Wilhelm auf, deren Wohnhaus samt Apotheke ausgebrannt war. Frieden. Es war endlich Frieden, aber das Wort war noch zerbrechlich. Als sie durch die zerstörten Orte zogen, die Landstraße entlang an Bombentrichtern und schwarzen Baumruinen vorbei, konnte sie es zunächst nicht einordnen, aber die Stimmen der anderen, deren Schritte und das Knarren der Handkarrenräder schienen die einzigen Geräusche zu sein. Erst am nächsten Tag, als sie für einen Moment alleine war, nahm sie es wahr. Eine unendliche Stille. Der Frühjahrshimmel hoch und blau und kein Vogel weit und breit. Nicht mal das Gekrächze der sonst allgegenwärtigen Saatkrähen war zu hören und sie begriff, dass sie immer noch lauschte, dass sie immer noch das Geräusch herannahender Flugzeuge erwartete. Noch jahrelang lauschte sie auf diese Weise, suchte, als die Vögel schon lange zurück waren unter deren Gesang nach dem fernen Brummen von Motoren.

Das Wohnhaus des Höverhofes hatte große Schäden und die Scheune war niedergebrannt. Zu sechst richteten sie sich im Kotten ein, gingen morgens in aller Frühe hinüber zum Hof, räumten den Schutt weg, klopften Steine und nach vier Wochen zogen Hanna, Paul und der alte Höver zurück in den Teil des Wohnhauses, der nun einigermaßen bewohnbar war. Von Wilhelm kam im Spätsommer Nachricht. Er war in britische Gefangenschaft geraten. Frau Peters und ihr Mann lagen sich weinend in den Armen vor Glück. Auch Therese freute sich, dass Wilhelm lebte. Er schrieb: »In der Schlacht im Reichswald habe ich Verbrennungen an Armen und Beinen erlitten, bin aber inzwischen auf dem Weg der Besserung.« Und auf der Rückseite des groben, grauen Papiers beschwerte er sich: »Viele Soldaten sind schon entlassen worden, aber wir von der SS werden immer wieder verhört. Sie nennen uns Kriegsverbrecher und wir müssen nachweisen, wo wir im Laufe des Krieges gedient haben. Die begreifen nicht, dass wir alle nur unsere Pflicht getan haben.«

Die Hövers bekamen vier halbverhungerte Kühe zugeteilt, Therese legte den Gemüsegarten am Kotten neu an, und als der Vater zurückkehrte, kümmerte sie sich um ihn. Er schien unter ihren Augen zu schwinden, so als fordere eine ungeheure Kraftanstrengung nun endgültig ihren Tribut. Erst wenige Tage vor seinem Tod 1946 fragte er sie, warum sie Wilhelm geheiratet hatte. Sie erzählte es ihm. Er streichelte ihr mit seiner inzwischen dürren, von blauen Adern überzogenen Hand über die Wange und nickte ihr zu. Seine Berührung war von einer solchen Zärtlichkeit gewesen, sein Blick so voller Verständnis, dass sie es wie eine Art Absolution empfand. Drei Tage später lag er morgens tot in seinem Bett, und so schmerzhaft der Verlust auch war, so empfand sie doch auch Dankbarkeit beim Anblick des Friedens in seinen Gesichtszügen.

Sie beerdigten ihn neben der Mutter. Über hundert Menschen nahmen an der Trauerfeier teil und kondolierten ihr. Auch all jene, die sie und ihre Eltern in den vergangenen Jahren gemieden hatten. Ganz selbstverständlich taten sie das, und Therese, die bei den ersten Händen, die ihr hingehalten wurden, zögerte, fand sich kleinlich, dachte, alle haben einen neuen Anfang gemacht, nur sie nicht.

Die Sonne war über die Bucht gewandert und die hohen Palmen, die an der Grenze des Nachbargrundstückes standen, schoben ihre Schatten auf den offenen Teil der Terrasse. Die Blüten der Hibiskussträucher, die in großen Tonkübeln wuchsen, wechselten in diesem neuen Licht von Rotorange über zu einem Blutrot. Therese Mende stand auf. »Kommen Sie. Setzen wir uns vorne ans Wasser. Die Sonne verliert an Glut und der leichte Wind wird uns guttun.« Sie standen an dem Geländer und blickten über das Meer. Die Stimmen der Badegäste lagen im Wind und manchmal meinte Robert, einen gerufenen Namen zu erkennen. »Wenn man bedenkt, auf welch grauenhafte Weise Millionen Menschen damals gestorben sind, dann kommt mir meine Geschichte albern vor. Aber ein Schmerz hört nicht auf, nur weil man weiß, dass andere noch viel größere Schmerzen ertragen mussten.« Sie schwieg einen Augenblick, fuhr sich mit der linken Hand durchs Haar, als wolle sie den Gedanken ausstreichen.

Sie schüttelte damals all diese Hände, hörte ihre Beileidsbekundungen, sah, wie sie verschämt ihrem Blick auswichen und dachte zum ersten Mal, dass sie nicht bleiben konnte. Es war, als stapelten sich hier, zwischen all diesen Menschen, ihre Verluste. Die Mutter, Leonard, Jacob, Jurij und Vater.

Selbst Frau Hoffmann, die seit Kriegsende in ihrem Laden Lebensmittel verkaufte und Wucherpreise nahm, wenn man keine Lebensmittelkarten vorweisen konnte, kondolierte. Keine Sekunde der Verlegenheit. Ganz selbstverständlich sagte sie: »Es tut mir so leid, Kindchen. Er war ein großartiger Mann. Sein Tod ist für uns alle ein Verlust, aber man muss in diesen schweren Zeiten nach vorne schauen.« Und dann wartete Theo Gerhard nach der Beerdigung vor dem Friedhof auf sie. Er trug eine Armbinde, die ihn als Polizist auswies, und sie traute ihren Augen nicht. Er sagte, dass er das damals habe tun müssen, dass er seine Vorschriften hatte, wie man – und er sagte es tatsächlich – mit Feindhuren umzugehen hatte. Als sie schwieg, wurde er unruhig. »Du solltest nicht vergessen, dass ich dem Russen das Leben gerettet habe«, sagte er leise und dann stapfte er mit eiligen Schritten davon.

Therese Mende schob sich eine Haarsträhne aus dem Gesicht und sah Robert Lubisch an. »Wilhelms Eltern blieben noch gut ein Jahr, dann zogen sie zu Verwandten nach Schwerte. Im Frühjahr 1948 kam Wilhelm aus der Gefangenschaft zurück. Er hatte ein Papier, das ihn als Mitläufer einstufte, und er zeigte es überall herum, war auf eine lächerliche Weise stolz darauf. Drei Monate später bekam er eine Anstellung im notdürftig eingerichteten Bauamt. Unsere Ehe war nicht glücklich. Er liebte mich, war fürsorglich und fleißig, aber ich konnte seine Zuneigung nicht erwidern. Er spürte das. Und dann kam der Sommer 1950. Zum ersten Mal nach Kriegsende gab es wieder ein Schützenfest.«

Kapitel 37

25. April 1998

Als Karl das Präsidium erreichte, standen nur vier Wagen auf dem Parkplatz und im Gebäude herrschte auf den Fluren samstägliche Stille. Er legte Steiner den Umschlag mit den Fingerabdrücken auf den Schreibtisch.

»Ich dachte, ich komme grade selber und frage mal, ob es Neuigkeiten gibt.«

Steiner lächelte zufrieden. »Und ob. Wir wissen, wer Therese Peters ist«, sagte er gut gelaunt.

»Hmm«, machte Karl und wartete. Es vergingen mehrere Sekunden, dann sagte er: »Ja und? Wer ist sie?«

Steiner sah ihn an. »Therese Mende. Sie ist millionenschwer und lebt auf Mallorca.«

Karl pfiff durch die Zähne. Dann fragte er mit leicht ironischem Unterton: »Und? War sie hier und hat die Albers ermordet?«

Steiner griff zur Brille, die vor seiner Brust baumelte.

»Bis jetzt haben wir keinen Hinweis darauf, dass sie hier war, aber ... so eine würde das ja nicht selber tun.«

»Habt ihr mit ihr gesprochen?«

»Nein, dieser Journalist Köbler ist erst vor einer viertel Stunde hier raus. Aber es kommt noch besser. Die Kollegen aus Hamburg haben mitgeteilt, dass Robert Lubisch verreist ist, und rate mal, wo er sich aufhält?« Steiner legte eine Kunstpause ein und triumphierte: »Er ist gestern nach Mallorca geflogen.«

Karl setzte sich und fuhr mit der Linken über Wangen und Mund. »Das heißt, ER hat sie auch ausfindig gemacht.«

Steiner klapperte mit seinen Brillenbügeln. »Das ist die eine Möglichkeit; die andere wäre, dass sie sich schon vorher kannten.«

Karl schüttelte langsam den Kopf. »Ach komm, wieso sollte der die Albers um die Recherche gebeten haben, wenn er schon lange wusste, wer Therese Peters heute ist?«

Steiner seufzte. »Das ist schon richtig, aber dass er die Albers um Nachforschungen gebeten hat, wissen wir nur von ihm. Dafür gibt es sonst keine Belege.« Er klopfte auf die Akte, die aufgeschlagen auf seinem Schreibtisch lag. »Weder die Frau im Meldeamt noch dieser Schröder vom Archiv erwähnen, dass sie irgendwas von einem Auftrag gesagt hat. Was ist, wenn die Albers das Foto nicht von ihm hatte, sondern im Laufe ihrer Recherche auf diesen Lubisch gestoßen ist und sich mit ihm in Verbindung gesetzt hat? Was, wenn ihm das nicht recht war?«

»Hm.« Karl ließ sich die Sache durch den Kopf gehen. Es stimmte natürlich, dass sie über Robert Lubisch nicht viel wussten. »Wenn ihr jetzt in diese Richtung ermittelt, dann geht ihr aber auch davon aus, dass es mit dem Verschwinden von Wilhelm Peters zu tun hat, oder?«

Steiner setzte seine Brille auf. »Ja, das scheint wahrscheinlich. Jedenfalls haben wir im Augenblick nichts anderes und Köbler sagt, dass die Albers von einer ganz großen Story gesprochen hat. Sie hatte noch nicht alles beisammen, aber sie hat offensichtlich in ein Wespennest gestochen und irgendjemand hat sie gestoppt.«

Karl vertiefte sich in den Anblick der Aktenstapel auf Steiners Schreibtisch. »Die Gärtner hatten den Auftrag, einen Brunnen anzulegen«, sagte er nachdenklich und ohne aufzusehen. Steiner zog die Stirn in Falten und schüttelte verständnislos den Kopf. »Ja, und?«

»Ich meine nur. Ich weiß nicht genau, wie man heutzutage so einen Brunnen anlegt, aber die hätten dann sicher auf dem Grundstück gebohrt oder gegraben. Im Bericht steht, dass das Grundstück damals untersucht worden ist, aber zuständig war der Gerhard, und der ... na ja, der hat Dreck am Stecken.«

Steiner schwieg einen Moment. »Du meinst ...« Karl stand auf. »Genau! Ich meine. Ich rede mal mit Schoofs. Wäre doch interessant zu wissen, wer von dem neuen Brunnen gewusst hat.«

In der Gärtnerei war Matthias Schoofs zusammen mit seiner Frau damit beschäftigt, Jungpflanzen ins Treibhaus zu räumen. Schoofs hob die Hand zum Gruß. »Was gib es denn jetzt noch, Karl?«, rief er, ohne seine Arbeit zu unterbrechen. »Die Jungs haben Feierabend. Die kommen erst Montag wieder.« Dann hielt er inne. »Hast du eigentlich nie Wochenende?«

Karl lachte gutmütig. »Doch, doch. Ich hab auch nur noch eine Frage wegen dem Brunnen bei der Albers.«

Schoofs winkte ab. »Den haben wir doch gar nicht gemacht. Hatte sich doch erledigt.«

»Ja, ja. Mich interessiert ... ich mein, wer hat davon gewusst? Wer wusste, dass ihr da einen Brunnen anlegen solltet?«

Schoofs zuckte mit den Schultern. »Woher soll ich wissen, wem die das erzählt hat? Also hier wussten das nur ich, meine Frau, der Jan und Klaus. Sonst niemand.« Er ging zu einem Metallregal auf dem Holzkisten mit Salatpflanzen standen, klappte mit dem Fußrücken die Bremsen hoch und schob das Gestell in Richtung Treibhaus. Karl war enttäuscht.

»Ach, mit Hanna hab ich telefoniert. Hab nachgefragt, ob sie sich erinnern könnte, wo der alte Brunnen gestanden hat und wie tief der war.«

Karl ging zu Schoofs und half schieben. Er spürte einen Kloß im Hals, als er fragte: »Und was hat sie gesagt?«

»Dass der seit dem Krieg verschüttet ist. Wie tief der war, wusste sie nicht mehr.« Im Treibhaus ging Schoofs um das Metallgestell herum und trat die Bremsen wieder fest.

Karl bedankte sich und wünschte ein schönes Wochenende. Im Auto blieb er minutenlang sitzen. Hanna und Paul. Alles in ihm wehrte sich gegen diesen Verdacht, alles sträubte sich zum Höverhof zu fahren. Erst als Schoofs sorgenvoll die Zufahrt hinunterblickte, startete er seinen Wagen und fuhr davon.

Auf dem Höverhof traf er Hanna im Stall an.

»Was gibt es denn jetzt schon wieder?«, begrüßte sie ihn, während sie eine der Pferdeboxen ausmistete.

»Ich muss mal mit euch sprechen«, sagte er tonlos und Hanna stützte sich auf den Stiel ihrer Mistgabel und sah ihn ruhig an.

»Worum geht es? Wir haben zu tun«, warf sie auf ihre knappe Art hin und beäugte ihn misstrauisch. »Außerdem ist Paul unterwegs.«

»Es geht um den Brunnen.« Karl öffnete die halbhohe Boxentür und sah, wie Hannas Gesicht sich schmerzlich verzog.

Sie stieß die Zinken der Gabel in einem gleichmäßigen Takt auf den Betonboden und schwieg. Er lehnte sich an den Holzbalken, an dem ein Lederhalfter und ein Führstrick an einem Haken hingen. Dann lachte sie bitter auf.

»Wirst ja wohl noch so viel Zeit haben, dass ich das hier fertig machen kann.« Sie schob die Mistgabel in das Stroh und warf es auf die Schubkarre, als sei Karl gar nicht da. Und Karl wusste, dass sie nicht mit ihm reden würde, bis ihre Arbeit erledigt war.

Kapitel 38

25. April 1998

Therese Mende schob ihren Sessel zurück. »Warten Sie einen Augenblick, Robert. Ich möchte etwas holen und Luisa Bescheid sagen, dass Sie zum Abendessen bleiben. Davon darf ich doch ausgehen?«

Robert Lubisch strich sich mit beiden Händen durch das Haar. Dann sagte er: »Gerne.« Er ließ die Arme sinken, spürte auch jetzt, genau wie beim Anruf von Rita Albers, diese Sorge, dieses Zurückweichen vor dem, was noch kommen könnte. Therese Mende verschwand im Haus und die unheilvolle Erwartung, ein unbestimmter Druck auf seinen Schultern, nahm weiter zu. Er legte den Kopf in den Nacken, betrachtete das hohe, weiche Blau des Himmels. Immer war er auf der Suche nach einem Fleck auf der blütenweißen Weste des Vaters gewesen, hatte sich zu dessen Lebzeiten gewünscht, seiner großspurigen Selbstherrlichkeit etwas entgegenhalten zu können. Und jetzt, das spürte er genau, würde er es finden, und es wäre nicht nur ein Fleck. Er stand auf, ging die Terrasse mit großen Schritten ab, hatte für einen Augenblick den Impuls, fortzugehen, die Dinge ruhen zu lassen.

Als Therese Mende zurückkam, setzten sie sich wieder und sie legte ein Ledermäppchen, eine Art Brieftasche, auf den Tisch. Sie sah ihn aufmerksam an. »Noch können Sie gehen.« Er schüttelte nach kurzem Zögern den Kopf. »Nein«, sagte er mit plötzlicher Entschiedenheit. »Nein, das kann ich nicht. Nicht mehr.«

Sie nahm das Ledermäppchen vom Tisch und während sie sprach, hielt sie es in ihrem Schoß mit beiden Händen fest.

Es war ein heißer Tag, jener 12. August 1950, und es war das erste Schützenfest nach dem Krieg. Es gab ein Karussell mit einem rot-weiß lackierten Dach, das in der Sonne leuchtete. An einem Stand wurden Rosinenkrapfen verkauft und die Luft roch klebrig-süß nach Zucker, den man sich von den Fingern leckte. Am Getränkestand versammelten sich die Erwachsenen. Es gab Bier, Wein und Limonade, und so mancher hatte schon am Nachmittag zu viel getrunken. Die Kinder standen Schlange an einem Tisch, an dem es Zuckerwatte zu kaufen gab. Der Motor, der die Zentrifuge antrieb, lief immer wieder heiß. Wenn der Verkäufer ausrief: »Die nächsten in einer halben Stunde wieder«, schoben kleine Hände ihre fest umschlossenen fünf Pfennige in Hosen- und Schürzentaschen zurück und die Kinder liefen auseinander. Im Festzelt war eine lange Theke aufgebaut. Es spielte eine Kapelle zum Tanz. Der ganze Ort war versammelt, aus den umliegenden Dörfern und von den Höfen waren sie gekommen, und selbst aus Kleve kamen Gruppen junger Leute mit den Fahrrädern an. Es gab viele fremde Gesichter. Im Zelt staute sich die Hitze, Schweißgeruch mischte sich mit Zigaretten- und Zigarrenrauch, und immer wenn Therese getanzt hatte und die Kapelle eine Pause einlegte, ging sie hinaus, um sich ein wenig Abkühlung zu verschaffen. Gegen vier flüchtete sie sich an den Rand des Festplatzes, in den Schatten einer Eiche, um dem Treiben zuzusehen. Hinter dem Stamm entdeckte sie Paul Höver, der mit seinen sechzehn Jahren wohl zu viel Bier getrunken hatte und sich übergab.

Sie ging zu ihm, sagte: »Oje, Paul, das war wohl zu viel

des Guten.« Paul war sichtlich verschämt und er bat sie, seinem Vater nichts zu sagen. Er lehnte an dem Baumstamm, rutschte hinunter und blieb mit ausgestreckten Beinen sitzen.

»Soll ich dich nach Hause bringen?«, fragte sie ihn vorsichtig, darauf gefasst, dass sein Stolz das nicht zulassen würde. »Nein, nein. Geht gleich wieder. Ich will bleiben.« Er sprach schleppend, aber die Worte kamen deutlich. Therese meinte, dass er sich an der frischen Luft bald erholen würde und setzte sich vor ihm ins Gras. »Ich brauche auch eine Pause.« Paul lehnte den Kopf an den Stamm und sah sie mit leicht trüben Augen an. »Therese? Darf ich dich was fragen?« Sie lächelte. »Aber klar.«

»Warum hast du Wilhelm geheiratet, nach dem was der getan hat?«

Sie schüttelte den Kopf, fragte immer noch lächelnd: »Was meinst du?«

»Das mit dem Jurij damals. Das mein ich. Mit dem Jurij und dir.«

Plötzlich hatte etwas Unheilvolles in der Luft gelegen. Die bis dahin angenehme Schattenkühle war jetzt kalt. Sie kreuzte die Arme vor der Brust und strich sich mit den Händen über die nackten Oberarme. »Ich verstehe nicht, was du meinst«, sagte sie und hörte selber, dass ihre Stimme rau und fremd klang. »Na, wegen deiner Verhaftung, und weil die den Jurij doch erschossen haben.«

Therese Mende sah Robert Lubisch an. »Ich war erleichtert. Paul war damals ein Kind gewesen und er hatte offensichtlich alles falsch verstanden. Ich sagte: ›Ach Paul, du warst damals noch klein. Das hast du alles falsch verstanden.‹ Aber er schüttelte den Kopf.«

Therese Mende senkte den Blick und betrachtete wieder das Lederetui in ihrer Hand.

Paul weinte auf einmal. »Nein, Therese, ich habe das nicht falsch verstanden. Ich hab dich doch damals verraten.« Er hatte seinen Kopf in der Armbeuge versteckt und sie griff in seinen dichten Haarschopf und sagte: »Paul, ich weiß, dass du Gerhard von mir und Jurij erzählt hast. Aber du warst ein Kind. Ich bin dir doch deswegen nicht böse.«
Paul beruhigte sich langsam, sah sie mit seinen verweinten Augen an. »Du hast es gewusst?« Sie nickte. »Ja, aber du hast keine Schuld. Schuld ist Theo Gerhard.«
Paul zog die Beine an, legte seine Arme darum und sagte: »Aber ich habe es Wilhelm gesagt, nicht dem Gerhard.«
Im Rückblick kam es ihr vor, als habe der Satz zunächst nur ihre Ohren erreicht, fremd und falsch, die Worte verdreht und unkenntlich. Sie weiß noch, dass sie dachte: Er ist betrunken, er ist völlig durcheinander.
Sie packte ihn an den Schultern und schüttelte ihn. »Das ist nicht wahr, Paul. Du hast es Gerhard gesagt, nicht Wilhelm.« Er begann wieder zu weinen. Und dann sagte er den Satz, der sie auslöschte. Er sagte: »Nein, ich habe es Wilhelm erzählt, und ich habe auch gesehen, wie er und Gerhard den Jurij auf der Lichtung erschossen haben.«
Ein schriller Ton im Kopf, der immer lauter wurde, der schrie, und dahinter Bilder, die übereinanderfielen, die keinen Sinn ergaben und in ihrer Abfolge doch logisch schienen. Sie hörte Alwine sagen: »Du wirst ihn heiraten«, sah Wilhelm an ihrem Bett beteuern, dass er von all dem nichts gewusst habe, hörte Jurij fragen: »Was hast du getan, Therese? Warum lassen sie mich gehen?«, und sah ihn im Nebel in Richtung Wald davongehen. Für immer.

Für einen Moment flackerte Hoffnung in ihr auf, für einen Moment glaubte sie, Paul habe vielleicht gesehen, wie Gerhard den Fremden erschossen hatte und sie sagte: »Wilhelm war nicht dabei. Du hast Gerhard an der Landstraße gesehen, nicht wahr? Es war Gerhard mit einem Fremden«, und ihre Stimme stieg an, kippte. Aber Paul schüttelte den Kopf und sah sie mit großen Augen an, so als würde ihm erst jetzt klar, was er damals beobachtet hatte. Als begreife er erst jetzt, dass sie tatsächlich nichts von all dem gewusst hatte. Seine Stimme kam von weit her. »Nein. Du hast dich mit Jurij hinter der Scheune getroffen. Ich bin Jurij gefolgt. Theo Gerhard und Wilhelm haben ihn auf der Lichtung vom Hochstand aus erschossen. Das ist die Wahrheit, Therese, ich schwöre.« Irgendetwas riss, irgendetwas fiel und Jurij verschwand im Nebel und fragte unaufhörlich: »Was hast du getan? Warum lassen sie mich gehen?«

Der Rest des Nachmittags ist taubstumm und blind. Tage später sagten Zeugen aus, dass sie vor dem Zelt geschrien und auf Wilhelm eingeschlagen hätte und dass Hanna sie nach Hause brachte. Aber daran erinnerte sie sich nicht. Was sie erinnerte, war ein Schaukeln in ihrem Innern, das stetig anstieg und sie schwindeln ließ. Ein Druck im Kopf und dann, als habe die Schaukelbewegung den höchsten Punkt erreicht, als habe sie einmal zu oft den Körper zurückgelehnt und die Beine mit Schwung gen Himmel gestreckt, ein Schweben.

Die Bilder danach, so schien es ihr später, waren nicht von ihr. Ihr Körper saß in dem blaugeblümten Sommerkleid, barfuß und bewegungslos auf dem Stuhl zwischen Küchentisch und der kalten Kochstelle.

Sie fühlte nichts. Gefühllos.

Sie dachte nichts. Gedankenlos.

Die Tür stand offen. Im Hof saugte der Abend den Gelbton aus dem Sandboden, färbte ihn in immer dunkleres Braun, bis die Nacht alle Farben auslöschte.

Es mussten Stunden vergangen sein, als sie ihn hörte. Er war angetrunken, sang und redete vor sich hin. Sie nahm den Schürhaken, der auf der Kochstelle lag, stellte sich neben den Eingang und als er die Tür erreichte, schlug sie zu.

Er fiel und gleichzeitig stand er.

Er lag am Boden und gleichzeitig hauchte er ihr auf Augenhöhe seinen Alkoholatem ins Gesicht.

Er lag am Boden und tastete gleichzeitig nach dem Lichtschalter.

Er stand da, starrte auf den Mann, der am Boden lag, und schien plötzlich stocknüchtern. »Du wolltest mich …?«, fragte er und sein Erstaunen war echt. Dann zeigte er auf den Mann zu seinen Füßen, dem die Spitze des Schürhakens im Kopf steckte, und sagte: »Der heißt Lubisch. Der wollte zu dir.«

Therese Mende drückte das Ledermäppchen an die Brust und atmete tief durch. Dann öffnete sie es und schob es über den Tisch. »Das ist unser Hochzeitsfoto«, sagte sie schlicht, und Robert sah in das junge Gesicht seines Vaters. Er wagte es nicht, das Bild anzufassen, ungläubig wanderte sein Blick zwischen dem Foto und Therese Mende hin und her. »Ich … ich verstehe nicht«, stammelte er.

»Sehen Sie, Wilhelm erfasste die Situation schnell, viel schneller als ich, und wenn ich tatsächlich auf dem Festplatz mit ihm gestritten hatte, dann wusste er, dass der Mord an Jurij ans Licht kommen würde, dass ich nicht schweigen würde. Von Hanna habe ich dann später erfahren, dass Friedhelm Lubisch im Festzelt nach mir gefragt hat. Er wollte mich besuchen. Hanna sagte ihm, dass ich nicht mehr da wäre, aber meinen Mann könne sie ihm zeigen. Er verbrachte den Abend mit Wilhelm und erzählte ihm wohl seine ganze Lebensgeschichte.

In jener Nacht schien Wilhelm, neben Lubisch kniend, seine Chance sofort zu begreifen. Er nahm sich dessen Brieftasche mit dem Entlassungsschein, lief ins Schlafzimmer und packte ein paar Sachen zusammen.«

Robert schlug sich die Hände vors Gesicht, wehrte sich gegen das, was er hörte. Und die Ahnung, die sich im hintersten Teil seines Kopfes ausgebreitet hatte, als Therese Mende vor einigen Stunden von Wilhelm Peters' Verbrennungen gesprochen hatte, bestätigte sich jetzt endgültig. Er sah die vernarbten Oberarme und die linke Wade seines Vaters vor sich. »Ein Hausbrand, gleich zu Anfang des Krieges«, hatte sein Vater immer behauptet. Sein Vater!

Es dämmerte. Ein violettes, unwirkliches Licht lag auf dem Wasser, als Therese Mende aufstand und mit einer Cognacflasche und zwei Schwenkern zurückkam. Sie goss großzügig ein. Sie tranken schweigend. Dann beugte sie sich vor. In ihren Augen schwammen Tränen: »Als er ging, sagte er: ›Jetzt kann ich dir auch nicht mehr helfen. Das hast du alleine zu verantworten. Aber eines solltest du wissen: Alles was ich damals getan habe, habe ich aus Liebe getan.‹ Das hat er wirklich gesagt. Aus Liebe.«

Kapitel 39

25. April 1998

Hanna hatte die Pferdebox mit frischem Stroh ausgelegt, brachte die Schubkarre in die Scheune und hängte die Mistgabel kopfüber in ein Holzgestell, in dem ordentlich aufgereiht weitere Gabeln, Harken, Schüppen und Spaten hingen. Karl stand auf dem Hof und sah ihr zu. Er dachte daran, dass Hanna über siebzig sein musste, aber in ihrem karierten Hemd, der Arbeitslatzhose und ihrer zupackenden Beweglichkeit wie eine Frau Mitte fünfzig wirkte.

Sie kam aus der Scheune, sagte, während sie an ihm vorbeimarschierte, auf ihre knappe Art: »Ich zieh mich um. Dann können wir fahren.«

Karl sah ihr nach, als sie auf das Wohnhaus zuging. Er dachte, dass er den Tod der Rita Albers jetzt aufklären würde und empfand weder Stolz noch Zufriedenheit. Er wartete am Wagen. Zur Straße hin zog sich der Obst- und Gemüsegarten der Hövers. Ein leichter Wind fuhr durch die blühenden Obstbäume, ein Zitronenfalter setzte sich aufs Autodach, schien kurz zu verschnaufen.

Als sie aus dem Haus trat, hatte sie sich schick gemacht und wirkte fremd. Sie trug eine weiße Bluse mit einem verlängerten Schalkragen, den sie über der Brust zu einer großen Schleife gebunden hatte. Der schmale graue Rock reichte bis zu den Waden, und in den dazu passenden Pumps sah sie noch größer aus. Wortlos ging sie zu seinem Wagen und stieg auf der Beifahrerseite ein.

Karl setzte sich hinters Steuer. Sie sah zum Seitenfenster hinaus und sagte: »Ich habe Paul einen Zettel geschrieben. Sicher kommt er nach.« Auf der Fahrt zur Polizeiwache saß sie ruhig neben ihm. Ihre Gedanken schienen ausschließlich um ihren Bruder zu kreisen. Einmal sagte sie: »Er muss sich eine Hilfe einstellen.« Ein anderes Mal: »Das wird nicht leicht für ihn« oder »Er ist fleißig, aber das mit dem Rechnungen schreiben, die Mehrwertsteuer und Preise fürs Futter, das kann er nicht.«

Karl wusste, dass er sie eigentlich direkt zu Steiner bringen musste, aber er dachte an die Art des Langen und entschied sich, erst einmal alleine mit ihr zu reden.

Auf der Wache kochte er Kaffee und Hanna sagte, nachdem sie probiert hatte: »Dein Kaffee ist gut, aber wenn du eine kleine Prise Zimt mit ins Pulver tust, wäre er noch besser.« Sie lächelte und Karl dachte, dass er sie sehr selten hatte lächeln sehen.

Sie stellte ihre Tasse ab und begann ungefragt zu erzählen.

Als Hanna in den frühen Morgenstunden des 13. August 1950 aus dem Haus trat, um die Kühe zu melken, saß Therese auf der Bank hinter dem Haus. Sie war kaum ansprechbar, sagte immer wieder: »Ich hab ihn totgeschlagen.« Hanna holte den Vater und auch Paul kam dazu. Es dauerte fast eine Stunde, bis Therese einigermaßen klar erzählen konnte, was passiert war. Der alte Höver erfuhr erst jetzt, dass Paul gesehen hatte, wie Wilhelm und Theo Gerhard Jurij erschossen. Paul stammelte, dass er damals doch nicht wissen konnte, dass das Unrecht war. »Es war doch Krieg. Jurij war doch der Feind«, sagte er.

Höver schlug Paul ins Gesicht, brüllte, dass man auch im

Krieg unbewaffnete Feinde nicht hinterrücks abknallt. Hanna hatte größte Sorge, dass Therese auch von ihrer Anzeige gegen Leonard sprechen würde. Aber das sagte sie nicht. Nach und nach erfuhren sie, wie Wilhelm nach Hause gekommen war, Therese den Schürhaken nahm, in der Dunkelheit zuschlug und das Eisen seinen Begleiter Friedhelm Lubisch traf. »Wilhelm ist fort«, sagte sie. Sie zitterte am ganzen Körper und bat den Vater weinend, sie zur Polizei zu begleiten. »Ich wollte ja direkt hingehen, aber ich habe Angst. Dort wird, wie damals bei meiner Verhaftung, wieder Theo Gerhard sein«, weinte sie. Der Vater fragte Paul, was Gerhard und Peters mit Jurijs Leiche gemacht hätten, aber Paul wusste nur, dass sie ihn zum Auto geschleppt hatten. Therese erzählte flüsternd, wie es zu Jurijs Flucht gekommen war, von Gerhard, der einen Fremden erschossen hatte, und ihrem Eheversprechen an Wilhelm. Der alte Höver saß lange schweigend. Sein Blick streifte über das flache Land, durchbrach Zäune und Hecken, wanderte bis zum Horizont, wo sich erstes mildes Morgenlicht zeigte. Dann stand er auf. »Genug Tote, genug Elend«, sagte er kurz. »Wem soll es denn helfen, wenn du jetzt ins Gefängnis gehst.« Er ging zusammen mit Paul zum Kotten. Der Brunnen war im Krieg zur Hälfte eingebrochen und nicht mehr in Betrieb. Sie packten den Fremden in eine Decke, warfen ihn in den Brunnen, schütteten ihn zu und zerschlugen das sichtbare Mauerwerk.

Hanna erzählte flüssig und fast emotionslos. Manchmal unterbrach sie sich, und es erschien eine steile Falte zwischen ihren Augenbrauen. Dann nickte sie kurz, als bestätige sie sich selber, was jetzt noch zu erzählen sei. Sie sprach mit fester Stimme und Karl war sicher, dass sie nichts auslassen würde, dass sie endlich reinen Tisch machen wollte. »Therese blieb bis Dienstagvormittag bei uns, dann ging sie, wie der Vater es ihr gesagt hatte, zur Polizei und meldete ihren Mann als vermisst. Theo Gerhard übernahm die Ermittlungen und beschuldigte Therese von Anfang an, Wilhelm umgebracht zu haben. Er verhörte sie stundenlang, brüllte und drohte. Einmal flüsterte er ihr zu: ›Vor sieben Jahren bist du mir davongekommen, du Hure, aber jetzt kriegst du, was du damals schon verdient hast‹.«

Eine Woche später kam Therese auf den Hof und sagte, dass Gerhard angeordnet habe, am nächsten Tag das Gelände des Kottens auf den Kopf zu stellen. Der alte Höver ging zum Rathaus, so wie er es getan hatte, als Fedir zusammengeschlagen worden war. Paul begleitete ihn. Als sie zurückkamen, sagte er auf seine wortkarge Art zu Therese: »Mach dir keine Sorgen.«

Das Grundstück wurde nie untersucht. Gerhard wahrte noch eine Zeit lang das Gesicht des unerbittlichen Ermittlers, aber er war vorsichtig und als Therese fort war, hörte man nichts mehr von ihm.

Hanna stand auf, stellte sich ans Fenster und starrte hinaus. »Der Gerhard, den gibt es immer noch. Der kriegt eine feine Pension und ist ein achtbarer Bürger.« Karl dachte an Gerhards polternde Art zu sprechen, den Cognac am Vormittag und die Wohnung, die er nicht bewohnte.

Er fragte in Hannas Rücken: »Dein Vater hat ihm gedroht, Jurijs Erschießung anzuzeigen?« Hanna nickte. »In gewissem Sinne schon. Von Paul weiß ich, dass Vater die Sache einfacher formulierte. Er sagte schlicht: ›Du hast zwei Kriegsgefangene hinterrücks erschossen. Ich weiß das, du weißt das, und jetzt solltest du Ruhe geben‹.«

Karl bot ihr noch einen Kaffee an, aber sie blieb am

Fenster stehen und schüttelte den Kopf. Er goss sich noch einmal nach. »Ihr hattet die ganze Zeit Kontakt zu Therese Mende?« Er sah, dass Hanna bei dem Namen kurz zusammenzuckte und sagte: »Ja, wir kennen inzwischen ihre heutige Identität.«

Sie drehte sich um, lehnte sich an die Fensterbank. »Etwa zwei Jahre nachdem sie fortgegangen war, kam ein Brief aus Frankfurt. Sie bat uns, ihr eine Kopie ihrer Geburtsurkunde zu besorgen und uns um das Grab ihrer Eltern zu kümmern. Von da an kam regelmäßig Weihnachtspost mit Geld für die Grabpflege. Die Briefe kamen aus London, Paris, Amsterdam und was weiß ich nicht woher. Aber es gab nie einen Absender, da stand immer nur: Therese. Erst kurz bevor Pauls Frau starb, kam sie zu Besuch. Ich war nicht dabei. Sie kam auf den Hof und war wohl ziemlich schockiert, wie es da aussah. Sie bot Paul an, den Kotten zu kaufen, aber da hatte er ihn schon aus Geldmangel an die Albers verpachtet. Von da an meldete sie sich regelmäßig. Sie versuchte Paul finanziell zu unterstützen, aber er war zu stolz und hat sich ihr gegenüber wohl immer schuldig gefühlt. Ich erwähnte irgendwann, dass ich mir vorstellen könnte eine Art Pferdepension aus dem Hof zu machen, und als Paul Witwer wurde, gab sie mir das Geld für den Umbau und den Neustart.«

Karl lächelte. »Hier heißt es, das Geld sei aus der Lebensversicherung von Pauls Frau geflossen.«

Hanna lachte kurz auf. »Das haben wir nie gesagt, aber du weißt, wie das im Dorf ist. Wenn es keine offizielle Erklärung gibt, strickt man sich halt eine. Uns war das recht.«

Sie sah zu Boden und schwieg. Karl stellte sich neben sie ans Fenster. »War an das Geld eine Bedingung geknüpft?«, fragte er leise.

»Nein. Keine Bedingung. Als wir anfingen mit den Pferden Geld zu verdienen, wollte ich es ihr ratenweise zurückzahlen. Sie hat es nicht genommen. Diese letzten Jahre waren für Paul und mich die beste Zeit, und dann kam diese Albers und fing an, in den alten Geschichten zu rühren.«

Kapitel 40

25. April 1998

Robert Lubisch hatte den zweiten Cognac getrunken. Die letzten Sonnenreste legten eine violette Bahn auf das Wasser, glühten noch einmal auf. Der makellose Anblick schien ihm unpassend und gleichzeitig spürte er, wie das Farbenspiel sich beruhigend über seine Fassungslosigkeit legte. Auch der Cognac tat seinen Teil, brannte in Speiseröhre und Magen und verscheuchte die Starre aus seinem Körper. Therese Mende schwieg und es gab einen Moment, da dachte er: Sie lügt.

Aber dann wanderte sein Blick zurück zu dem Foto und er gestand sich ein, dass es keinen Zweifel gab. Er war der Sohn von Wilhelm Peters. Er erinnerte sich an einen Weihnachtsbesuch, Anfang der Neunzigerjahre. Die Grenzen waren geöffnet und er und seine Frau Maren hatten dem Vater eine Reise nach Polen geschenkt, nach Wrocław, dem ehemaligen Breslau. Der Vater hatte nicht erfreut reagiert und schließlich war die Mutter mit einer Freundin gereist, weil er in der Firma angeblich unabkömmlich war. Auch als der Vertriebenenverband, in dessen Vorstand er saß, Reisen in die alte Heimat organisierte, war er nie mitgefahren. Er hatte gesagt, dass ein solcher Besuch alte Wunden aufreißen würde.

Luisa kam und fragte Therese Mende, wann und wo sie das Abendessen servieren solle. Robert hörte nicht, was sie antwortete. Wenig später brachte Luisa Wein und Wasser.

Möwen glitten schwerelos dahin, das Gefieder vom Abendlicht rosa gefärbt.

Therese erzählte von der Hilfe der Hövers, von dem Brunnen und dass sie Kranenburg im Dezember 1950 verlassen hatte.

Er fragte: »Haben Sie je wieder Kontakt zu ihm gehabt?«

»Nein. Wahrscheinlich hätte ich ihn ausfindig machen können, aber ...« Sie zögerte. »Ich wollte vergessen.« Sie sah ihn direkt an. »In den ersten zwei Jahren bin ich durch mein Leben balanciert, immer darauf bedacht, keine Spuren zu hinterlassen. Ich fand in Frankfurt verschiedene Anstellungen, habe als Näherin, Bürohilfe und Telefonistin gearbeitet, aber immer, wenn meine Arbeitgeber wegen der Papiere ungeduldig wurden, musste ich wieder fort. Dann besorgte Hanna mir meine Geburtsurkunde und ich hatte endlich eine Identität. Damit begann mein neues Leben. Ich war wieder Therese Pohl und mit meinem Mädchennamen löschte ich Therese Peters aus.«

Robert nahm einen Schluck von dem Wein. »Und mein Vater löschte Wilhelm Peters aus, als er sich die Papiere des Friedhelm Lubisch nahm.« Er dachte daran, dass sein Vater einen großen Teil seines Vermögens dem Vertriebenenverband hinterlassen hatte. Hatte er sich so sehr mit dem Leben des Friedhelm Lubisch identifiziert, oder war es der Versuch einer Wiedergutmachung?

Er dachte an das große Haus, an die Statue der Diana im Garten, an die herrschaftlichen Empfänge. Immer war ihm alles zu groß und zu laut vorgekommen. Aufgesetzt und übergestülpt, und doch war er nie auf die Idee gekommen, dass die Größe und Lautstärke dazu da war, etwas zu verbergen.

Er fragte vorsichtig: »Sie haben gesagt, dass Sie mit Ihrem Mann darüber gesprochen haben. Glauben Sie, Sie hätten es für immer vor ihm verbergen können?«

Therese Mende antwortete lange nicht. Dann sagte sie ruhig: »Sie fragen mich, ob Ihre Mutter davon gewusst haben könnte, nicht wahr?« Er stand auf, ging einige Schritte und setzte sich wieder.

»Ja, vielleicht ist das meine Frage.«

»Das kann ich Ihnen nicht beantworten«, sagte sie schlicht und er musste an seinen Traum denken, in dem die Mutter ihm gesagt hatte: »Du zerstörst sein Lebenswerk.« Dann war sie fortgegangen und er hatte auf dem Faden ihres Schultertuchs gestanden, und die Maschen ribbelten auf, entblößten den Rücken der Mutter.

Er spürte, wie der Schock wich, wie er anfing der Wahrheit ins Gesicht zu sehen, nahm wahr, dass er zum ersten Mal dachte: mein Vater, Wilhelm Peters.

Dann stand er erneut auf, ging auf und ab und fragte schließlich: »Und Rita Albers? Was war mit Rita Albers?«

»Sie hat mich angerufen«, sagte Therese und Robert bemerkte eine Veränderung im Ton. Ihre Stimme war fest, sie musste nicht in längst Vergangenem suchen. Jetzt sprach die Geschäftsfrau, die kurz und präzise die Fakten aufzählte.

»Ich wusste von Paul Höver, dass sie ein Foto von mir besaß und Fragen stellte. Sie rief mich an und ich habe ihr am Telefon gedroht, aber mir war klar, dass sie so nicht aufzuhalten war. Ich telefonierte noch am gleichen Tag mit einem Freund und Anwalt in Frankfurt und beauftragte ihn, ihr Geld anzubieten.«

Sie machte eine Pause, stand auf und stellte sich an das Geländer. »›Eine große Story‹, hatte sie gesagt, und das bedeutete, sie wollte sie teuer verkaufen.«

Sie ging zum Tisch und nahm ihr Weißweinglas. »Mein Anwalt konnte sie nicht erreichen und am nächsten Tag erfuhr ich von Hanna Höver, dass man sie tot aufgefunden hatte.«

Auch das stellte sie mit aller Sachlichkeit fest. Sie drehte das Glas in ihren Händen und der schwere Wein glitt ölig über die Glaswand und spielte mit dem Abendlicht. »Wider besseren Wissens habe ich gehofft, dass die Geschichte damit beendet wäre.« Sie sah Robert Lubisch an und lächelte freudlos. »Und dann sind Sie gekommen, und als ich Sie sah, wusste ich, dass es nun endgültig an der Zeit ist. Ich will Ihnen nicht verschweigen, dass ich erst heute Morgen beschlossen habe, Ihnen auch die Nacht des Sommers 1950 wahrheitsgetreu zu erzählen.« Sie zeigte auf das Lederetui mit dem Hochzeitsfoto. »Selbst wenn ich es vernichten würde, was wäre, wenn meine Tochter sich – so wie Sie – nach meinem Tod auf die Suche macht. Sie geht davon aus, dass ich am Niederrhein aufgewachsen bin, meine Eltern im Krieg starben und ich 1956 ihren Vater geheiratet habe. Sie ist nie in Kranenburg gewesen, stellt meine Geschichte nicht in Frage. Was ist, wenn sie es eines Tages genauer wissen will? Wessen Wahrheit wird sie zu hören bekommen?« Sie drehte sich um, sah auf das Meer hinaus, wo die Linie am Horizont jetzt noch deutlich zwischen Himmel und Wasser unterschied. Robert Lubisch stellte sich neben sie. Leise sagte sie: »Glauben Sie, dass die Wahrheit für Sie erträglicher gewesen wäre, wenn Sie sie von Ihrem Vater gehört hätten?«

Die Zeit sammelte sich hinter ihnen auf dem Fliesenboden, der Tag räumte nun endgültig den Platz. Robert sprach aufs Meer hinaus. Die Worte fielen den Abhang hinunter. »Was am meisten schmerzt, ist, dass diese vertrauten Augenblicke mit ihm alleine in seinem Arbeitszimmer, wenn er mir von seiner Familie, seiner Flucht und Gefangenschaft erzählte, zu den schönsten meiner Kindheit gehören.« Er lachte bitter auf. »Es ist schwer zu akzeptieren, dass die Nähe zwischen uns am größten war, als er mich belog.«

Therese Mende hörte ihm aufmerksam zu, sah zu, wie in den Restaurants, Hotels und Bars die Lichter nach und nach angingen und versuchte sich mit dem Gedanken zu beruhigen, dass sie ihrer Tochter einen Teil ihres Lebens zwar verschwiegen, ihr aber nie ein fremdes Leben präsentiert hatte. Auch Robert hing seinen Gedanken nach. Er spürte Tränen aufsteigen und vertrieb sie, indem er tief durchatmete. Dann sagte er: »Als mein Vater starb, habe ich um ihn getrauert. Vorhin dachte ich, es ist, als stürbe er noch einmal, aber das stimmt nicht. Es gibt ihn nicht. Selbst sein Grabstein ist jetzt eine Lüge.«

Kapitel 41

25. April 1998

Hanna hatte sich wieder auf den Stuhl vor Karl van den Booms Schreibtisch gesetzt und zupfte, in Gedanken versunken, an der großen weißen Schleife auf ihrer Brust, die sie zu stören schien. Auch in dem Rock fühlte sie sich nicht wohl, strich ihn immer wieder glatt, und Karl dachte, dass sie verkleidet aussah.

»Zuerst kam die Albers mit dem Foto auf den Hof. Sie tat ganz unschuldig, wollte wissen, was aus Therese geworden sei, ob wir was von ihr wüssten. Beim alten Heuer war sie schon gewesen, hat behauptet, dass sie von ihm den Namen Therese Peters hätte.«

Karl brummte Verstehen, unterbrach Hanna aber mit keinem Wort. Er dachte an ihre Einsilbigkeit, an ihre sparsame Art zu reden. Heute, so schien es ihm, verbrauchte sie ihren Jahresvorrat an Worten.

»Ich habe mit Therese telefoniert, habe ihr gesagt, dass die rumschnüffelt.« Ihre abgearbeiteten Hände rauten den feingewebten Stoff der Schleife auf, zogen kleine Fäden. Sie bemerkte es und legte die Hände in den Schoß. Ihre Augen wanderten unruhig über den Schreibtisch. Dann stockte sie und sah ihn an. »Im Fernsehen haben die immer so ein Aufnahmegerät. Brauchst du das nicht?« Karl schob die Lippen vor und schüttelte den Kopf. »Du wirst das alles bei den Kollegen in Kalkar noch einmal erzählen müssen«, sagte er gelassen und sie beäugte ihn misstrauisch. »Das mach ich aber nicht«, entschied sie mit fester Stimme. Er hob beschwichtigend die Hände. »Ich schlage vor, du erzählst erst mal zu Ende, und dann sehen wir, was zu tun ist.« Sie legte ihre breite Stirn in Falten, dann schien sie einverstanden.

»Gut. Also, ich dachte ... da wird die nicht viel rauskriegen, wenn wir nichts sagen. Was kann die da schon finden ... aber man macht sich ja Gedanken, und ...« Ihre Hände schienen in ihrem Schoß miteinander zu kämpfen. »Der Paul hat den Hof geerbt, weil ... er war ja der Sohn. Er hat kein leichtes Leben gehabt und ich ... ich hatte dem Vater versprochen, dass ich mich kümmere, um den Hof und den Paul. Aber als die Sofia kam ... das ging nicht gut mit uns beiden, und da bin ich ja dann auch weg. Die Sofia war keine Bäuerin und der Paul, der ist fleißig, aber der braucht jemanden, der ihm sagt, was zu tun ist. Als das mit der Milchwirtschaft immer schlechter wurde, da haben die anderen auf Schweine umgestellt und Paul hat einfach weitergemacht und gehofft, dass es irgendwann wieder besser wird. Wurde es aber nicht und dann hat er Land verpachtet und verkauft. Dass er dann das Futter fürs Vieh nicht mehr anbauen kann und es teuer einkaufen muss, so weit hat der nicht gedacht ... Der hätte den Kotten nicht verpachten dürfen, aber das hat die Sofia nicht verstanden, und weil er es ihr doch nicht erklären konnte, da hat er es dann einfach gemacht.« Jetzt hatte Hanna Tränen in den Augen, griff nach ihrer Handtasche, die sie auf den Boden gestellt hatte, und nahm ein sorgfältig gebügeltes Taschentuch heraus. Verlegen wischte sie sich die Augen. Die knurrige Hanna so verletzlich zu sehen, rührte Karl. Sie senkte verlegen den Kopf, wich seinen Blicken aus.

»Ich dachte, wenn der Paul ins Gefängnis muss, weil er doch damals mit dem Vater den Fremden ... das überlebt der nicht. DER nicht!« Sie saugte Luft in ihre Lungen und während sie langsam ausatmete, schüttelte sie resigniert den Kopf. »Ich dachte, vielleicht geht der Kelch an uns vorüber, aber dann rief Schoofs an und fragte nach dem Brunnen. Da wusste ich, dass sie es rausgefunden hatte.« Sie faltete das Taschentuch auseinander und schnäuzte sich geräuschvoll die Nase. »In der Nacht konnte ich nicht schlafen. Gegen Mitternacht bin ich aufgestanden und hab aus dem Fenster gesehen und da brannte im Kotten immer noch Licht. Ich dachte, der Paul hat ihr den Kotten für eine lächerlich kleine Pacht überlassen und zum Dank liefert sie ihn ans Messer. Ich war so wütend.« Sie hob den Kopf, starrte an Karl vorbei die Wand an, als könne sie jenen Abend dort finden.

Sie zog sich an, ging auf den Hof hinaus, wollte an der frischen Luft nachdenken, was jetzt zu tun sei. Dann war sie auf dem Feldweg. Es war stockdunkel. Sie blieb stehen, suchte nach Sätzen, Worten, mit denen sie Rita Albers aufhalten konnte, aber was konnte sie sagen? Ihr fielen nur leere Drohungen ein.

Als sie weiterging, stolperte sie über einen Grasbüschel, fiel hin und wurde, am Boden liegend, von einer Hilflosigkeit übermannt, die sie nicht ertrug. In der Ferne, von der Landstraße her, irrte weißes Scheinwerferlicht durch die Nacht, Motorengeräusche verebbten. Sie rappelte sich auf, ging weiter, immer weiter auf den hell erleuchteten Kotten zu, angetrieben von einer roten Hitze in ihr, die zu brüllen schien: Bring sie zum Schweigen.

Sie betrat das Gelände durch den Garten, sah, dass die Terrassentür offen stand und ging hinein. Rita Albers saß am Küchentisch, als sie im Durchgang stehen blieb. Sie bemerkte sie nicht, war in die Papiere vertieft, die auf dem

Küchentisch ausgebreitet lagen. Hanna sah auf einem der Blätter die Überschrift »Mende Fashion«.

Die rote Hitze in ihrem Kopf explodierte.

Sie sah Karl van den Boom an und ihre Hände lagen jetzt ganz still in ihrem Schoß. »Dann hatte ich ihren Fleischhammer in der Hand und sie lag mit dem Kopf auf dem Tisch zwischen den Papieren. Dann war Ruhe.« Mit einem kindlichen Erstaunen sagte sie das, und nach einer kurzen Pause fügte sie sachlich hinzu: »Ich hab die Mappe mit den Papieren und den Hammer mit nach draußen genommen. Auf dem Terrassentisch lagen ihre Gummihandschuhe. Ich dachte, wenn es wie ein Einbruch aussieht … Ich hab sie angezogen, Papiere auf dem Boden verstreut, die Blumenvase runtergeschmissen und den tragbaren Computer mitgenommen.« Sie senkte beschämt den Kopf.

Karl stand auf, ging zum Fenster und verlor sich im jungen Grün der Linde. Er dachte darüber nach, ob er Hanna sagen sollte, dass Rita Albers nichts über den Brunnen gewusst hatte. Dass Schoofs doch nur hatte wissen wollen, wie tief er für den neuen Brunnen bohren musste.

Er schwieg.

Epilog

Die Gebeine des 1950 verstorbenen Friedhelm Lubisch wurden am 07.05.1998 auf dem Kranenburger Friedhof beigesetzt.

Als Hanna erfuhr, dass Pauls Tat – die Beseitigung der Leiche von Friedhelm Lubisch – schon lange verjährt war, brach sie zusammen. Sie verbrachte die Zeit bis zum Prozess gegen eine Kaution, die Therese Mende stellte, auf dem Höverhof. Im Herbst 1999 wurde sie zu einer Freiheitsstrafe von drei Jahren verurteilt, wovon sie zwei Jahre verbüßte. 2007 starb sie im Alter von 88 Jahren auf dem Höverhof.

Therese Mende schaffte es, bevor sich die Presse auf den Fall stürzte, mit ihrer Tochter zu sprechen. Ihre Anwälte taktierten geschickt mit Eingaben und konstatierten Verfahrensfehlern. Sie starb 2002 in ihrem Haus auf Mallorca, bevor es zu einem Prozess kommen konnte.

Robert Lubisch ließ den Namen auf dem Grab seines Vaters nicht ändern. Er gab 1999 das gesamte väterliche Erbe an eine gemeinnützige Stiftung.

Paul verpachtete die Pferdepension an einen Pferdewirt mit Familie. Er behielt lebenslanges Wohnrecht und widmet sich seinem Gemüsegarten.